CUNEI
F●RM
铸刻文化

單讀 One-way Street

撞

空

宥予 著

上海文艺出版社

图书在版编目（CIP）数据

撞空 / 宥予著 . -- 上海：上海文艺出版社，2023（2023.12 重印）
（单读书系）
ISBN 978-7-5321-8736-2

Ⅰ . ①撞… Ⅱ . ①宥… Ⅲ . ①长篇小说－中国－当代
Ⅳ . ① I247.5

中国国家版本馆 CIP 数据核字 (2023) 第 058707 号

发 行 人：毕　胜
责任编辑：肖海鸥
特约编辑：王家胜
封面设计：左　旋
内文制作：刘一芸

书　名：撞空
作　者：宥予
出　版：上海世纪出版集团　上海文艺出版社
地　址：上海市闵行区号景路 159 弄 A 座 2 楼　201101
发　行：上海文艺出版社发行中心
　　　　上海市闵行区号景路 159 弄 A 座 2 楼 201101 www.ewen.co
印　刷：山东临沂新华印刷物流集团有限责任公司
开　本：850×1092mm　1/32
印　张：12
字　数：208 千字
印　次：2023 年 8 月第 1 版　2023 年 12 月第 2 次印刷
ISBN：978-7-5321-8736-2/I.6882
定　价：59.00 元

告读者：如发现印装质量问题，影响阅读，请与出版社发行部门联系调换。

目 录

第一部 …… 001

第二部 …… 165

附录：苏铁笔记 …… 357

后　记 …… 377

第一部

一

周一上午我坐在电脑前憋气,旁边的桌子又被收拾了一遍。

大概两周前,坐在那里的同事自杀了。我想不起他出事那天上午我做了什么。那天上午整座大楼流传着两种说法,一种是跳楼,另一种是他吃了药。后来肯定有定论,但我一直没试着知道。

这会儿他应该已经烧成灰了。我试图想象出他如何扮演一个尸体,但很失败,因为我想不起他的脸。旁边女人那张脸提醒了我死者的样子,开始生出印象。杂草似的议论声中,我知道她是死者的姐姐。事情发生后,主管告诫过我们不要外传,我觉得他没必要这么做,因为第二天这件事就从同事们的闲谈清单中拿掉了。

有点事打破上午的无聊,我挺开心的。应该已经谈好了价格,她不是来闹事的。作为一个代表,这位姐姐每拿起一件东西,都要翻来覆去看上一会。她的腮部没什么肉,皮贴着骨头,显得很不高兴。她看起来和我二十五六岁大小的女同事差不多，但我估计，她至少有三十岁。

陪同她的有我的主管和部门经理，还有一个行政那边的经理，其他的我不熟悉，但能看出没有她的同伙。远处的玻璃门外，站着两个大肚子保安，大多数时间盯着这里，偶尔也看看活着的同事们。

真不好意思。说话的是部门经理。应该提前帮您整理好，但我们想着，还是不要乱动。

女人摇摇头，没有回答。

她拿起那棵小发财树，盯着它的叶子。叶子有六片，我知道，我还知道昨天是七片，那一片叶子黄了，现在正夹在我的一本书里。我挺想问问她，这棵树能不能送给我。我一直想要它，那个人，我的同事，死讯传来时，我就在琢磨这个事。这些天，我每天都给它浇水。可惜我的上司在这里，他不喜欢我们搞这些，而且这位姐姐看起来不好说话，我只能眼睁睁送别可怜的发财树。不过，也许她会养着它呢，或者死者的父母愿意养。不知道这样的小树能不能长大，很可能会突然死掉，这种事我有经验。

我并没有马上想起死者的名字，后来还是想起来了。以及他爱穿黑色的胖裤子，稍微内八，走路时裤子因为时差鼓动起来，就像是风尘仆仆。他死前一周左右，我们还在KTV包房里喝过酒。他唱过一首《沉默是金》，坐到我旁边沉默，好像真要孵出一块金子。

当时乔光辉正在跟别的部门的女同事对唱情歌，不过都盯着屏幕上的歌词，没看对方。另一些人摇骰子，赌博似的喊八个六，一个人决定开，数了数，输了，于是喝酒。之前我也在玩，那会儿刚刚从卫生间出来，不太想重新开始。就在我又意动时，死者突然盯着我的脸。他说，我好难过。

自然，死者当时还不是死者，这种真诚吓到我。我不知道这真诚哪里来的，凭什么落在我身上。该如何回答呢。小时候，每当我闷闷不乐，父亲总是发火，告诫我，不要难过。我希望永远不要有人对难过的人说，不要难过。

难过就难过一会吧，我说。自以为心中有几分慈悲，但肌肉不听使唤，语调生硬，显得分外无情。他的脸突然闭上，眼睛快速眨了几下，低下头继续孵金子。我该解释一点什么，可一句话也说不出。

如果死的是我，来收拾东西的人，只会是我父亲，毕竟我没有姊妹兄弟。但也说不准，我还有几个表亲呢。

虽然很慢，也没有花费太多时间，女人抱着箱子像抱着骨灰盒。我想象站在那里的是我父亲，同时担心那棵发财树会不会被碰坏。父亲应该没办法运走我的尸体，只能在广州烧掉。骨灰能带上飞机吗？这个问题无关紧要，他不可能选择飞机，只会买火车票。他肯定不舍得买卧铺，但也有可能只是想不起来，所以习惯性地买张硬座。他大概不会一直抱着我的骨灰，会放在小桌板上。也有可能装在蛇皮袋子里，放在行李架上或者座位底下。如果旁边的人找他闲谈，问他去广州做什么，我不知道他会不会说实话。如果是我，肯定不说实话，不过，或许他想倾诉呢。他说，我去广州接我儿子回家。你儿子呢，旁人问。他拍拍袋子里的骨灰盒。

他说，烧了，这里面装着呢。

想象路人错愕的表情，我忍不住要笑。主管瞪了我一眼，我低下头，脸转向另一边。

我会埋在村子南边的墓地，和母亲在一起。但不会挨着母亲的坟头，因为有规矩，风水先生早就规划好了父亲那一辈人的坟墓位置。我不确定有没有规划好我们这一辈的，如果没有，父亲还得花一笔钱找人看看。想到这一点我很惭愧，庆幸死的不是我。

女人盯了会儿桌面，甚至还看了看我。一些头发从她的马尾里跑出一半，鼓在额头上。我希望她赶快离开，因为她散发着一股坏苹果的气味。她终于开始往外走，先是走得很慢，后来突然加快步伐，公司的人跟在后面，不像跟随，仿佛是驱赶。快要出门的时候，她回头看过来，我知道她在遥望弟弟曾经的工位，可还是觉得她在盯我。她最后扫视一遍整个空间，马上消失了。我们像是全部被祝福了一遍，又像全部被哀悼了一遍。

田尚佳坐在她的位置上，背影向左弓着。我看不到一个靶心。有件事应该要做，我忘了，我应该记得但，我有点忘了。喝掉杯子里最后一口水，扔了几张纸，纸上什么都没写。纸缩成一团，像一块小小的扭曲了的时空。我去了趟厕所，什么都没做，单单走那么一回。应该是碰见两个人，或者三个，点了头。回到座位上，我没有马上坐下，看了田尚佳一会，又看了她一会，两个一会，个个都足斤足两。我就这么站着，看着她，两手空空。然后我就坐下了，内心甚至有一点愚蠢的感动。我讨厌亚洲，这个念头此时冒出来，不知道是什么意思。我问我会喜欢哪里，月球，都柏林，豫东平原，南极洲，重庆，墨尔本，海珠区，植物园东边的竹林，巴塞尔，珠江新城，它们飞速掠过去，什么都没剩下。不，剩下我租来的十平米。

等我再次看时，田尚佳不见了。椅子上很空，很空不是什么都没有，好像还有一个东西用空的方式坐在上面。人刚才还在那儿，现在让位给空。但不是所有空椅子都空，有些只是闲着。椅子，椅子或许从不等待，它只是路过。我应该向椅子学习。

很多时候，我意识到我在期待，不过并不确定，因为什么都不来。有时我试图捉住它，可是不能，它不像水或沙或雾，它太大了，又没有实物。会不会是一个女人呢，带来类似爱情的东西，我发现不是，但我不知道怎么发现的。

巨大的声音传进耳朵，耳膜地震，是路面破碎机，它的频率改变我耳后那根血管跳动的频率，右边鼻孔的根部微微发痛。我站起来在窗边找了找，没有找到。等我坐下来，时间突然变成怪物，噙我在口中，仿佛噙着一枚酸果子，它不咽下去，也不吐出来，让我很不痛快。

清洁阿姨的小推车轮子转动，声音停在死者的工位前。她慢悠悠地拿起一条白色毛巾，在一个蓝色的桶里浸湿，拧了拧水，水声让我想要发火。我说，你好，周姨。她说，你好。她的嘴唇还有话要说，可能是想喊我的名字，但她不知道。她开始擦桌面，动作仍旧很慢，看上去在享受棉布滑过桌面的手感。那副表情很像我死去的外婆。我想，很快那里会安排一位新人。

她离开后，干净的桌面激起我的破坏欲，我丢过去几张打印过的废纸和一个断把的陶瓷水杯，然后拿起水杯去接水。

椅子上的空又换成了田尚佳，电脑屏幕上显示着一条横着的线段，另有一条细线毫无规律地数次穿过它，像什么粒子的运动。我想了一会电子云的事，神秘的概率。人仿佛是种概率，出现在这儿，出现在那儿。人并不连续，我一直在想，人不是什么连贯的东西。人是一种概率。

很多同事抱怨田尚佳不好接触，好奇我为何跟她走得挺近。她不怎么聊天，大多数时间里一个人出现。她一个人的时候都做什么呢？我有点好奇这个，却从没有问过她。她的侧脸稍显锐利，下巴微微翘起，像是有些刻薄。我知道从正面看过去完全不一样，正面有一个温柔的弧度，她眼睛有神但不侵略，仅仅是精力充沛。她时不时做些别的动作，比如抬头看一会天花板顶棚，或者盯一会自己的手指，然后就开始快速打字，似乎这样的动作能让她找到灵感。

她拉开抽屉，侧过身子，头深深低下去，过上五秒，或三秒，重新起来，愉悦地关闭抽屉。

抽屉里有什么，我很好奇，可惜走到她旁边时抽屉已经合上。我注意到她的头发似乎更短了。我往前走，感受到她看了一会我的背影。我出现在她眼睛里，像一个概率。看着我会让她想起什么？今天我穿了灰色的裤子，灰色的衬衫，黑色的皮鞋，早上照镜子时挺满意这一身，现在出现在她眼睛里，我微微局促，脚步因为刻意想走好所以很呆板。她会如何评价这一身，想到这个我感到后悔。

她的视线离开了，我能感受到。她在打字，在按键声的丛林里我听见了，脚步开始舒展，额外的力量失去，世界变得轻松。很快，轻松带来一些失落。但她在打字，键盘愉悦地轻声呻吟。也许我的背影给了她启发，就像天花板上不存在的东西，或者她的手指甲一样，这些东西区别不大，但我挺高兴的。

穿蓝工装的秃老头正在给走道两边的绿萝浇水。小港也爱养植物，一开始我总是叫不对它们的名字，但我能认出那株鹤望兰。现在每看到一种植物，我都要确定一下它的名字，但我不知道小港那些植物是否还活着。李芍药火化之后，小港把一部分骨灰装在一个蓝色瓷瓶里，放在窗边的立柜上，每周取出一点，施给鹤望兰。那株鹤望兰生得极好，我想现在肯定还活着，她现在也会帮它浇水，但不知骨灰用完了没有。

老头蹲着，有一个正方形的背。我说，李叔，这些绿萝让你养得真好。他回过头，只是笑，一张圆脸像个裂开的西瓜。我试图多想起一点什么，什么都想不起来。我想可能会下雨，开始期待夜晚，虽然我不知道夜晚会发生什么。

抽烟室里有几个男人在聊天，隐约能听到大环境、竞品、激烈、美国、最新数据之类的词。门没有关严，我看到我讨厌的那个同事向我仰了一下脑袋。他看上去像一团滔滔不绝的愚蠢，马上就要爆炸。我赶快离开，担心爆炸的时候会有碎肉或者肝脏、肺一类的器官落在身上。也有可能是肠子里的屎。但在那种情况下，屎并不比碎肉或器官更难接受。

卫生间的洗手台前站着两个人，戴眼镜那个对我说了嗨。我好像和他一起跟过一个项目，他一个人的时候，看上去是位挺好的人。我回了一声嗨，注意到一位我没见过的人，很帅，扑了粉，但眼线看上去有点傻。可能是一位新人。时不时就会出现新人，好像有一个工厂正源源不断地生产新人们。

撒尿的时候，卫生间只剩下我自己。外面有两个女人在谈论上次去迪士尼的事。我在最里面的小便池，一扭头就看到窗户外面。

世界看上去好极了，白得发亮，榕树和楹树的树冠波光粼粼，建筑物一层层往远处铺展，弥漫着干净的气氛。围了很久的马路，终于铺好路面，那些厚厚的红色塑料墙撤走了，路面上多出几条弧线。有个人推着电动车在十字路口中央徘徊，汽车从它旁边圆弧形离开。我突然意识到，那里有一座寺观或者坟墓，这几乎就是全部理由了。

巡视这个世界，我把最后一点尿挤掉，有一个瞬间充满爱怜与痛苦，不像是以君王，倒像是个长辈。这是怎么啦，我想。我洗手，没看清进来的人是谁，但已经夸张地打招呼。他突然说起谁死亡的事。我问谁。魏友伦，他说。哦，我的死者同事，但我想不起来眼前这个人叫什么名字。

他现在提起这个，我也搞不懂是怎么回事。我说，是的，他死了，真是……

他说，这世界真令人失望。

是的，是的，我说，不只是这样，但，是的。

我从他的视线中逃走，路过田尚佳时，她刚刚抬起头，眼睛眯成江豚的形状。她右眼下边，有颗芝麻大的痣，我以前也有一颗。这是滴泪雀，克人，奶奶总是一遍遍提醒我这个，仿佛我会害死她。现在她还活得好好的呢。妈妈死后，我就去点掉了。这样的事有什么道理呢，一切都混沌不清。抽屉还留着一道缝。我和她好像很熟，但我一直不明白怎么做到的。我停下来。我说，在干吗。

她五根手指招我靠近一点，于是我蹲下。她轻声说，在喝酒。我没明白她是什么意思。她探了探周围，拉开抽屉，她的指甲像是桃红，也可能不是，我有红色色弱和紫色色盲，分不太清。抽屉里是一瓶酒，巴掌大的扁瓶子，威士忌，标签上有个麋鹿的头。

昨天喝得有点多，她说，头好疼，现在喝点涮一涮。我竖起大拇指。你要喝点吗？她问。她涂的肉粉色口红，可能。我说，我可以吗？

当然，她点点头说，当然，太妙了。我蹲下来，她抓住瓶底，往我口中倒了正合适的一口，我匆忙咽下去。

还喝吗？她晃动着睫毛问我。于是我又喝了一口，然后抹了下嘴唇。我说，可以了。她给自己灌一口，然后塞牢，放回去。我们开始微笑，还笑着看一个正在经过的男同事，男同事疑惑地转了转眼球，扭了扭肩膀离开了。他个子不高，直筒裤穿成了紧身裤，黑色面料像吸尘器，灰扑扑的。走路时屁股懒洋洋摆动，让人想起河马。

太棒了，我说，很好喝。

她说，你想喝了就可以跑过来找我。

已经有人朝这边张望，我得走了。我喝酒少，有一段时间酒精在我血液里的浓度更高一点。那是小港离开之后，当时交往的女人喜欢LiveHouse，偶尔也去赶音乐节。那些乐队的作品参差不齐，有的差点意思，有的差很多意思，底下的人傻乎乎跟着喊，仿佛有太多情绪。人们看上去又愤怒又随意，又快活又沮丧，又炽热又低落。到底发生了什么，这些人略显疯狂时会想起什么。这种时候我看着那个女人，发现一点也不认识她。这一切都太奇怪了，一群人待在一起，仿佛有一个大蒸笼似的梦，所有人都在笼屉里，拼命吸收水蒸气。她的酒量不好，又爱喝，常常变得滑稽又麻烦。失控。我讨厌所有失控的事情。跟她分开后，我很少喝酒。

回到位置上，我没有动鼠标，坐着想了一会，想要想明白我在想什么。有一个时刻我扭头看另一边，隔壁同事正盯着自己的指甲，然后转头和我相视一笑。接着她打字，表情有一点凝重，仿佛在造字。

手机响了一下，仿佛一个要命的泡泡炸开。静置一会，沉淀下去，空气重新归位，万物重新分层，我才点亮看一眼。乔光辉发来的，没有危险性。他说，晚上去喝酒吧。

我抬头看向两排工位外，他已经站在那儿看我。我用夸张的嘴型说不去。他瞪着大眼睛，假装生气。不去，我发微信说。他看了一眼手机，然后五根手指比画成手枪，瞄准我来了一下。我挺喜欢乔光辉的。喜欢乔光辉不是因为他不蠢，也不是因为他长得喜人，是因为他总是传递出一种讯息，让我感觉自己在他那里很特殊。

他甚至会在我面前忧伤。他讲完那些伤心话后，大眼睛盯着我，长睫毛无辜晃动。他笃定地说，这些话对别人都讲不来，但你肯定是明白的，对吧。

我会点点头说我明白。实际上，我有很多不怎么明白。但那种时刻，他需要一个明白他的人，我不介意扮演这个角色。

我们一起出现在外面的时候，偶尔会有年轻女人找他要联系方式。他有时候会拒绝，有时候会给。我问过他这么做的标准是什么。没有标准，他说，看眼缘。不过我觉得他是有的。他倒是从来没有为此洋洋得意。她们中的一些人后来出现过，很快又不见了。我并不羡慕他，甚至常常替他难过。虽然他不在乎这一点。

中午，我只想一个人吃饭，于是在乔光辉和田尚佳注意到我之前，悄悄溜掉了。

电梯里碰到一位男同事，没有陌生到无需打招呼。听说他请假一周，回去处理父亲的丧事。他还是以前的样子，只是看起来更中年。毕竟他死了父亲，我应该言语表示一下，哪怕他早厌烦了这个。我根本管不住自己，话就出来了，急于证明我是个能够正常社交的好人。我说，回来啦。

他说，回来啦。都顺利吧，我说。都挺好，顺顺当当地下葬了，他说。我说，节哀，肯定很辛苦。他说，谢谢你。电梯到站解救了我们，在大楼门口我预判了他要走的方向，跟他告别。一个人能从另一个人身边离开，简直是人世间最大的仁慈。

我已经一年多没见过父亲了，春节的时候，我打电话告诉他，我留在广州过年。他无法接受这一点。但他没办法。有几个月我们没有联系。初夏那会儿他准备把院子里的樱桃树砍了，咨询我的意见。他说，樱桃好几年不结果了。他准备栽一棵石榴树。

小学那会儿，春天的某一天，樱桃突然开满一树花，谁都受到美的冒犯，忍不住停下来观看一阵。之后花瓣凋零，叶子逐渐清晰，青色的果子一天天长大。成熟时，熟透的果子在阳光下透明，仿佛一颗颗小炸弹。每天早上醒来，我爬到那棵樱桃树上，直到牙酸才下来。

我说，好，你看着办吧。然后准备挂断，但他开始关心我找对象的事。他说，该放手就放手，得去找，实在不行，我给你安排相亲也行。

这个话题不让我心烦，但他说的完全是另一回事。我敷衍了他，挂断了电话，又想起小港。过去，偶尔讨论未来时，我们一致希望生个女孩。有一回我们做完爱，避孕套掉了，赶紧去药店买紧急避孕药。从药店出来，我们踩着路灯的光回去，她拉着我的胳膊，一遍遍问真怀孕了怎么办。我不知道能怎么办。我说，要是个女孩的话，就给她起名叫樱桃。樱桃,她说。我们在无人的街道上哈哈笑了很久。我想那是我离未来最近的时候。

七月的时候,我叫上乔光辉,在黄埔的一个荔枝市场买了糯米糍和桂味。我在网上看到有人说,说普通话会被狠狠宰,但我看摊子前都用纸箱板写明了价格,所以不确定乔光辉的粤语有没有起到作用。我用顺丰给父亲寄过去,他收到后说买它干什么,他不爱吃。后来他告诉我,他给我的奶奶和两个姑妈都送了一些,但没给我大伯。

街上已经是过节的气氛,万菱汇和太古汇门口的广场上摆放着巨大的圣诞树。我脑子里一直在想刚才说的话,衡量"顺利"这个词是不是用得不太妥当,毕竟是他爹死了。我想是不是找个时间让父亲到广州来,带他逛逛。他这辈子还没有到过长江以南。吃着猪脚饭时,这个念头被抛到一边。

下午,因为云很大,窗外光一阵一阵的,时间流过去,像斑马的皮肤。有那么一会,站在打印机前,等待机器把纸吐出来,我还在期待晚上,没有什么具体的事,但已经知道不会下雨。

翻着几张热乎乎的纸,我心里盼着出点错。打印机老实得过分,一点错误都没有。可那是打印机的错吗,如果有错字,它也只是在正确地复制一个错误。

回到工位上,我意识到哪里不对。对,曾经坐着死者的椅子上,坐了一个陌生人。这个男人像是凭空出现,头发最近剪短过,正在对我笑。我重新看电脑时,才意识到应该回一个笑。

嘿，你好，我叫苏铁。他凑过来，睁着大眼睛笑。他说，我是新来的。

我顺势把那个笑拿出来。废纸和残疾水杯还在那儿，但现在桌子成了他的，我犹豫要不要清理一下。

我叫何小河，我说，你今天刚入职的？

是的，他说，他们让我坐在这里。

我没有确认他们是谁，脑袋里浮现一团面目不清但能准确意识到的形象。没听说部门有招新，但我不愿意多问。他拿起桌子上的纸，饶有兴致地看，于是我放弃了收拾的想法。之后的几十分钟，我们都没有说话，但有时候他会靠在椅背上，看我，我的身体捕捉到了他的看。偶尔他也站起来，像突然直起了身体的猿，瞭望一片原野。更多时候，他半藏在自己的格子里，不知在做什么。

好几回，我长时间盯着几张背影，觉得背影一定是个器官，有我尚未参透的象征。若长时间看，就不是看了，一个背影坐在椅子上，像是在抗议着什么。有人碰我肩膀，是乔光辉。他的两只手架在身前，我猜他刚从卫生间回来。他用眼睛指了一下苏铁。他说，新人？

苏铁早就等在那儿。他说，对，我是新来的。

乔光辉点点头，没有介绍自己。他说，没听说咱们部门进新人。

苏铁耸了一下肩膀。乔光辉走了。

你在做什么？苏铁问。他一只手扶着隔板，看我的电脑屏幕。

我切换到桌面，屏幕是一小块纯绿色。我在工作啊，我说，他们安排你做什么？

那个人只是让我坐在这儿，他说，我是说，你的工作是什么？

我不知道，我说。回答得有些生硬，他可能会误会我在敷衍。他哈哈哈笑了几声。他说，这倒是，我也不知道自己在做什么。

我在做什么，我想。然后杀死这个想法。点开电子邮件时网络不知哪里去了，一个蓝色的小信封从深处过来，变大，然后张开封口，吐出一个蓝色九宫格纸片。我盯着它一遍遍重复，苏铁也是。

整个下午，苏铁就像被遗忘在了那儿。后来，他的面前出现了一本笔记本，我看他的时候，他的食指和中指夹着一根水笔，来回晃动。笔记本翻开的厚度已经临近结尾，摊开的那一页，纸上没有字。但后来，也许他写了点什么。

二

你不走吗？我问。

等太阳下山了再走，苏铁说。

难得还有太阳。我望了望窗外，对面大楼的玻璃幕墙刺眼，远处一栋金黄色的楼闪闪发光。我说，更准确地说，是等太阳下楼。

走在街上，太阳已经下了几栋楼，但还有更多楼等着它下。跟着别人的脚跟，我进了地铁站。需要坐五站地铁，转乘时我突然尿急，去了厕所。一位穿灰色夹克和浅蓝色牛仔裤的男人站在小便池前，回头看了我一眼。总共只有两个小便池，我走到他隔壁，等我解开裤子开始尿的时候，发现他是在自慰。我感觉打扰他了，有点尴尬。可是他并没有停下，盯着我笑，似乎在刻意冒犯我，像他已经获胜了一样。我犹豫了一下，还是坚持尿完。我尽量表现得浑不在意，提裤子时我瞄了一眼，勃起后的阴茎如此丑陋，龟头红得几乎要裂开，但看上去比我的要大一点。操你妈的，我心底骂了一句。

再次等车的时候，有人碰我的胳膊，是地铁工作人员。

这位先生，她说，请站在黄色安全线外。我瞅了瞅脚底下的黄线，一时间不是很清楚到底什么意思。几秒钟后，她又说，请站在黄色安全线外，先生。她的重音在安全两个字上，于是我退了两步。她转身走到一根柱子旁边，停住了。黄色衬衣掖在藏蓝色的裤子里，腰带上挂着对讲机，一条腿撑住全身重量，另一条腿微微向前，使力的那一侧胯部凸出来，双手放在胸前，低着头玩指甲，偶尔抬头扫寻一眼。

她也是会回家的，我想。但现在只是长时间站着，提醒傻子们站在一条黄线后面。

出了地铁站，我按照 App 里的定位，找到两辆蓝色共享单车，但二维码和编号都被抹掉了。我骂了几句，在 App 里找到写建议的地方，它躲在"我的"最底下。我写：可以增加一个地图点选单车后直接开锁的功能，因为有些车二维码和编号都被破坏了。

往前走，一棵高山榕底下，停着一辆青绿色的共享单车。它的二维码是好的，不过我没有这家的会员，犹豫了几秒钟，没有扫它。我想下个月应该换这家来包月，然后走回了家。

家这个词让我别扭。回家，每次跟人这么说的时候，家这个字的音量变得很轻。我时不时试着找到另一个合适的说法，回租的地方？这太长了，这种强调欲盖弥彰。回住处呢？似乎太正式了。所以只能是回家。

不得不称为家的房间属于一家长租公司，北边是落地窗，有一张床，还有一张桌子和一个衣柜。还有空调。它们都是白色，不光滑的表面上，有一些颗粒状的阴影，擦不掉。床头是一面灰蓝色的墙，墙中央本来挂着印刷品的画，青绿色的底，内容是长租公司的英文名字和SIMPLE LIFE，下面是一个白色的自行车轮廓。一住进来，我就把它丢到衣柜顶上泡灰尘了。我从网上买了带框画布和丙烯，画了一个裸体男人挂在那儿。

床宽一米五，躺在那儿浑如一家之主，只给我留下门那么宽的走道。每个房子都有一个管家，我问过管家能否换成一张小床。不能，她说。她是个武汉人，聊天时她说城市马上要拆到她家了，家里人每天都在等待这件事。如今她早就离职，每年合同到期前，会有一个新的人联系我，说是我的新管家，询问是不是续租。我说续租，然后房租会上调一些。我为此争执过，但失败了。但我不想搬家。

我调过几次房间布局，最后把衣柜放在了床尾，它宽一米二，挡住一半落地窗，柜门正对着床，有一尺左右的缝隙，好在它是推拉门。桌子贴着衣柜一侧放，几乎要吃到床角了，取衣服的时候，我可以跨过去，不过更多时候，我会跪在床上取。

但衣柜的空间不够用，我琢磨了很久，决定对床下手，在贴着墙的那一边，开垦出几十公分宽的领土。我组装了一个白色金属管的简易衣架，放在那里，然后买了一根伸缩杆，一头顶着床头的墙壁，一头顶着衣柜柜顶。又剪了一块蓝绿色的麻布（有一段时间，我很喜欢在淘宝上买布），像窗帘一样挂在那儿。这一片抢来的飞地，成了裤子的王国。

这样，床边有三平米完整空间，供我过上一种长方形的起居生活。我很得意这种布置，除了每周换床单时有些麻烦。有一次，半夜我被砸醒，以为房子塌了，晕晕糊糊地想自己是不是要死，结果只是衣架倒了。

落地窗外面是公用阳台，通过一扇玻璃门和厨房相连。夏天太阳靠近北回归线时，早上六点到八点间，阳光到达阳台，找到剩下的半扇落地窗，进入我的房间。墙面挂着的一大块橘黄色麻布上，烫出一小块白，它一直变化，像是生物。地毯上也有。地毯很大很厚实，人造纤维的，像绵羊的皮，白色，散布着乒乓球大小的黑色圆点，原价328元，我在宜家打折区看到它的时候，只标了89元，不过有点脏，它之前肯定铺在宜家的某个展示房间里，被很多鞋子踩过。我高兴地扛着它坐了几十分钟地铁，在卫生间刷了两个小时，晒了两天，看上去属于我了。每天吃早饭时，那些光移动，像是受了伤，很缓慢。

厨房和我的房间共用一面墙，走出电梯，我听到厨房里有动静。我知道周舟在那里。

入户的地方很别扭，需要先打开防火门，然后在一个一平米大的长方体里开入户门，我习惯不开灯，在黑暗中输入密码。有一次和邱白云看完电影回来，我在输入密码，她在后面说，站这儿跟躺在棺材里似的。从那之后，我就对这个设计宽容了。

防火门回弹的力量很大，一路上都会发出声音，听起来像脑子在抽筋。在厨房连输入密码的声音也能听到，周舟应该能猜到是我回来了，她的脸出现在我脑子里，眼睛睁得很大，里面有种自矜的欣喜。我体会了一会坟墓，周围的声音传进来，整个人像冻在固体的寂静里。密码确认成功后，有一个提示音，给人的感觉像按了一下马桶。推开门的时候，我已经准备好一会要用的表情。

客厅昏暗，两块几何体的光交叉在一起，我站在从厨房出来的那一个，挥手。我说，嗨，周舟。然后走进去，站在她身旁。

周舟一手提着玻璃锅盖，一手拿着筷子，一比一还原了刚刚脑子里她的表情。她鬓角处亮晶晶的，有几根头发贴在额头上。左边的灶头上，蓝色火苗正在舔粉色小锅。

煮奶茶呢，她说，一会给你喝奶茶。

太好了，我说。她的眼睛很亮，锅里的水正在冒泡，水蒸气在我们眼前上升。我说，我平时很少喝奶茶。

那你喝喝这个，她说，跟外面卖的不一样，我男朋友给我的茶叶，说是不错。

什么茶叶？我问。我见过她男朋友，从上个月开始，她开始领他回来。那个男人个子不高，北方口音，脸上总带着笑意，但我能认出笑里那种虚假的奉承。在我的家乡，孩子们也是被那样教导的。

她的上一任男朋友是一个卷发男人，看着像高中生。去年夏天她告诉我，过年回家的时候，有个亲戚介绍两人认识，一聊，发现在同一片区域上班，再一聊，还是同一个初中毕业的，而且是同一届，只是当时不认识。男孩在地铁系统工作，两个人接触了一段时间，确定了关系。今年春天两个人分手了。

红茶，她说。她用筷子搅了搅水，脸上有一股丰收的喜悦。

她男朋友来的时候，她会多做几个菜，吃完后，很短时间就离开。可能两人不在这里做爱。她有时候会到男朋友那里去，她说那里有台配置很好的台式电脑，打游戏很爽。

太好了，我说，是怎么做的。

先煮一会茶叶，她说。她把锅盖放在台面上，关了火，开始滤茶叶。她说，等一会我热一热奶，加点冰糖和淡奶油，然后把茶叶放进去搅拌，颜色差不多了就好了。

她把锅重新放到灶上，我开了火。她撕开一盒燕塘牛奶，往里倒。我喜欢这个奶，不喜欢蒙牛和伊利，她说。

我也是，我说。聊着牛奶的口感和蛋白质标准，我一直看蓝色火苗，厨房里流动着潮热空气，奶香又甜又热。锅里的白色开始冒泡，我的目光落在她的手上。手指很长，涂了粉色指甲，关节都很清晰。我看着手从我身前过去，拿起一袋冰糖。

她问，你喜欢多甜？

不怎么爱吃甜，我说。

那我少放点，她说。太古单晶冰糖，往外倒时，冰糖卡住了，她用筷子戳了戳撕得变形的小口，两颗冰糖蹦进锅里。再来一个吧，她说。然后又晃出来一颗。甜的多好吃，怎么不爱吃甜呢，她说。冰糖从我身前回去了。

你该放放，我说，按你的量就可以，我不是不能接受甜。

我从厨房离开了一会，来到阳台。今天没有风，也没有雨，云悬浮在不同高度，有的高但看起来近，有的低但看起来远。我想这种高低可能是距离的错觉，仔细观察了一下，不是，确实一层一层悬在空中。高的就实，像一团固体的白光。低的有一半浸在粉灰色的雾里，连成片，让人看见地球的弧度。

洗衣机旁边那棵两米多高的发财树越来越干，春节后，一个雨天，我从小区后门丢年桔处捡了它，以为它不会活，结果它活了，并且在回南天的连番阴雨中枝繁叶茂起来。我以为它终将活下去，但一场盛夏的大风后，它开始掉叶子。很快所有枝条都干了。漫长的夏天结束，剩下一具树的尸体。对于怎么处理它，我始终没有主意，任由它停在那儿，用自身出色的防腐本事对抗时间。有时候我会想，它是不是在用这种方式活着。两盆金边吊兰干了叶子边，但我暂时还不想浇水。只有一盆仙人掌很兴旺，又向上拔了新节。

逝去的这个夏天很长，我从周舟那里学会了泡椒凤爪。她用了很多柠檬和香菜，让我品尝时，她说好像不够入味。说话时认真的态度不像谦虚。我吃了一口，很好吃。里面的香菜都是一整棵，我们一起称赞了香菜的味道。我以前从来不吃动物的爪子，但那次之后，我发微信再次请教了所需的食材和步骤，去附近的永辉超市买来鸡爪、柠檬、泡椒和香菜，煮了一锅并且泡上。

以前，和小港在一起的时候，她对我说，你没有生活。

做泡椒凤爪时我一直不服气,我生活挺认真的。我说了好几遍。

期待中跟周舟站在厨房一起分享鸡爪的场面没能实现,因为很难吃,而且我忘记剪掉爪子上的指甲。那些鸡爪在玻璃密封盒里,特别像婴儿的手。第二天她笑着问我泡的鸡爪怎么样了,我告诉她特别难吃,没提给她吃的事。后来我分两次吃完了,每一次都胆战心惊,仿佛在啃尸体。后来我想,其实可以扔掉。

台风季,白天过渡到黑夜的短暂时间里,我和周舟偶尔会在阳台上看风云突变后的乌云和大雨。不少时候她坐在一把椅子上,低头看手机,打字并且笑。这个笑看上去更真实,我忍不住猜测和她聊天的是谁。

她不笑的时候,表情显得冷漠,就像她在不开心。她把手机塞回兜里,看乌云卷过天空时就是这样。那些乌云很低,个头很大,像非洲大草原上的动物族群,蹄子底下生起灰烟,往珠江的上游赶路。它们中的一部分消失在对面那栋楼里,过几秒钟又重新出现,随后和大部队一起消失在远处。

其实到处都有声音,比如很多阳台上东西倒地的声音,女人呼喊的声音,小孩的叫声,更远处还有汽车喇叭声,但在我们这片阳台上,声音都像是不见了,风声也不见,只能看到她的刘海在额头上转圈,仿佛为无法跟上这样一群沉默的兽着急。这个时候,她整个人很清晰。我想不出她在想什么。她扭头看我的时候,我正在感叹云的规模,显得很浮躁。她的眼神宽容且悲伤。然后她的手机又响了,她拿出来看。我知道肯定有人追她，夏天过去之后，我意识到她重新恋爱了。没有一个明确的事件提醒，可在同一个屋檐下，信息会通过模糊的改变泄露出来。直到那个北方男人走进来，用那副笑脸和我打招呼，它变成眼睛里的事实。她们从我这里接收过什么信息，我好奇这个，进而我发现，我从来把握不准她们是如何看待我的。

奶香味跋涉到阳台，转过身，落地窗里我像一块干抹布。里面天空很脏，云也脏，每月两次的保洁，从没想过擦一擦它们。我决定保洁大姐再在微信群里要好评时，拒绝评价。

啊。厨房里响起周舟的惊呼，我快步走回去。怎么了，我说。

烫了一下，手指碰到锅边了，她说。眼球在眼眶里流动，她嘴唇向里吸，伸出小拇指，给我看外侧。她向里吸嘴唇的样子很熟悉。

那里有一道红印子。我打开冰箱冷冻门，寻找冰块。

不用，她说，没什么事。

我已经拿出来了，从冰格里按出一块，拇指和食指捏住，贴在那道红印子上。

哇，她小小惊呼一下。好舒服，不火辣辣的了，她说。她看着我，眼神明亮，我喜欢她用这样的眼神看我。

她另一只手继续在锅里搅拌。我错过了加奶油和茶叶的场面，里面不再是白色，还没到咖啡色。她说，必须一直搅拌，不然不够丝滑。

筷子在锅里转圈，没有生出涟漪，只有一些凹陷。我们盯着颜色变深，冰块往我指骨里钻，凉一步步转变为疼，水滴在白色台面上。我仿佛正捏着一小块火，于是加了些力。一股无聊突然袭击我的脑子，一直持续到冰块剩下牙齿那么大。

好啦，她说，已经不疼了，奶茶也煮好啦。

我把剩余的冰块攒在手心，任由它化完。她关了火，用漏勺压住茶叶，把奶茶倒入两个相同的陶瓷杯里。

之后我们回到各自房间，不那么烫了之后，我发微信赞美了奶茶。奶茶凉到适合入口时，我收到邱白云的微信。

小河，在家吗？帮我开下门，我的密码被锁了。

我放下杯子，走出房间，穿上拖鞋。走到门后的这几米，我一直在看那张床一样大的餐桌。上面堆放着厨具和餐具，几个电饭煲，还有一个没有人使用的烤箱。灰尘用不同时间一直占领它们。其中有一些，肯定是早期租户们留下来的，我整理过一次，但没有丢，仿佛它们在等待什么。

我打开门，邱白云仍旧在生气。她说，昨天忘交房租了，才一天，就给我关门外了。

太过分了吧，我说，你现在交上会把密码解开吧。

她盯着手机。她说，已经交了，正在跟管家联系，我跟他说都没有提醒交房租，直接就把我的密码封了。他给我说，一般都提前一星期发短信提醒的，App 里也有消息提醒，一打开就能看到。谁平时会打开那个 App，我根本就没收到短信，你收到过短信吗？

我没有留意过，我说。

对嘛，她说，每天垃圾短信那么多，谁会留意。

我们已经走到她的门口，也在周舟的门口。两个人的门是直角关系，不过邱白云的门口有一平米大小的空间，供她放鞋柜。

她输了一遍密码，门没打开。她很生气。

这时候旁边的门开了，周舟走出来，眼睛照样睁得很大，脸上还是那种刻意而自矜的笑容。怎么啦，在这儿开会呢，她说。

我说，她晚交一天房租，密码被锁上了，开不了门。

邱白云握着手机打字，没有说话。

真的好绝，周舟说。然后空着手从我和邱白云之间走过去，一直看着前方，走进厨房。很快又出来了，她的手仍然空着，一直看我，保持那份笑容，进房间后，她让跑出来的光越来越窄，眼睛一直落在我脸上，最后送上了门。

过了一会，邱白云再次输入密码，六次按键声后，熟悉的通过音效响了。开了，她说。表情并不高兴。我跟她告别，回了自己房间。

三

第二天,苏铁面对的仍旧是一个空位。他们把你忘了吗?我问。可能是,他说。你可以去申请一下,我说,给你配置电脑和办公用具。他说,不着急。

废纸和残疾水杯不见了,桌子上只有一个笔记本,蓝色封皮,看着是皮质的。某些时刻,我的余光注意到他在写东西,不过大部分时间我都忘记了他。

十一点钟的时候,我的电话响了,是父亲打来的。家乡的来电总让我感觉不幸,仿佛会带来坏消息。好在没有,没有人生病,也没有人死。我按了静音,一直到卫生间旁边的走廊才接听。

父亲说,吃了清早饭,我去南地转了转,看见你妈妈的坟头都让草吃了。以前庄稼高还不明显,现在地里面空了,看着荒得厉害。我把那些草棵子都薅了,堆了好大一堆,烧干净了。没有这些草,坟头秃得很厉害,我想着给她添添坟,又觉得还是等你过年回来,咱们一起再添。

何必非要这样呢,我想。但我说,好。

当初看这个新坟址，风水先生说这里好，地南头那个沟里有条龙，什么三代之内出大官，父亲说。声音忽远忽近，我知道是风的缘故，我脑子里出现那条沟，它两边的杨树落光了叶子。父亲说，也不知道他是从哪一代开始算的，是从我这一代还是你这一代。

我差点笑了出来。我很想告诉他，不管从他那一辈开始算，还是从我这一辈开始算，应该都不会有三代了。

也不知道这一套是不是真的，他说，人家都说他算得挺准。他沉默了一阵子，风在说话。我站在卫生间尽头，盯着底下的十字路口，红绿灯变来变去。话筒里传来一声远远的叹息，似乎说话的人正飘在风中。他说，反正这一套，都是做给活人看的。

这份疑惑他不是现在才有。妈妈的尸体在路边停了几天，交警骗父亲签了一份告知书。最初的愤怒之后，父亲还是妥协了，可能他也很累。事情的解决常常就是这样，有人妥协了，但说解决也没错，有人妥协就是另一些人的解决。乡间的规矩是，横死的人不能放在家里。妈妈躺在棺材里，丢在南地等着下葬的那些天，有一天夜里下了场不大的雨，塑料布搭成的棚子倒了。早上父亲出去，回到家忧心忡忡地对我说，一场邪风把棚子刮倒了，你妈妈的棺材淋了雨。

之后，他焊在椅子上一直抽烟。他尽了全力，看风水，确定坟址，求人帮忙，捋顺葬礼的流程，确保每个细节都不出错。大概这件临时发生的小事，在他心中留下永恒的阴影。他唉声叹气，不住念叨：你妈妈福薄；这风太邪了，别的地方一点事没有，单单刮倒了棚子；人都是命……

他不得不站起来继续奔走时，突然目光炯炯看我。他问，你说风水先生说的这一套，是真的还是假的？

我不信这一套，但没有答案给他。

他说，你小学同学，小宗，上星期生了一个儿子，这下子，人家儿女双全了。

小宗，何继宗，有个春节遇见他，他胖得不成样子。他小时候不瘦，但算不上胖。妈妈死的那天，中午我站在学校门口，是他告诉我妈妈出车祸的消息。当时还不知道人会死掉。

电话那头在说，你现在咋样了，又找女朋友了吗？

你别管了，我说。我用了很有耐心的语气。

我能不管吗，他说，你该找得找啊，不能放弃，这在我心里始终是个事，你知道吗，晚上想着这个事都睡不着觉。

临近午饭时间，好像自动解锁了一种义务，我担心是不是得邀请新同事一起吃饭。好在他自己站起来，提前离开了。我和田尚佳、乔光辉一起，去了老饭店。到的时候只剩下墙角那张桌子，我们坐在那里，旁边桌子上一个穿白衬衫的男人正在骂蔡英文，另外一张桌子上，几个女人在说法律上的事。我们决定吃萝卜干滚蛋、菜心炒鸡杂、白切鸡和椒丝通菜，乔光辉走到厨房门口用粤语报了菜名。

老饭店是我们私下的喊法，它没有名字，在一家快捷酒店所在的院子的最里面，一间紧挨着大院后门的小平房。店主是一对老夫妻，看上去六十多岁，普通话说得很费劲。

男店主拖着左脚走路，听女店主说是打仗的时候挨了枪子。乔光辉搞不懂，问是哪一场。两个人都嘿嘿笑，没有回答。乔光辉说，不应该啊，就算他参加的是朝鲜战争，也不该是这个年纪。当时田尚佳摇了摇头，不知道她是不是知道那场战争。

女店主一盘盘上菜，有些时候，厨房里传来争吵声，我听不懂吵架的话，但能猜到一些。最后的椒丝通菜是男店主拖着腿端上来的。我说，我特别喜欢吃你炒的萝卜干滚蛋。他只是笑了笑，没有说话。

我们聊了几部最近的电影，觉得都很差劲。田尚佳说，差劲好像会传染，能感觉到一整批导演全都变得有心无力了，他们的观察停在了过往，现在失效了，真是很残酷。她嚼着一块鸡肉，用纸巾擦了一下嘴角。她看看纸巾，上面很干净，她对折一下。她说，真是很残酷，也许该有一批新的人来试试。

你不能只看银幕上那些，乔光辉说，有很多艺术电影很不错。

整个世界都变得无力了，田尚佳说，电影不该是一个小圈子里的自娱自乐，它观照的现实，需要被更多人看到。

大多数人不需要这个，乔光辉说，人们去到电影院，只不过找找乐子，打发一下时间。

田尚佳说，人要是对自己的精神世界毫无追求，在我看来是很可惜的。

我说，你是对的，只不过，可能很多人，没有多余的力气去追求精神世界了。

他们有什么精神世界，乔光辉说。

他们有，田尚佳说。她皱着眉，直视乔光辉。她说，只是他们错过了意识到这一点的机会。

乔光辉避开田尚佳的目光，甩一下下巴，看着窗户。他说，他们就是不够强大。

强大的尽头是什么，我问。

他抿着嘴唇，一时间没有回答。

强大的标准是什么，我问。

一个人不抱怨，努力提升自己，比别人强，这就是强大，他说。

怎么样算比别人强呢？田尚佳问。

乔光辉笑了几声。他说，你们不要合起伙来围攻我，你们明白我的意思。

没有，我说，我是真不明白，提升到哪种程度，算是强大了？具体是哪一方面提升到哪种程度，算是强大了？

他的鼻子重重呼出一口气，脊背下垂，很无奈的样子。

问个具体的，我说，我身体更强壮，打架厉害，你打不过我，那我算不算比你强大？

有法律在，他说，我可以借助法律制衡你。

好，我说，现在我有一个父亲，可以让我逃过法律的制裁，这算不算强大？

你不要给我较这个真，乔光辉说。他无奈地向后一摊。

如果遵循一种强弱的逻辑，是没有尽头的，我说。

你应该明白，我说的是精神上的，他说。乔光辉看着我，多了几分认真。

我说，我是觉得，不要用这种角度去看一个人，我们要尊重个体。

话可以这样说，他说，但我不相信，你能完全抛开强弱看待一个人。

你觉得强大是什么？田尚佳问我。

如果一定要说强大，我说，我认为的强大是，一个人在另一个人面对不公时，有多大勇气来维护他。

你是个理想主义者，我就喜欢你这一点，乔光辉说。说的时候，他的大眼睛注视着我，没有戏谑或者讽刺的意味，仿佛真是这样想的。

你要赖啊，田尚佳说。她放下筷子拿纸巾。她说，说不下去的时候，就给人贴上一个标签，好像这样就立于不败之地。

我不是理想主义者，我说，我很懦弱，一点勇气也没有。

我们失去了说话的兴致，都开始看手机。朋友圈里一个朋友发了些秋天的照片。一座山上，庙里，灰色的屋脊和红色的墙，屋檐的铃，瑞兽，几片叶子，枯树，低头走路的灰袍僧人。各种角度，各个细节，仿佛他真相信什么。原来北方已经是冬天了，在南方生活久了，常常忘记这一点。我被南方泡得很软，我不想念北方。季节不分明了，像很多东西一样。我一点都不想念北方，这句话一直往下掉，于是有了一个深不见底的洞穴。我给照片点了赞，想不起来他的脸，但还记得他过去总憋着一股劲，要向世界证明自己有多了不起。不知道他证明了没有，或者不再证明了。也许他出家了，我想，真希望他出家。

那个人裙子的颜色真好看，田尚佳说。她朝窗外扬了扬下巴。

我肯定比乔光辉先看到，因为他需要转身。他说，这片水泥地让她走得像沙滩了。

一条长袖蓝裙子，饱和度不算高，但在水泥色的背景中，给人一种超现实的感觉。那个女人回了一下头，很明媚。一辆灰色沃尔沃车底下，跑出来一只橘色猫，她弯着腰，应该是在和猫讲话。她伸出右手，猫仍然不动。猫会期待这只手吗？这个问题闪了一下，消失了。

我色弱，我说，所以我们看到的世界不一样，而且，我永远没办法让你们知道我看到的颜色，我也永远不知道你们看到的，因为缺少一个有共识的参照物。

乔光辉说，有那种镜片，戴上后，色弱能看到正常的颜色。

蓝裙子里的女人跟猫挥手再见，猫盯着她看。这就是多数暴力，我说，因为你们人多，你们看到的就是正常颜色，有可能我们看到的才是本来的颜色呢。

本来没有颜色，只有光的反射，他说。

有没有可能，每个人看到的颜色都不同，田尚佳说。说话的时候，也看着外面，蓝裙子消失于窗框，她目光转回到眼前的食物上。她说，只是大家在一个更大的范围里达成了共识，就像，有一个东西，所有人看到的都不同，但是大家又都意识到它是那个东西。

乔光辉结了账，我和田尚佳把分摊的钱转给他。往回走的时候，乔光辉要去另一个方向买烟。田尚佳的头发很亮，一朵云正在经过太阳，然后光重新一层层落下，街道被洗了一遍。白色的事物特别虔诚，路边一排树木中的几棵，仿佛说了些胡话，有些影子正在祈祷。一切看上去和前面几天很像。

我很喜欢在这种天气里走路，田尚佳说。她一脸享受，我既看到关于过去的经验，又看到关于未来的预告。她穿了一件粉白色衬衫，下摆塞在黑色裤子里面，裤子提得很高，几乎到胃部了，本来就不矮的个子更显高了。额头有点扁，眉骨微微往前凸，但还是很好看。她扎了一个高马尾，能看到脖子后面正中位置，有块黄豆大的痣。她不是个忧郁的年轻人，可有些时候看上去也不好受。此时，她看上去是个不矛盾的人，睫毛很长，目光总在向下垂，睫毛在空气中颤动，像暗器。现在她走路像在轻微跳跃，刘海盖住前额，看得出经过刻意处理，想修饰得眉毛不那么凸出。

路边一棵巨大的琴叶榕底下，有把黄椅子。简单的折叠椅，过滤后的阳光坐在上面。她像猫一样坐上去，双腿前伸，脚腕交叉，上半身的重量压在椅背上。一块美丽的反差鲜明的阴影。我给她拍了照。她看了照片，很满意，站起来让我也坐着来一张。她起身的那一刻，我意识到，对椅子来说，生命是一种看不见的重量，一再消失。那消失的重量是谁？是她，是某个保安，然后还会是我。我坐下来，感受到自己是一种记忆被黄椅子锁住，它停在那儿，六十七公斤，被覆盖或者被收割，无数天约等于同一天。她从好几个角度给我拍照，像做了坏事一样憋笑。

没关系，我说，不是你技术问题，是我人的问题。

No，No，No，她说，是我技术问题。

她不让我在她手机上看照片，用手挡着屏幕，身体微微后倾，精挑细选了几张，微信发给我。照片看上去很别扭，我坐在那儿，像是拙劣的修图技术P上去的。我穿着卫衣和牛仔裤，很不正式，脸看上去很苦，有点像烂尾楼。

琴叶榕的果子比别的榕树都大，我说。我大拇指和食指指尖相接，比画了一下。我说，乒乓球那么大，八月初的时候会落下来。

她望着琴叶榕的树冠，没有说话。等我和她离开，我转过头，黄椅子没有表情地坐在那儿，有什么消失了，那是它从未等待的东西。它是一列火车，一架飞机，不，它是那铁轨，那航线。它停在那儿，已经走了漫长的时间。只是，它不等待。

午后昏昏欲睡的时刻，整个楼层泡在一种看不见的液体里，它让我无需思考，而且有点轻松，甚至有种奇妙的虔诚。苏铁在他的位子上，像个雕塑。

再次看到田尚佳时，世界已经醒过来，她的头发挽了个髻，额头豁然开朗。她两只手在胸前叉来叉去，鼻梁上仿佛有一座滑梯，高兴从眼睛里出发，滑下来，聚集在上唇。

晚上一起去吃个饭吧，她说。

下班后不得不加了一小时班，我像是什么都没做。走出大楼天已经黑了，我们没有马上决定吃什么，往她家的方向走。我问，你会把租的房子称为家吗？会呀，她说，不然说什么。我说，我也会说，但总觉得别扭，心虚似的。管它呢，她说，底气足一点，我住着就是我的家。

两边的商场像巨大的水母，只是太吵了，视觉上的吵。空气不像白天那么舒服，很闷热，世界仿佛在膨胀，人们朝着好几个方向滑去。有几分钟，前面是一对穿恒大主场队服的父女，两个人一直在玩一二三木头人。后来，小女孩说不许说话不许动时，我和田尚佳也会默契定住，相视而笑，她的眼球像是一汪液体。然后就走散了，所有路灯柱上都挂着红旗或者核心价值观。一个路牌假寐，蓝色的金属牌，写着白字，天河路。田尚佳说，这条街知道自己叫天河路吗。

我说，夜晚知道自己叫夜晚吗。

我们去吃火锅吧，她说，去海银海记，牛肉火锅你可以吗？

可以，我说，过年的时候，我一个人去过，门口的店员不怎么愿意排我的号。

太过分了，她说，怎么单身的人不配吃火锅。转了弯，又转了一个，她指着前面说，下去就到了。

下去，我说，这个用法好有意思。

哈哈，她说，不对吗，沿着一条路一直往前的时候……

没有不对，我说，我觉得很有特点，立体感很强，我听过这样用，只是我们那儿不这样用。

火锅店门口一片红色塑料凳上，长满了人，迎宾台后面站着穿店服的女人。是她吗？她用眼神指了一下门口站着的店员问，那个嫌弃你的。

不是，我说。我朝店里面看了看，没看到，所有桌子都满员。没看到她，我说，可能离职了。

你还能记得住她长什么样，她说。

看到了能，我说。

取了号，红凳子游曳到我们屁股底下。空气很潮，风吹过时，人像芦苇。汗想冒又不冒出来，憋在毛孔里，我不得不一直揪卫衣的领子。终于叫到我们的号，安排在收银台旁边的桌子，离门口很近。我们没在点餐上花费什么时间。

你会调蘸料吗？她问。

我不会，我说，我都是感觉哪个味道不错，就盛一点。

我也是，她说。她站起来。先去调一点吧，她说。

圆形蘸料台，大圆套小圆。我看到一个豆酱，特别像小时候奶奶腌的，她会在里面放西瓜皮。奶奶好些年不腌了，有可能还腌，但我没机会知道。盛这个豆酱的时候，我一直在想奶奶到底多少岁了。我很担心接到一个电话，告诉我奶奶死了。那样我就得回去参加葬礼。我讨厌参加葬礼，因为我不愿意哭。外婆死后，我到达灵堂时，所有人都盯着我的眼睛。我没有眼泪，也不怎么难过，只是觉得它终于发生了。眼前的这个人会死，这是明摆着的事。

这个辣椒酱看着好诱人，田尚佳说，不知道会不会太辣。她舀起一勺，远远地嗅一嗅，放进了小碟子里。

我说，我有个室友，湛江的，很会调火锅蘸料，她给我说过，但我总记不住。

你们处得挺不错，她说，还会一起吃火锅。

吃过几次，我说，大家都挺好接触的。

我受不了有室友，她说。我们往自己的位置走去。

我有时候能受得了，我说。

什么时候，她说。

穷的时候，我说。

她白了我一眼。一个小女孩抓住我的裤子，膝盖位置，攥得很牢，我没办法往前走。一个灰衣服的女人跑过来，对我歉意地笑，然后蹲下来掰她的手。松开吧，你认错人了，她说。

小女孩没理解发生了什么，依旧攥得很紧。她先望灰衣服女人的脸，然后高高扬起脖子，一直到要向后倒下去。她盯了一会我，手上的力气跑走了，倒进女人怀里。

水蒸气在我和田尚佳之间跳舞时，我又说起上次来这里吃火锅的事。那天也是这么闷热，我说，我一直在出汗，用了很多纸巾。说到这里我很犹豫要不要继续说下去，话很无聊，毫无意义。

过年你为什么不回家？她问。她把一片牛肉放进嘴里，慢慢嚼着。

你没有过一个人过春节的念头吗？我问。

我没有，她说，实现这个念头，像你预期一样好吗？

我不知道，我说，从这里出去后，突然下雨了，雨点很大，但不密，我横穿过天河城商场，再出去时雨已经停了，我无法确定是走出了一朵云的统治范围，还是时间上的改变。

我讨厌所有的下雨天，她说。她夹着一块牛肉上上下下涮，我默默数次数。

我说，一家人在一起的春节，无需袒露心扉，不用拿出自己的困境提醒自己多么狼狈，简单表演一个，过去一年过得还不错，并且对下一年充满信心的人，就能换取一份不怎么费力的温情。我停了片刻，她涮了十一次，贴在桌子的纸上写了不同部位的牛肉要涮的次数，应该是七上八下。

你把家庭的温馨说得太丑陋了，她说。

那个时候，我突然怀念起这个来，我说，可是，我又清楚知道，我不想走进它，似乎拥有这样一份用来怀念的景观，比置身其中更有意思。

田尚佳歪着脑袋盯了我一会，开始吃牛肉。我的微信响了，乔光辉问我在做什么。我在吃火锅，我回，跟田尚佳一起。他回了一个动态表情，是一个男人意味深长的微笑，旁边配有三个字：我懂了。我知道他懂什么，但我不懂。不远处的座位上，一对男女同时在看我，我看过去，两人目光移开了。

想看个电影吗？田尚佳问。她夹起一个牛肉丸，往小碟子里运，接近终点时，牛肉丸掉进碟子里，弹起来，落在桌面上。她吐了下舌头，抽出一张纸巾，捏着牛肉丸丢进垃圾桶。又抽出一张纸巾擦了擦桌面。她说，我买了台投影仪。

她租住的小区都是六层高的老楼，不过每栋楼都在外立面找位置加装了电梯。一层和二层大多作为店面租出去，被改造成咖啡店、茶社、酒吧、古着店、手工体验店等，装修简约时髦，一路上，大批打扮精致的男女，让我变成一个路障。几棵大树下，老男人们在下象棋。我们前面一对男女，看一眼就知道是正在回家的夫妻。妻子穿着黑色连衣裙，斜吊在丈夫胳膊上。在电梯里，田尚佳一直模仿她说话。宝宝，宝宝，她说。然后哈哈大笑。那是一种让人一耳就记住的声调。宝宝，宝宝，我也模仿了几次。重音在第一个字上，第二个字拉得很长，气息逐渐变弱，直到那口气用光。

田尚佳的房间和以前没什么区别，称不上乱。她说，不好意思，特别乱，一直都懒得收拾。像是这话早就悬停在那儿，等着她抵达。

我们讨论了一会选择哪部电影，最后选择了《方形》，因为它得了金棕榈奖。我们还决定喝点酒，是威士忌，她拿出一罐可乐，拧开，往自己杯子里倒，差不多一半一半才停下。她把可乐放在我面前。她说你自己倒。我没有倒。我问有冰块吗。她说没有。于是我喝了纯威士忌。

电影播放时我会走神，想起某些过去的事。我们背靠沙发，坐在圆垫子上，房间里很热，几乎让人出汗，我注意到田尚佳也不是很专注。有几个时刻，我们的眼睛撞在一起，都没有笑意。

幕布上的光反射到一切事物上，没有人说话。声音在喇叭里，空间很沉默。沉默没有给我压力，机器运行的沙沙声，和墙壁中传来的撞击声，让我意识到自己还活着。中间暂停了一下，我去卫生间小便。坐在马桶上，我又看到那对牙刷，一个红色，一个蓝色。我猜想她用的是哪个。可能是红色，不知道谁用过蓝色。从卫生间出来，房间里光和空气的颗粒感更像老电影了。田尚佳双手抱膝，注视着幕布上的白光，整个人显得很迟钝。可能有什么啃着她，她疲惫得像一对夫妻。

电影播放到，男主角射精后，抓着避孕套不放，女人要帮他丢掉，他拒绝了。为这个事，两人争执了一会。他们一人扯着避孕套的一头，拉得很长。

我们哈哈大笑。笑声中，我胳膊上的皮肤发紧，谁若突然松手，避孕套抽在皮肤上会很疼。

美国有个很有名的篮球运动员，我说，好像就出过这种事，打了很长时间官司。

这个女演员，她说，我很喜欢，她演过《使女的故事》。

我也看过，但只看了第一季，我说。我还想跟她聊聊原著作者，还有门罗、麦克劳德、翁达杰，海风中失落的血色馈赠。但我控制住了。我转头看她，她的耳朵上有三根头发。我说，我可以跟你做爱吗？

她转过头来，速度很快，像是摁下一个开关，产生了无视时间的位移，然后停在那儿看我，似乎要重新认出我。我不确定她是吓到了，还是在理解这句话的意思，或者单纯觉得恶心。

你想做吗，她说，你想跟我做爱吗？

我想，我说。其实我心里已经不怎么想了。

那可以呀，她说，这很正常，我们又没有伤害谁。

我没懂她说伤害谁是什么意思。随后我意识到，可能她在笑话我小题大做。

不过，她说，你得戴套。

当然，我说，这是一定的。我猜想她这里应该有避孕套，但我没有问。

她身材不是很瘦，但我还是双臂交叉很深才环抱住她。我们倒在地毯上，她的手伸进我衣服里，抚摸我的背，又摸我的肋骨。

你太瘦了，她说，你怎么会这么瘦，你得多吃点。

我讨厌她这么说。但她还在说太瘦了之类的，我不明白她为什么非说不可。抱着她时，突然觉得毫无道理。我下巴贴着她的额头，闻到洗发水的味道，是一种根茎的清新。我思考她是何时愿意跟我做爱的，会是在我说出来之前吗？

我开始吻她的额头，突然冲出来一股氨气味道，顶得脑门又胀又疼。我屏住呼吸，扬起脑袋，快把脖子扬断了才大吸一口气。她没有发现这件事，仍旧在我怀里讲话。那股氨气味道扰乱我的听觉和视觉，没听清她说了什么，眼前也黑乎乎的，就像正在死去。我很想让她从我怀里出去，但担心会伤害到她，所以一直忍着。过了一会，世界重新降临，肉体如此霸道。

通过怀里人的耳朵,我听到我的心跳声。咚咚咚。氨气味道不知去了哪里,我鼓起勇气,鼻子重新凑近,确实不见了。

已经没有情欲的兴致,又不得不做点什么,我再次亲吻她的额头,然后是左眼上眼皮。她的眼球一直在动。我用鼻子蹭了蹭她的鼻子,准备吻她的嘴。但她闭上嘴巴,头歪向一边。别亲嘴,她嘟嚷了一句。好像她的嘴里藏着什么宝贵的东西或者丑陋的东西。我开始亲她的脖子,有点担心氨气味道再来,不过还好,舌头在皮肤上,只是涩和无味。我沿着她的脖子吻下去,另一只手的指腹开始揉她的阴唇。她闭上眼睛,嘴巴里逃出一些呻吟声。

事实上,我开始走神了,很诧异正在做的事。我感到,无趣,我不确定要从这场性爱中得到什么。我曾疑惑过,我是不是爱上她了,现在我确定没有,但不是通过情欲的有和无。过去的那种错觉,大概是一种想要被她爱上的虚荣。我还能察觉到内心深处的一股喜悦,不对,不像喜悦,它是,它是得意。一股淡淡的得意。那股得意摁不住地冒出来,像个幽灵一样笑我,让我恶心。

吻她的锁骨时,我两次看她的脸,她的眉毛微微皱着,嘴巴微张,发出轻微的呻吟声。她的乳房面积挺大,也很挺,摸上去很有弹性。

你的胸部很漂亮,我说。

生得好,她说,你喜欢我吗?

这个问题是什么意思呢,她的眼神让我犹豫了片刻。

我说，喜欢啊。

我担心这会让她误会，但很明显她没有误会。她笑了，嘴角挂着一点嘲讽。她说，是喜欢我还是喜欢我的胸？

我没有回答，继续吻她，一直吻下去，食指和中指进入她的身体。她的呻吟声成群结队了。指腹在阴道上壁触摸到类似螺纹的凸起，以前没有遇到过，我觉得很新奇，兴奋了一点。我的指甲一周没剪了，碰到那些柔软的肉，像优柔寡断的君王，被一个雄才大略的枭雄威胁着杀人。

吻到她腹部的时候，我用另一只手抚摸她的乳房，开始考虑避孕套的事。我不确定是现在，还是过一会，问她避孕套在哪里。万一她说她没有，我是要出去买，还是在外卖软件上买。我想我还是要出去，因为我想不出怎么和她一起度过等避孕套的时间。下巴蹭了蹭她的阴毛，我准备问了，突然胃部一阵剧烈的抽痛。我双手按住胃部蜷缩在一旁，她双肘撑着抬起上身，脸上的迷离全都不见了。她问，怎么啦，你怎么啦？

胃特别痛，我说，像在打仗。

汗从我的全身出来，营造一个沼泽，我一个劲往下沉。她围着我着了一会急，不知道怎么拉我出来，只能拧开一瓶水让我喝。我喝了几口，没有好转。

你吃坏什么东西了吗？一直都胃疼吗？她问。

我脑袋很晕，有一个空间在周围扩散，撑开和世界的距离。她的声音传过来，过了一遍厚厚的水。不知道，应该没有，我说，以前疼过一阵子，但很长时间没疼了。

那怎么办,她说,我们去医院吧。

不用,我说,躺这儿缓一会。

我没有睁眼,但知道她正趴在旁边看我。我很不好意思。好大一会,胃从绞痛慢慢变成线性的痛,我的脑子才重新触碰到这个世界,觉得周围的一切全都刷新了一遍。我意识到我始终举着左手那两根手指,避免碰到身体。现在上面胶了一层。我睁开眼,她正发愁地看我。

好些了,我说,不那么疼了。

吓死我了,她说,我还以为我的身体有毒。

说不准,我盯着她的乳头说,你是不是在这里涂了毒药,想把我杀了。

对,她说,毒死你。

我想起一个笑话,笑得时间过长了。她说,有这么好笑吗?

我开始给她讲那个笑话:有一对双胞胎,吃奶的时候,一个用左边,一个用右边。有一天两个婴儿都想独占两个奶源,所以都在对方那边涂了毒药,结果第二天,他们的爸爸死了。

她哈哈笑了一阵,然后摇头。她说,听听这笑话,怎么编排我们女人,不是生育工具就是性工具。

胃已经不疼了,剩下一小块空。我又去噙她的乳头,仿佛可以充实我的胃。

她一遍遍抚摸着我的头。她说,你不怕死吗?

没关系,我仰起脑袋看着她说,我想死。

避孕套的事没有让我为难，她拉着我的手进了卧室，从床头柜抽屉里拿出一片丢在床单上。床单很厚实，很软，一种扎染的蓝色，散发着草木汁气味，很适合做爱。第一次射精后，休息了一会，又做了一次。我们一起洗了澡，洗澡时我又有些冲动，但只是从背后抱了她一会。之后泡在夜晚里，我的鼻子很不舒服，里面有一小块疼始终硌着我。我们说了很多话，她问我的胃怎么回事。我告诉她，高考后的那个暑假，我的表妹骑摩托车，被撞了，开了颅，有两三个星期，我在病房帮忙照顾她，吃饭很不规律，那之后胃疼了几年。

有些时刻，我几乎以为自己爱上她了。但我知道没有，确认的方法很不科学，我先让自己坦诚，承认爱上她了，然后我就知道，我没有。我想不出差在哪儿。我也想她是不是爱我的问题，我给自己的答案是，她不爱。

早上我们进行了一场谈话，是在另一场性爱之后。

要是同事们知道我们上了床，不知道会是什么反应，她说。她趴在枕头上，一只眼睛看我。

他们不会知道的，我说。

你怎么这么确定，她说。她用手肘撑起上半身。

不是确定，我想不出他们怎么会知道，我说。

这可说不准。她的右胳膊伸直，手背落在床头板上，右耳朵像听一个海螺那样，压在肩头。人们总是能察觉这种事，她说。

那就随便他们，我说。天花板上好像是高跟鞋的声音，但只响了几下，空气中有酱醋汁的气味。我问，你在意吗？

我不在意，她说，只是他们可能会觉得我们在一起了，但我们不会在一起的，对吧。

对，我说。我去摸她的脸，她向后躲，我的手落在我们之间的枕头上。我说，我知道你并不想跟我在一起。

你怎么知道？她问。

我又不傻，能感觉到，我说。空气很凉，她的皮肤变得凹凸不平，我的也是。但我不想拉一下被子盖在身上。我说，我不是那种你会爱上并且愿意待在一起的人。

你知道我会爱上哪种人，她说，我自己都不知道。她拿出那种假装礼貌时的笑容。

我能感觉出来，我说。

感觉，她说，你真厉害，感觉得这么准，说说是哪种人，让我学习一下。

说不清楚，不是一个标准吧，我说。我翻了身，看到床头柜上有个蓝白色的药瓶，伸手拿起来，Melatonin，Beauty Sleep，我念出了声。你睡眠不好？管用吗？我问。

有时候管用，她说。

我打呼了吗？我问。

没有吧，反正我没有听到。她大吸一口气，脖子绷紧，露出青色的血管。她接着说，不过有时候你呼吸很重，好像喘不过来气，我都想喊醒你，担心你死了。有人说过你打呼？

有时候我自己能听到，我说，就在快睡着的时候，鼻子里突然猪哼一下，我就憋醒了，所以我担心自己是不是一直打呼。

这还挺危险的吧，她说，叫什么睡眠呼吸中止之类的，你最好去看看。

可能吧，我说，我的鼻子一直不好，从初中就不好了，还穿刺过，特别吓人，那是我这辈子的噩梦。

这辈子的噩梦，她说，说说哪种人。

瓶身有一串紫色葡萄，显得很好吃。我转了转，盯着一整面英文，想弄明白它是怎么回事。她还在看我。我把药瓶放回去，枕着左胳膊，面对她。我说，我觉得你有一个雷达，它一直开启着，能捕捉到周围让你心仪的人的信号，我觉得你享受这种方式，而不是要一个确定关系。

对，她说，你太懂我了，你可以骄傲了。她伸出手，捏住我的下巴说，你自己呢，我觉得先生。

我说，我不知道，所谓共同喜欢的东西，能聊得来，在我看来都很表面，很无聊。

来，说说你深刻的爱情，她说。她睁大眼睛，特别当回事地盯着我。

我知道她在讽刺我，但我还是会说，此时我控制不住地想要坦诚。但我又很怀疑这种坦诚，也怀疑自己将要给出的理由，只是没办法，表演的欲望无比强烈，我控制不住。

我说，我可能更希望和对方一起理解沉默。我会想要看到对方笃定和执着的那一部分。比如说，一个大提琴手，我希望听到她接触一首新曲子时的第一个音符。然后她一遍遍练习，我在旁边听着。有些地方她怎么都处理不好，很难听，她想砸了琴，用琴弓勒死自己。她焦躁，无措，沉默，愤怒，大喊自己拉得像是一坨屎。但她死了一会后，还是坐在那儿，再次开始尝试。一遍遍重复后，成型了，她体会到狂喜，最终可以平静地享受它，并且在音乐厅演出。对我来说，这个作品，不是在音乐厅里听到的那个版本，是从她拉出第一个音符开始，到音乐厅里拉完最后一个音符，听众鼓掌。这样一个时间和她共同完成的空间里，她是如此完整，迷人。我会在那里面爱上她。

如果她拉一辈子都很难听，永远都没办法在音乐厅演出呢？她语气变得认真，盯着我问，你还会爱上她吗？

我不知道，我说，我真不知道，我可能会觉得她很可笑。

她哈哈笑了几声，转过身去，拉了拉被子盖住自己的身体，又突然大喊一声起床，爬起来，套上睡衣，重重拉开窗帘。光幕像绵密的针雨，扎进我的眼睛，她变成光中的一块影子。我感觉到她转过身，看了我一会。在我看清之前，她走出了卧室。

四

有好几次,我和田尚佳碰了面,都没打招呼,只是假笑。乔光辉出现在我身边,狗一样闻我。他说,我闻到一些不同的气味。

要不要我带你去中大一附院看看,我说,那里的耳鼻喉科全广州最好。

苏铁仍然没事做,主管也没在工作群里提到欢迎他的事。但他看上去没有被冷落的恐慌,坐在那儿自得其乐。

中午我在潮州鱼旦粉要了杂锦鱼旦河粉,加了卤蛋,拼桌的两个男人一直在讲芯片的事,很亢奋。我匆匆吃完出来,路过商场门口,一个扎着辫子的促销人员送给我一个雪人。我不喜欢它,但没有拒绝,经过垃圾桶时,有心丢进去,可促销人员还在望着我。走出促销人员目光的射程后,我举着雪人看了一会。鼻子是歪的,缝线也不整齐,帽子松松地通过一根白线连着头皮。再次经过垃圾桶时,一种奇怪的责任感附着在我身上,我已经无法轻轻松松丢掉它了。随手塞过来的东西,也能把我网住,我拿着它继续往前走。

有人拍我肩膀，是苏铁。

隔着好远，他说，望你后背一下子就认出来。

我有时候觉得，我说，背影和脸或者指纹一样，也许可以开发背影识别，虽然不知道应用场景是什么。

那个场面很好笑，他说，全部人脱光上衣，背面识别。

那倒不至于，我说，更像一种表情，穿着衣服就有的表情。

可能已经有了吧，他说，人的步态啊，晃动的幅度啊，倾斜的角度啊，太多了，我们这些小动作都在暴露我们是谁。

很可怕，不是吗？我问。

他点点头，然后又犹豫。他说，也没有变得更可怕。

我点点头，把注意力放在雪人上。

走到办公大楼门口时，他突然停下来，看着我。他说，一起往前走走吧，往前。

前面一样，没什么看头，我说。但他已经往前走了，我转了方向，和他一起往前走。

明亮的白天，有些人走路很急，有些坐在椅子上。好几种树都在偷偷换叶子，好几十米路，我们没有说话，只是走着。有时候我落后两步，他的背影有种熟悉的神色，我生出老友重逢的错觉。这一点让我很不自在，于是尽可能保持并行。

地上是什么？他问。他一弯腰就捡起来，右手捏着，像老花眼那样向前伸。

我稍微歪一点脑袋，看到标题处偏大一点的字。我说，一张说明书。

药品说明书。他一字一顿地开始念，通用名称，注射用环磷腺苷。成分，本品主要成分为，环磷腺苷。性状，本品为白色或类白色疏松块状物或粉末……

别念了，我说。我怀疑我要不打断，他会念完整张纸。但他仍然继续念。

用于心绞痛、心肌梗死、心肌炎及心源性休克。对改善风湿性心脏病的心悸、气急、胸闷等症状有一定的作用。对急性白血病结合化疗可提高疗效，亦可用于急性白血病的诱导缓……

随便吧。我摇了摇头。念，使劲念。

心绞痛，他说。他停顿一下，抖了抖手中的纸，看我一眼。他说，我倒希望我的心能更痛一点，我活得太轻了。规格，20mg……

没事还是不要说希望自己如何病，我说，对正在经历这种病痛的人不尊重，太轻薄了。

……溶于20ml、0.9%氯化钠注射液中推注，一日……他仍旧盯着手中的纸，轻声回答，我已经说过，我活得太轻了，别怪我轻薄。一日2次。静脉滴注，本品……

他肯定有决心念完整张说明书，我想随他去吧。街道陌生了一些，左边是一栋很长的建筑物，底下四层的墙面是条形码形状，凸起的部分布满巴掌大的圆洞，像是金属材质。我敲了敲，不能确定。有个穿红上衣的男子倚在一个凹条里，抽着烟看手机。

还要走到什么时候，我说。语气稍显不耐烦，但我心里并不想回去，仿佛前方有什么东西诱惑我。

所以向前走还是有用的，苏铁说，这不就有一张药品说明书。孕妇及哺乳期妇女用药，尚不明确。药物相互作用，尚不明确。

有什么用，我说。我被自己的音量惊了一下，然后放低音量。尚不明确，我说。

没什么用啊，他说，不如去生场病。

真想给世界打一针这个药，我说。

他突然不念了，两只手抻了抻说明书，然后认真对折，态度像对待一封情书。我心中空落落的。他的声音很好听，不像在念药品说明书，很有节奏感和层次。现在声音不再，整条街都像被剥夺了什么。

条形码建筑走完，路边有一片空地，堆着红色地砖、油漆桶和盆中植物。尽头的墙壁上有扇白色金属门，门上贴着一些小广告，也有黑色的办证手机号。门的一角被掰弯，有风从对面过来。

谁第一眼都会看到那根水龙头，它站在一米多高的空中，白色的水徒劳落下，流进地面生锈的洞里。旁边的水泥色墙壁上，影子随着水的厚与薄明暗变幻。

苏铁和我同时停下来，在阳光下观水。水声中，一条土黄色的狗，从门角的空隙钻过来，四脚朝地，看了一会我们。大概无聊了，它耷拉着脑袋，四下嗅水泥地，找到一个透明塑料袋。不大的风吹动塑料袋，向前走了一米，狗站在原处，机警地顿住，竖着耳朵观察。几十秒后，它松弛下来，走到墙壁水影流动处，伸出舌头喝它。

能听到水声，能看到水流，舌头却喝不到。它不明白是怎么回事，所以呆立，竖起耳朵盯墙上的流水。片刻后，它一只脚踏在墙上，再次尝试，又失败了。它换个方向，再次尝试。它伸长舌头，一次次尝试……

我觉得我就是它，我说，有真正的东西，我却一直在追逐它们的影子。说完，我奇怪这突然的坦诚哪里来的。

什么是真正的东西？苏铁问。

我要是知道，就不会这样做了，我说。

那可未必，他说，好多情况是，人明明知道，但还是去做。他笑着看我，我怀疑他的眼神试图安慰我。他说，不过你不全是狗，只有一部分这样。

肯定是最重要的那部分，我说。

我不那么确定，但你以你说的为准。他盯着狗，看了又看，叹一口气。他说，可能每个人都有一部分像这只狗。

我不知道，我说，我对别人的了解很少。

他两根手指在嘴唇前一晃而过，像是在抽一根无形的烟。

是不是去帮它一下，我说。

不要帮，他说。

不要帮？

不要帮。

于是，我们仍旧只是看着，时不时有人从我们身后经过。我不确定自己是不是希望有另一个人停下来，围观一条狗的困窘。狗不停地跳起来，从左或者从右，尝试喝流水的影子。突然，水龙头突突地叫两声，抖动几下，不再出水了。狗愣在那里。

看，它完全搞不懂这是怎么回事，我说。

它想不通，苏铁说。

水突然停了，我说，可它的影子实实在在影响了一条狗。

这只不过是它撞上的一件小事，他说，一次短暂的、无足轻重的不如意。

你怎么知道，我说，也许对它很重要，非常重要，重要到，重要到好几年后做梦都会惊醒呢。

可能好重要，但那不重要，他说，它会重新找到水喝，然后不渴了，就这么简单。

你有没有想过，我说，有什么东西突然从你生命中消失，深深地改变了你，但它其实只是……我艰难地咽下口水，放低音量。我说，只是某种东西的影子。

有什么关系，他说，消失了，改变了，是不是影子根本就不重要。

不，很重要，难道你不觉得，连真正的实体都不曾见过，就被影子改变了，这很……我努力找那个词，仿佛找到了。我说，很惊恐，你不觉得吗？

我不觉得，他说。

那只是一些光线的变化而已，我说，连重量都没有，却能留下永久的改变。

或许我们的大脑称量重量的方式不同，他说，它又不靠重力。

但那仍然很重要，事实上你也承认了这一点，我说。

很重要，他说，但我们分不清究竟它是不是影子，也分不清它在什么时候重要，所以……他看我，眼神有些轻浮，语气也是。他说，所以就算不上重要。

但那仍然很重要，我说。

狗望向远处，静止。突然飞奔，扑向冬青丛里。

它听见了我们没听见的，我说。

它听见了，苏铁说。

可能它暂时忘了刚才的事，我说。

或许吧，他说。

即使忘了，我说，有些东西也不一样了。

你看，他说，你还是在试图抓住那些影子，哪怕它消失了。

我只能这样，我没有更好的方式了，我说，这不就证明了刚才我说的吗？

有时候，迟钝一点没什么不好，他说，也许我们全部都，我们全部都活在一个巨大的影子里边，进化出适应到影子的生存智慧或者很好。

狗又来了，从我们两人之间穿过，站住，翘着尾巴看一辆车远去，然后迈着快速的小步，钻进门下的洞。水龙头突突抖动一阵，喷出水箭和气，几个瞬间后，水成柱流出。我盯着门下的小洞，仿佛等那条狗再次过来。

路的前方，一个穿着清洁工服装的花白头发女人出现，她推着小推车，车上有个篮球框般的金属圈，套着黄色的垃圾袋，旁边是一些清洁工具和一个扎双辫的小女孩。她们来到墙角的时候，小女孩口中念念有词，像是儿歌或者动画片里的台词。她注视着我的手，我才发现我一直拿着雪人。也许我应该送给她，但我没有。女人停下来，不看我们，走到水龙头跟前，嘟囔着拧上了。然后她重回小推车，推着经过我们，走远了。

苏铁双臂抱胸，依旧盯着水龙头，似乎那里还流着无形的水，被他看到。

我们沉默着往回走。在办公楼底下，苏铁说，真像是一次幻觉。声音很轻，似乎是说给自己听的。

下午，有好几回，我走到上一层或者下一层，假装要开会或者和其他部门沟通，什么也不做。最后一次我从楼上下来，在走廊里碰见苏铁，他笑着跟我挥手。他说，再见啦。在我搞明白之前，他就消失了。随后我的主管冲出来，耳朵贴着手机。他语速很快地问我，看见坐你旁边那个人了吗？

苏铁吗，我说。

别管是铁还是铜啦，看见他没有，他说。他的五官变形了。

刚从这儿过去，我说。

可能是下去了，他对手机说，你们好好盯着人，别漏过去了，对，短头发，穿的黑色西装，里面好像是白衬衫，啊，胡子，没有胡子。得有一米八。

我打算从他身边绕过去，但他的左手一把攥住我。他狠狠地小声说，你跟我一起下去。他依旧对手机说话。眼睛不大，但也不小，不算瘦，额头上有没有一道疤？额头上有一道疤吗？这句是问我的，我说没有。没有，对，没有疤，裤子就是黑裤子。都是这打扮？那没办法，麻烦你们看仔细点。鞋子？知道他穿什么鞋吗？灰蓝色皮鞋，我说。灰蓝色皮鞋，嗯，麻烦你们了。他又回过头问，是从电梯下去的吧。看着他是往这边来了，我说。应该是从电梯，不过步梯你们也派个人看着，干了什么，现在就是不知道他干了什么。行，你让监控室看看，我马上坐电梯下来。

他挂断电话，按了电梯。他说，你一点警觉性都没有吗，就看着一个陌生人在这里待了好几天。

不是新同事吗，我说。

哪儿来的新同事，他说，有新同事我会不通知吗？

电梯门打开，里面有人，他换了表情，喊里面的人刘经理。电梯下行时，他跟那个人聊了聊公司股票的事。刘经理有双牛一样的眼睛，目光经过我的时候，我也觉得被抚慰了。刘经理在八层出去了，电梯里进了其他人，主管板着脸，没再说话。

到了一层大厅，他叮嘱我看仔细了，但不要声张。一个胖胖的保安靠近我们，眼睛只盯着我的主管。他问，出了什么事，那个人干了什么？

嗯，那个人……我的主管在这儿停顿了片刻。他说，其实也没什么事，就是一个客户，我这位同事……他指了指我，胖保安像是刚刚发现我，打量了我一遍。主管说，他得罪了那位客户，人一生气自己走了，我就想拦住他，挽回一下。

是这样啊。胖保安看看我，又看看我的主管。那你该早告诉我，不然我把人当贼一样抓住，不更得罪了。

抱歉抱歉，疏忽了，主管说。主管打量四周。他问，一直没看见是吗？

没有，胖保安说，监控里也没看到，都盯着呢，是不是躲在哪儿了，没有下来。要不就是早出去了。

是吗？主管说。他看了看我。

客户的话，他也不至于走步梯下来吧，胖保安说，要不我叫两个人沿着步梯找找。

不用了不用了，走就走了吧，主管说，麻烦你啦，你们去忙吧，不管他了。

年轻人不要这么莽撞，胖保安说。他看着我，弥勒似的笑了笑，然后就走了。

主管又在大厅里站了一会，然后招呼我回去。主管说，一会别说话，直接去我办公室。好的，我说。走出电梯，他握着手机，看了看监控摄像头，把手机塞回兜里。跟在他后面，我走进他的办公室。他没有管我，重新拿出手机拨了号码，手机贴在耳朵上等了一会。他说，王队长，真是抱歉，我们上来一看，客户在呢，人家就是去了趟厕所，刚才给你添麻烦了。

挂断电话，他盯了一会手机屏幕，然后看我。他说，你在这里等一会。随后他走出办公室，在偌大的办公区转悠。我挺久没到他办公室来过了，刚一进来就闻到一股甜玉米的味道，现在才在这间小玻璃房走了走，试图找到类似空气清新剂或者蜡烛类的东西，但没有找到。我闻了闻那株一人高的大叶绿萝，什么味道也没有。它在一个白色花盆里蹲着，盆的中间位置有一圈中国山水画，是青花瓷那种蓝。我用脚踢了踢，发现是塑料。

手机响了，是微信，乔光辉发来的。到底怎么回事？他问。不知道，我回。

主管在一排排办公桌间隙里巡视，我看向乔光辉的位置，但看不到。我在华南植物园见过养莲的水泥池子，像方格本一样，此时同事们的脑袋漂浮在一排排格子里，就像那池子中的莲叶，不过是黑色的。

刚才的事都已经解决了，主管说。声音传到这里仍然很大，他站在接近中心的位置，背对着我，不过很快他转过身。我不想被他看到，躲到绿萝后面。他说，没什么事，大家不要再议论了，也不要出去瞎传。

他走进来的时候，我已经坐下了。我以为他会责怪我，结果他坐下后，先问我最近生活还好吗。

挺好的，我说。

接着他先夸了夸我最近的工作，又鼓励了我，然后才问苏铁的事。我照实说了。

他看过你电脑吗？他问。

没有，我说，只要离开，我都锁屏，有密码的。

他点点头。最后他说，这件事就过去了，你也不要再提这件事，就当没发生过，你明白我的意思吗？

明白，我说。我想起来那条喝影子的狗，好在我控制住了，没有笑出来。

回工位的路上，田尚佳又在喝酒，我没有停下。雪人在我的键盘上放着，我拿起来，让它靠着左边的隔板站，它一屁股坐下，一条腿压在屁股底下。我周围的同事，或者说，苏铁周围的同事，陆续走进主管的办公室，又陆续出来。

快下班的时候，我收到主管的微信，让我到部门经理的办公室去一趟。在那里，经理躺在他的椅子上一句话不说，主管让我再讲一遍苏铁的事。结束时，经理去了趟厕所，留我和主管在办公室。

主管说，行了，找你来就是再印证一遍，要是这个苏铁再找你，或者你看到他，你要马上告诉我。

然后经理就回来了，他跟主管对视一眼，主管点点头。主管说，那我们就回去了。

五

下班的时候，我就下班了。乔光辉追上我，跟我描述主管发现苏铁时的场景。

那家伙无事发生般站起身，说来这里找人，跟着就往外边走。上司定定望着他的背影，问他找的是谁。他转头看一眼，只是笑，然后就出了门。上司问这是谁朋友，大家都答不是，结果有同事说他都在这里好几天了。你是不是认识他？

我不认识，我说。

他们都猜是来找你的，他说，究竟是什么回事？

我不知道，我说。

好精啊，他说，跟我也把住个口。

我不再回答，像真守着一个阴谋那样微笑。我从电梯里出来，乔光辉继续去地下车库。

从地铁站出来，一架飞机像一个信封滑过蓝色。它朝南飞，我想它可能是国际航班。卖烤面筋的老头，好几年间，我一次也没有照顾他的生意。此时突然想买，于是要了一根。他还在烤，旁边煮玉米的婆婆喊我靓仔，然后问我食唔食粟米。唔食，我说。卖鸡蛋仔的是个中年男人，很瘦，他眼睛只盯着手中的烤盘。香味和各种声音同时在空气里，特别拥挤。等我拿到烤面筋时，又有两架飞机过去了，人们用各种速度从我身边经过，像在进行一场防止世界末日的竞赛。

一个女人穿着灰色套装，快步往前走，突然停住，转过身回看红色门头的潮汕牛肉粉店。我想她肚子饿了，想吃饭，那个被称为家的地方，大概也没有人等她。可她走到牛肉粉店门口时，甚至没有稍作停留，就转了一个钝角的弯，继续走了。在她转到另一条街上时，我快步跟上去。我很想知道她要在哪里吃饭。

路人越来越少，她贴着路边，越走越快。等她某次装作不经意地回头看我，我才意识到自己正在做什么。于是我拐到一个巷子里，十几米后，遇见一家新开的面店，里面的地砖太新，白底上有红色花，花瓣是条形的，整个地面像浮着的毯子。角落里，小男孩没有看桌子上的书，正在玩手中的笔。我进去，要了鲜虾云吞面，很快就上来了，很难吃。女人吼了小孩，小孩开始扭动着身子动笔，女人和男人开始交谈，我听不懂，只知道语气都不好。一种难吃的生活，我想。

扫码结账的时候，周舟从门外闪过去了。我赶快追出去，在街上的她似乎比住处的她更好看。

你吃了什么？她问。

鲜虾云吞面，我说，这是我吃过最难吃的鲜虾云吞面。

这么夸张的吗？她哈哈笑了两声。她说，我之前看到还准备试试呢，现在好了，你帮我排雷了。

我最喜欢吃宝华面店的鲜虾云吞面，我说，一口咬下去，舌头都酥了，像被爱了。

这么夸张，她说，我吃的时候觉得还好。

我说，我们外地人爱它，我是从美食荒漠来的，你每天都走这儿回去？

也不是，她说，我今天坐的公交，这边离公交站近。她避开骑过来的共享单车，然后重新归位。她问，你呢，你好像不走这边。

突然想往这边走走，我说，吃了难吃的馄饨，然后正好遇到你。

妈呀，她说，还挺巧，像拍电影。

你才发现吗，我说，影片都快过半了。

哈哈哈，她说，我是不是能拿个影后。

肯定能，我说，好莱坞好几部大片等着你呢。

行，她说，那我找你当我的经纪人。

太好了，我说，我也能沾沾光，体会一下比佛利山庄的生活。

Yes，you can，她说。

那么，我说，我的影后大人，今天的晚宴我要为您准备些什么。

今天不用你准备了,她说,本影后决定亲自动手,食材分别是,冬小麦细细研磨后精心制作成的挂面,亚热带地区天然生长的生菜,以及天然发酵而成的酱油,我将用这些顶级食材,做一道酱油煮面。

回到家后,我换了鞋,站上她门口的黑色体重计。

多重,她问。

67.34,我说,重了点。然后就下来了。

我也称称,她说。她脱掉鞋子,一只脚踩上去。我围在旁边等着。她说,你转过去,不许看。

你怕什么,我说,你这么瘦。

反正不让你看,她说,快点,转过去。

于是我转过去。她说,天呐,我怎么也重了。

是吗,我说,重了多少。我转过身,作势要看那个数字。她啊一声,伸出手虚掩我的眼,蹦蹦跳跳下来。她说,天呐,怎么还在。她伸出脚踩了两下,数字归零了。

多重,我说。

不告诉你,她说。

但她没有马上做那道酱油煮面,我们待在各自房间里,像两只洞穴里的动物。我盘腿坐在地毯上,从墙边抽出一本书,打开随便看了几眼,又打开一页。

"我不再继续这些了。我们对某些文学文本进行了迅速回顾,这让我们非常清楚地看到,通过它们,婚姻是无限神性的结合。这种神性结合超越了生命本身,一直扩展到时间的无限性之中。"

很无聊，于是我把书丢到一边，起身从床头拿起 iPad，开始看一个叫《新西游记》的韩国综艺。几个男人故意扮丑，玩一些很蠢的游戏，我跟着笑出了声。但婚姻时不时出现在我脑子里。父亲对我婚姻的巨大热情，让我无法接受，但我始终理解他。还有，邱白云提起过两次，我是个适合结婚的人。我不明白她是怎么看出来的。

第一次是在我做饭的时候，她站在我旁边看着，对我说，以后跟你结婚的人肯定特别幸福。

另一次在春天的某个周六，邱白云深圳的男朋友没来，旁的人也不知去哪里了。前一天她在 App 里报修了洗衣机，因为洗衣机里的水流不出去。下午维修人员来了，她盯了一会，有事要出去，她告诉师傅修理好离开就可以，又找到我说你留意一下，然后就离开了。

我陪师傅待了一会。那个男人四五十岁，北方口音，像我刚看过的一部国产犯罪片里那个沉默寡言的东北杀手。他没穿工作服，也没有套鞋套，手里始终夹着一根烟，对着洗衣机转来转去。很快我就回房间看视频了。有一会听到师傅打电话，电话里那人很大声地指导他怎么做。几十分钟后，他敲了我的门，告诉我修好了。

我站在厨房通往阳台的门口，看到地上很脏，心想他肯定不是长租公司的维修人员，应该是某个维修人员接了很多任务，将其中一些转包出去。他说，管子里堵满了东西，我费好大劲才清理干净。然后他向我炫耀转筒里的水怎样流下去。

我说，谢谢，没想到有这么多脏东西，之前找人深度清洁过，花了两百多块。

他说，这么贵，以后可以直接打电话找我，比那便宜，那个女孩有我的电话。

他开始往外走。我送他出了门，回到阳台上，发现黑水和浸湿的黑色絮状物遍地都是。原来我们的衣服产生过这么多耗损，而重新穿在身上时毫无察觉。

一个拖把桶里，装了半桶这种脏东西。那是邱白云的桶，一直在她门口放着，蓝色，很干净，像海里的哺乳动物。我生了气，但程度没有要为此发泄。我简单清理了地面，面对拖把桶时，感觉自己没有尽到应有的责任，有几分心虚，但还是觉得自己没有清理它的义务。

夜里我几乎要睡着了，听到有人回来。很快，邱白云呜咽的哭声传进来，像草原上的乐器。我才意识到这对她如此重要。我有点犹豫要不要出去，并且默想为自己脱罪的说法，比如师傅走了之后我才发现桶的事。

她开始给人打电话，我猜是给她男朋友，于是决定老实躺着。

他往我的桶里装垃圾，他往我的桶里装垃圾，她说。她重复很多遍，哭声和说话声在门上摊开，顺着周围的缝进来，重新汇集在一起。她说，我那么好的桶，脏得不能要了。

我猜他男朋友说的是，别哭了，我再给你买个新的不就行了。

我不要新的，我就要我那个，我那么喜欢它，她说。

很长时间，哭诉或者单纯的哭声凿我的门，从厨房到客厅，再到她的房间里。电话那头的声音也在换。

有个不轻不重的东西压着我的脑子，我犹豫是不是出去面对她，但是一直没动，后来我意识越来越模糊，睡着了。

醒来窗帘接近透明，那个桶又跑到我脑子里。我马上爬起来，走到厨房，看到昨夜哭泣的遗迹。桶在冰箱旁边贴墙放着，没有看得见的脏东西了，但洗碗池里积着那些衣服褪下来的脏东西。

它们在洗碗池里，反而让我轻松。我打开下面柜门，从很多塑料袋中，找到一个厚实的超市袋子，又找了一个小点的套在手上，开始清理它们。它们像河里的淤泥，但我没闻到臭味。这么做的时候，昨晚一直压着我的那个东西开始消散，我逐渐不再为昨天的疏忽内疚了。

早餐我用牛奶泡了麦片，煎了一块牛排。周末邱白云会睡到中午，煎牛排的时候我关上了厨房的门。

上午我去了省立中山图书馆，在外国文学区看了几眼，随手抽出一本小说。好几层楼的座位都满了。不过，我知道外文期刊阅览室一定有位置，因为那里下午五点关闭，比别的地方早四个小时。进去之后，我最喜欢的那个位置——最深处倒数第二张桌子，已经有人坐。这个位置贴着一面巨大的窗户，对面是鲁迅纪念馆那几棵老榕树，树身被藤蔓覆盖，让人想起法罗群岛。

一股怒气堵在我的胃里，没有指向坐在那儿的人。这些无主的怒气，让我陷入一种流浪的怅惘。最终，我坐在另一扇窗户下，对面能看到黑瓦屋顶和远处的楼。

我尝试把一份名为《儿童对葬礼仪式的理解》的论文翻译成中文，这不是工作，是突然兴起的爱好。翻译累的时候，随手打开那本小说，但一个字也没记住。其实，一整个上午，我一部分注意力都在手机上，我知道它随时会响。确实响过几次，是一些工作问题。中午我去德胜中路上那家葱油饼摊子，排队买了五块钱的饼，又去附近的婆婆面吃了鲜虾云吞面。回到图书馆打盹时，手机终于响了。

微信弹窗显示是邱白云。我点开。

小河，洗碗池里的垃圾，是你清理了吗？

是的，早上看到里面有东西，就顺手清理了一下。回了之后，我盯着对话框顶部，输入中时隐时现。

特别抱歉，是我倒的，昨天修洗衣机的人把脏东西都倒在我的拖把桶里了，我崩溃了，一直在哭。

他太过分了，我回，昨天他告诉我修好了，然后就走了，然后我看到他弄得一团糟。

昨天夜里我就联系了客服投诉，我要求他必须来给我清洗干净，我真的很受不了，那个拖把桶我用两年了，很喜欢它。

特别理解你，我觉得他根本就不是官方维修人员，他一直在打电话让人指导他怎么做。

谢谢你，我太小题大做了，为了一个桶，昨晚哭了很久，在厨房哭，回到房间也哭，怎么都止不住，给好几个人打电话，我就是太脆弱了。

怎么会呢，每个人在意的东西不一样，它对你是重要的，你当然会难过。

是吗，谢谢你，我男朋友，我朋友，都觉得不至于。

你的感受就是你的感受，应该得到尊重，那里面有你在意的地方，没有什么不对的。

我总是说这一套，说的时候很真诚，但说得多了，好像真诚就褪色，变成获取他人好感的工具。我尽可能不再这么说，但下次还是会说，因为确实好用。我开始对这些话感到恶心。

谢谢你，我还在责备自己太大惊小怪呢，这么一点小事都接受不了，哭得昏天暗地。但我心里就是难过，买了新的也不是那一个了呀。

你是对的，你要先接受自己的感受，别人也应该如此，而不要武断判定它们都是错的。

聊天临近结束时，她发过来，以后谁要是跟你结婚，一定会很幸福。

这是我奇怪的地方，在她那儿，婚姻是一把尺子，她总会下意识拿来测量一个人。但我从来没拿婚姻衡量自己。她的男朋友我也见过，去年从新加坡留学回国，现在在那家无人机公司工作。他家是深圳的。她家也是，她在南昌有祖辈的亲戚。

窗帘关得不严，黄昏的光流进来，外面的世界就剩下这么一点。只有 iPad 的声音，那个叫圭贤的偶像，脑袋装扮成一串葡萄，因为回答对一个问题跳了起来，男人们又笑又叫。小港以前很喜欢他。我按灭屏幕，站起来，一直盯着脚趾。它们很丑。左脚的大脚趾趾甲，两边都往下长，一不小心踢到什么东西，就疼得要命。于是我踢了踢地面，很疼。

我打开微信，向下翻了几行，找到邱白云，打字。

一会有时间吗？要不要去看电影。

不到一分钟，她的回复来了。可以，很久没看电影了，现在有什么好电影吗？

我打开另一个App，翻了几下。每部电影都长着无聊的名字和海报。好在我的手指替我选了一个，不用为此动脑筋我很开心，我扫一眼简介，告诉她是一部讲少女与父亲关系的电影。她说她可能会晚一点回来。

我想象她在那家全国知名的日化企业里，正在干些什么。我见过一张她工作地点的照片，凌乱的东西裁剪掉了，剩下一角桌子，一盆绿萝，一个窗户。那里此时或许无人说话，但仍然显得很吵。

预计几点回，我发，我去选一下时间。

大概八点能到家，她回。

说出家这个字的时候，她会突然心虚一下吗？我找到一场八点三十五分开场的，电影院就在小区旁边，我订了这一场。

她问，咱们来得及吃饭吗？你吃过了吗？

我吃过了，你有什么想吃的？

我不知道，回去我在楼下随便吃一点吧，时间应该来得及。

你吃螺蛳粉吗？你快回来的时候我提前煮一份，你回来可以直接吃，这样时间很宽裕。

那多麻烦你，你有螺蛳粉是吗，我吃螺蛳粉，粉啊面啊我都很喜欢吃。

那就好，你回来前告诉我，我就帮你煮。

她爱吃粉和面，这不是她第一次告诉我了。好几次，她给我推荐一种南昌拌粉，说是她的家乡味。但我始终没买来吃过。我做晚饭的时候，偶尔赶上她下班回来。她会走进厨房，俯身看锅里，狠狠吸一下鼻子，说好香啊。然后站在灶台旁边，问我炒的什么菜。

我告诉她锅里是什么。她说，看着就很好吃。

于是我说，一起吃点吧。

可以吗？你够不够吃？她表现得像是受宠若惊。

够，我做得总是偏多，我说，不过我没有蒸米饭，会煮点面。

很好，她说，我爱吃面，我是个面食超级爱好者。

但我们分开盛，在各自房间里吃。有几回她望着餐桌上的生活雕塑物，表示要是收拾出来，就能在餐桌上吃饭了。可始终没有人这样做。

距离她回来，还有不到一小时，我有些不知道拿这段时间怎么办。我一遍遍刷新微博。

内江地震，九宫格沙滩照，私信投稿：结婚十三年丈夫出轨了,孟晚舟现状,失恋伤心文字,帅气男偶像,航空母舰山东号,伊藤诗织,香港双层大巴撞树,中美关系,晚餐照,国家领导人抵达澳门,郑爽张恒分手,弹劾特朗普,晒娃,诺兰正在拍摄的电影,宪法,网剧《庆余年》付费解锁多看六集,复旦大学,赞美生活……

周舟的门开了,声音不大,但还是很清晰。我希望她只是上个厕所,随后听到她去了厨房。时间是七点三十二分,我希望她能赶快做完,或者邱白云晚点回来。燃气灶打火声,她在洗菜。三十七分的时候,邱白云告诉我她马上就回,大概需要十几分钟。

好,我回,一会我就去煮粉。

切菜声,周舟切菜总是这样慢,一下和一下之间隔得很远。我切菜的时候,如果她在旁边,我会刻意加快节奏,听她夸我一句刀工真好。我打开门,三道光线在客厅汇合,我诧异自己需要鼓足勇气才能走出去。

你不是吃过饭了吗?我拿起雪平锅的时候,周舟问我。

对,我说。我拧开水龙头。我说,这是邱白云让我帮她煮的。

你给她煮饭?周舟说。周舟把第三个字说得很重。她的小锅里烧着水,切菜板上是去了根的生菜。

对,我说,就是煮个粉。我晃动锅子,看着水在里面旋转,然后倒掉。

她为什么让你给她煮粉?她问。

她快回来了,我说。水流在锅里激起白色的泡泡,声音巨大,要淹没我的声音。我说,她让我先帮她煮一下,这样回来就能直接吃了。

天呐。周舟提着菜刀。她说,她都让你给她做饭了。

没有话能说,我的眼睛跟着刀刃走了一会,打着另一个灶头。

她放下刀,摇头冷笑。天呐,天呐,她说,都这样了吗?

然后她关了火,离开厨房,一路上说着天呐天呐,关上了房间的门。客厅没有因此变得更暗。粉需要先煮十分钟,等待的时间里,我洗了一根油麦菜,又取了一些肥牛卷。煮好之后,装在一个不锈钢的大碗里,快要溢出来了。我拍了照,发给邱白云。

好家伙,她说,你也太相信我实力了,这么大一碗。

主要是汤多,我说。

一分钟后,邱白云出现在我身边。她说,没见过这么丰盛的螺蛳粉。

之后的十几分钟里,客厅里一点动静都没有。邱白云发微信说,我吃完了,这下吃得够饱,收拾一下就可以出发。

开门声,是邱白云。她开关门的动静总是更大一些。厨房里短暂出现流水声。八点二十四的时候,邱白云告诉我可以出门了。我拿了一件白色外套,轻轻打开门,她正好在我对面开门,开门的动静让我心烦。她穿白色卫衣和水洗蓝阔腿牛仔裤,在穿鞋。我沉默地穿鞋,希望没有对话,但她还是说了,跟我确认电影院,我用嗯来回应。我们都把门关了,客厅回归黑暗。走向入户门时,我注意到周舟的门开了一个不大的缝，一道光杀进黑暗中，我努力往前赶，邱白云在说话但我没听清说的什么。走出门的时候，我留意到周舟门框的光幕里站着一个影子。

站在电梯里，我轻松了一些。邱白云拿着手机在看，像是故意不理我。

影厅比外面冷，在第五排中间坐下后，我把外套放在腿上，邱白云看它，像是刚刚才注意到。她说，我怎么忘记带外套了。

我右手举着外套。我说，你可以用这个。

那你怎么办，她说。说话的时候，她没有马上去接，但其实我们知道，我们都默认了这个结果。我意识到，和人一起看电影时，我总是会坐在左边。

我还好，我说，带着只是以防万一。

她没有说谢谢，接过去，双手拉住领子两头，扯出一条直线，似乎要看出它的材质。我觉得不会让她失望，而且上面还有植物味道。她找到袖子，倒着穿上。

开场后，前面几排全空着，后面有五个人，有一男一女坐在最后一排。总有消息在弹她，邱白云不得不偶尔拿出手机回复。电影临近结尾时，一位扎辫子的清洁工，在入口位置，靠墙站着，手中是夹子和黑色垃圾袋。时间比想象中更短，不过，仍然逝去了两个小时。邱白云脱掉外套，叠成长条形，递给我，说了谢谢。回去的路上，邱白云一直在说电影里的小狗。

你喜欢狗吗？她问。

我没有说惯常会拿出来的那套答案，只是说不怎么接触，但也不排斥。

明白，她说，我很喜欢狗，小时候家里养过一条，有一天被车子轧死了。

记忆里也有一些关于猫狗的惨事，但我没有拿出来的兴致。我问，恐怖片里，你最害怕哪种类型？

恐怖片吗，她说，怕鬼。

怕鬼，我说。

嗯，她说，不过所有的恐怖片我都不看。

我现在知道我最怕哪种类型了，我说。其实我希望她问出这个问题，但她没有。

是哪种？她问。

就是一个家庭中，有一个喜怒无常的暴君，我说，其他人不得不时刻活在情绪恐怖中。

幸好你没遇到我爸，她说，他就是这样，我上学那会儿，跟他说话，就像咱们现在这么近，他搭理都不搭理。

之后她开始看手机，时不时显得很暴躁，抱怨工作消息。走进电梯间，她把手机塞进裤子右边的兜里，双手拍了拍大腿两侧，深呼吸一下。她说，咱们去天台待一会吧。

你不会想跳楼吧，我说。

对，你别拉我，她说。她按了按键，电梯门开了，我们走进去。她按了十五层。

电梯向上行驶，我假装自己是驾驶员，在心中模拟一个方向盘握着。

现在这里的房价是多少,她说。

我不知道,我说。我以为她会掏出手机搜一搜,但她没有。过去她总是这么做,我们在越秀或者海珠逛街时,她看着附近的楼盘,问我这个问题,然后自己搜索答案。我想她是一个比我更适合未来的人。

月亮在广州塔上边,雾一样的碎云源源不断,月亮只是一弯,像泡在池子里。

远处的楼都亮,广州塔也是,她也在看着。她问,你准备买房吗?

我说,我没怎么规划这个事。

你喜欢广州吗?打算长久留在这里吗?她问。

算是喜欢吧,我说,像我这种不再有故乡的人,最终留在哪里没什么区别。

你的故乡怎么了,她说,被外星人挖走了?

它还在那里,我说,是我被挖走了,一次次离开,一次次回去,循环一次,就失去一些东西。我还会想起很多具体的东西,果树、河、一间店铺、落叶之类的,但我能清楚听到,血脉上的连接,啪的一声断掉了,然后知道,这辈子不再有一个故乡,注定是个异乡人。

何必说得这样清醒,她说,这样会很难过的。

小时候,有些特别明亮的月夜,像白天一样,我说,夏秋时,土地是白色的,月光洒在上面,真像水。庭下如积水空明,水中藻荇交横,盖竹柏影也。

怀民亦未寝,她说。

但我们那儿不是竹柏，是大杨树，还有几棵洋槐树，我说。

我们望了一会惨淡的月亮，黄色的塔吊也是，它伸直手臂，仿佛有个手掌张开，等待月亮经过。另一边能看到一些起伏的阴影，但我觉得那不是小山，只是错觉。

你为什么不谈恋爱？她问。她用眼角望我，夜色空冥。

我搞不懂爱情，我说，是真的，不是说说装酷的话。

有什么搞不懂，你得懂，她说。她说得有些用力，嗓音尖细。

我失去了判断力，我说，这么说很俗套，却真实地困惑着我，我不知道对方爱我什么，为什么需要我。落在我身上的爱像是我偷来的宝物，让我惴惴不安，无法承受。

你把爱搞得太复杂了，她说，你可以自信一些，相信自己值得爱。

做不到，我说，甚至回想过去，每一幕都开始提供过量信息，让我没办法接受当时我被爱的事实。我意识到自己的声音稍显激动，于是平复了几秒。我说，很奇怪，我好像失去了被爱的能力，过去它是有过的，然后一点点流失，到现在，我已经失去判断它的能力。

是自卑吗，她说，听起来像是自卑。

有可能，我说，但我没觉得自己在跟别人比较。

你还会爱别人吗，她说。

我不知道，我说，我会有一些心理活动，但不知道算不算爱，或许失去被爱能力，就天然失去平衡，无法去爱了。

这个先后关系，她说，你是怎么确定的，你怎么知道失去被爱能力在先，可能是你不愿去爱了，所以才不愿被爱。

所以，我真搞不懂这个，我说，没有了参照，失去了理解，现在我看那些相爱的人，都像看异世界的传说，人们怎么感受到那是爱的，双方的连接以什么样的方式存在，落在彼此身体和精神的哪一点上，我完全无法想象。

妈呀，你真是，她说。她摇摇头。不能这样分析的，小河，你得把它当成一个自然而然的东西，类似信仰的存在，不能放在实验室里分析它的成分。

在我看来，我说，相爱的人身上都有种超能力。

哪有什么超能力，她说，它来的时候，你全身心享受它就好。

你说得对，但你能说服自己吗，我说，当你会想一个人适不适合结婚的时候。

她面对我，眼球晃动，最终什么话都没说。天空如盖，散碎的流云在外壁滑动，我们像置身于巨大的肥皂泡中心，守着一栋居民楼。不远处的那栋楼，有一扇窗突然灭了，我思索这种毫无意义的巧合。

是的，她说，我也有我的……话停在这里，不知道她是找不到准确的词，还是相信我明白未说出来的意思。

其实我知道我的问题，我说。我盯着她前面的女儿墙。其实我就是需要一个理由罢了，我说，这样会变得很简单，只需要告诉自己，我搞不懂爱情，就松口气，不用费力，得到一点安全感。更深处的问题，那些我想不出来的，看不清的，无法承认的部分，可以不用思考了。

它们是什么？她问。

我要是知道就好了，我说，我能看到一些它们的表现形式，行为模式，但我不知道它们运作的逻辑，只能遵守。

就像现在对基因的了解一样，她说。她整理落在耳朵后面的头发，让它们落在后面。她说，你理想中的，自己特别想过的生活是怎样的。

远处两栋建设中的楼，已经快要建好了。顶部的塔吊上，亮着一盏巨大的灯。我说，理想中的生活。

对，她说，不要告诉我你没有，人都会有的，只要对自己坦诚。

确实，我说，我脑子里闪过一些场景和画面，但我不应该说。

难道是什么19禁的场面，她说。能看出她忍着没有嗤笑。

那倒不是，我说，因为我知道，我没有能力去过那种生活。

能力，她说。她忍不住笑出来。

不是那种能力，我说，是另一种能力，因为我知道，我的生活不在那里，此时让我难以承受的东西，在那里仍然让我无法承受。

那是什么东西，她说。

没办法告诉你那是什么东西，我说，因为我不知道，让我无法安于此时的，也会让我不能安于那时，我清清楚楚知道这一点。她又想张口，于是我把话题转移到她身上。我说，你呢，你的理想生活。

我也没办法说出来，她说，不是报复你，就很简单，它就在那里，我只需要付出我该付出的，就自然走到了那里。夜风中她很清晰，右手食指在眼前的女儿墙上画圈。所以，她说，我不是很明白，对你来说，它为何这样难，我甚至觉得，你为它要放弃所有东西。

这就是我刚才说的，我说。

不管怎样，她说，我希望你幸福。

谢谢你，我说，但我不会祝你幸福。

怎么，你对我怀恨在心吗，她说。

是的，我恨你，我说。我的语气很认真，并且直直地看着她。她瞪大眼睛，拿出一个树懒的表情，缓慢地望着我。哈哈，当然是开玩笑，我说，我恨你，这好像是我第一次说这句话，听起来好夸张，像烂电视剧里的台词。

谁平时会说这种话，她说。她看着我，拿出一些表演，眼睛微微眯着。她说，我恨你，小河，我恨你，我恨你，我恨你。

很不错，已经有电影表演的级别了，我说，眼神再复杂一点就更好了，要有爱有恨有迷离有痛苦有解脱。

这个难度我可达不到，她说。她哈哈大笑。

笑声中，月亮清晰了，也变小了。她的笑声停下，夜色有几分荒芜。我说，谢谢你希望我幸福。

不用谢，她说，我是认真的。

有不少人说过这样的话，朋友、亲人、恋人，甚至是一家民宿的老板,我说,可我从来不这样说。

你给自己安排了个大反派角色吗,她说,希望所有人都不幸福。

我喜欢这个角色,我说。我抬起头,看着稀薄的夜空。我说,不是我希望别人不幸福,而是,我希望这一切都与我无关。幸福与不幸福,它只需要在别处发生,在我听觉和视觉之外,人们兀自幸福就好。

你不想建立人和人之间的连接,你在害怕什么呢,她说。

可能不是想不想的问题,是能不能的问题,我说。

自信一点,她说,你是一个很好的人,我希望你幸福。

谢谢你,我说,我会努力的。

在电梯里,我开始心虚。我希望我们沉默着各自走回房间,但我开门之后,邱白云说起了她喜欢的电影类型,刑侦的,悬疑的,声音在我耳朵里隆隆作响。周舟的房门开了,她跟在光的后面,面无表情地看我一眼,然后蹲下来,整理自己的鞋架。

六

每个工位桌面底下,都有一个六十公分高的小柜子。我在田尚佳那里偷偷喝了两口酒。她旁边的同事猎奇地看着我们,但不知道我们做了什么。人群中有我们的秘密,我喜欢这种感觉。

回到工位后,我忍不住打开自己的抽屉。第一层只是厚厚的纸和牛皮纸文件袋,看上去很严肃,但没有什么用。然后是第二层抽屉,蓝色皮革封皮的笔记本、餐饮优惠券、水笔,还有海底捞等位时送的一小袋豆子。

蓝色,那是苏铁的笔记本。我拿起来,封面没任何标识和文字,封底也没有。我先看了扉页,只是一张白纸。我一下子翻到最后几页,还没写字。页面是浅绿色的横线,左上角写着 date,后面是冒号,一小块空白后面,有一道竖斜线,再一小块空白,竖斜线,又空白。往前厚厚翻了一下,写满了字,日期那里填了数字。又翻了几次,半页字,没有写日期。第一页,日期有。我翻到写了字的最后一页。最后那行是:雪人,药品说明书,喝影子的狗。

有人喊我开会，我合上笔记本，放在电脑旁边，站起来后，又放回抽屉里。两个小时后，我回来，回复了一堆消息，又写了一封邮件。我去了一趟厕所，但什么都没做，吸烟室里有几个人聊基金和香港。我很庆幸自己不抽烟。

回到座位上，我拿起苏铁的笔记本，从头开始看。

妈妈死后，我发了一条微博。

跟踪侦探：我会花一段时间跟踪你，尽可能详细地记录你的行程和你的所有举动，并且不被你发觉。有意者发照片和地址，除此之外，不要试图和我交流，我不会回复。但从你发送信息开始，跟踪可能已在任意时间开始。当我决定结束跟踪时，我会告诉你，然后将我的所有记录交给你。微信号 su7sususutt。

半年过去了，此时收到的好友请求，名字只有一个"桥"字。头像是一座钢结构的大桥，备注上写着"跟踪侦探"，我稍微困惑一会才想明白。

接下来，他啰嗦地讲他的空虚，我跳过去，停，他通过了好友申请，马上收到一条讯息：彭冬伞，草芳围080号。草芳围。我等着看他要做什么，但他开始写他小时候如何不被爱。我耐着性子，看他妈妈做服装生意发财，看他出身北方的爸爸卖公司去美国，看他妈妈在大别墅里隐居，看他妈妈死的时候他在旁边坐着，看他不缺钱的空虚，一直看到他的外公是疍民。我在电脑上搜了疍民是什么意思，发现艇仔粥是从他们那里来的。小港喜欢艇仔粥，我不喜欢，但我喜欢肠粉。

草芳围。我不会主动想到这个地方，但看到之后，能回想起它的样子。我在那里没有故事，只是和小港一起，在一家叫 Red House 的意式咖啡店坐过一些下午。它在袖珍的纺织公园内，门的两边是纯白色的门柱，门前贴了花砖，望进去，院子里有几面白色墙壁。建筑有四层，外墙贴满枣红色瓷砖，在周围矮小没有翻新过的建筑之中，像隐居乡间避难的贵族老爷。我们喜欢坐在三层的窗边，看那几棵高耸的小叶榄仁，高高的树冠底下，对面居民楼的墙面很有年代感，能看出翻新过，涂了白漆，每一扇锈迹斑斑的窗户上沿，都有蓝色的塑料雨篷。晴日里，窗外发黑的防护栏上，挂满五颜六色的衣服。底下的便民运动器械处，有个瘦老头喜欢赤裸上身，每个都练上一会。

咖啡店外面，墙边有几棵菩提树和羊蹄甲。最粗的那棵小叶榄仁树，树干上刻有"耿耿余淮"，当时字的笔画深处裸露着新鲜的心材。小港告诉我，那是当年很火的一部电视剧里两位主角的名字。

似乎是在东边路口有一家饭店，在旁边的树上挂了手写的牌子：食只靓鸡，69 元。我让小港教我读这句话，她纠正好几次，勉强满意了。我轻声用广州话念了一遍，但不确定口音还正不正宗。但或许这家饭店是在旁边纺织路的路口，那里的路很乱。

记忆中的那些事，曾经真实发生过，意识到这个我很不适，喉咙发干，无来由地窘迫。我看着那个站在小港身边的人，怎么都认不出是我。我回忆起她当时穿的衣服，想起来了，能够装满一个衣柜，天蓝色白花的裙子、灰色宽松西装套装、深蓝紧身牛仔裤、阔腿牛仔裤……它们不再指向明确的哪天，成为一种整体，我能看到它们每一个的样子，但它们已不可分割。它们全都变得意味深长，通体弥漫着生物的气息。

那条蓝底白花的裙子，她古着店的朋友发给她的，白花是云似的一朵朵，吊带和领子连在一起，是花环形状。她让我看图片，询问我的意见。很好看，我说，带着点夏天的俏皮。但朋友群里都劝我别买，她说，觉得老气，不好穿。我不觉得，我说，但我不确定领子适不适合，裙身颜色都没问题。它胸那一块有点大，她说。她放大图片，快要把手机塞进眼睛里。领子怎么了？她问。有种领子提着人的感觉，我说。她买了，拿到手后没有失望，广州的夏天适合这条裙子。

黑暗的背景下，江风中，穿这件裙子的小港特别明亮。回忆的画面切到这里，我感到害怕。也许没有到害怕的程度，只是这一幕突然阴森起来，似乎下一刻就有诡异的东西冲出来，钻进我的眼睛，吃干净我的舌头，我的喉结，我的气管，心肝脾肺肾，然后寄生在胃液里。

那时候我的大脑还会在。我想这就是我一直拒绝回忆的原因。

但乔光辉是个太爱讲述过去的人。很多时候，他似乎无法控制，过去的一件件小事做了他的主，从他口中流出，源源不断。家人，恋人，朋友，那些欢乐时光，那些痛苦时刻。很多事情早就讲过不止一遍，但他似乎忘记曾经说过，像初次讲述般投入。过去倾听的时候，我搞不懂那种怪异的感觉是什么。现在，我又看到他脸上焕发出冷色调的荣光，像夜晚在墓园里闻尸体的怪物。

鲸死后，身体落向海底，盲鳗、鲨鱼、一些甲壳类生物，在24个月之内，分食掉90%的鲸尸。此后，一些无脊椎动物特别是多毛类和甲壳类动物，栖居于此，啃食残尸，改变它们所在的环境。大量厌氧细菌进入鲸骨和其他组织，分解其中的脂类，使用溶解在海水中的硫酸盐作为氧化剂，产生硫化氢。化能自养菌例如硫化菌，则将这些硫化氢作为能量的来源，利用水中溶解氧将其氧化，获得能量。而与化能自养菌共生的生物也因此有了能量补充。鲸鱼骨架可以支撑丰富的群落数年到数十年。当残余鲸落当中的有机物质被消耗殆尽后，鲸骨的矿物遗骸就会作为礁岩成为生物们的聚居地。

我看到属于鲸落生态中的特有生物，吃骨虫弗兰克普莱斯和罗宾普鲁姆斯，它们寄生于鲸的骨头上，样子类似于水纹形的荧光棒。

它们出现在美国加州蒙特利湾海域深处死亡鲸鱼的骨骼中，它们没有眼睛，没有胃，甚至没有嘴巴。怪虫的长度从2.5厘米到6厘米不等，身上有彩色的绒毛。一开始，科学家发现每一条吃骨虫都是雌性。但经进一步研究，发现有一些很小的雄性虫子寄居在雌性虫的体内。雄虫身上仍有一点点卵黄，就像它们还没有跨过幼虫阶段一样，但它们体内已经产生了大量的精子。研究人员还观察到，雌虫不管大小，体内全是卵子。

或许那些离去的人，都在我们的记忆中，成为一个个大小不一的鲸落。那件蓝底白花的裙子，更多的衣服，她说的每句话，我们看过的风景，全都脱离物理世界的属性，成为一种全新的生物。它们没有眼睛，但它们看见；它们没有胃，但它们食用；它们没有嘴巴，但它们说话。它们还在繁殖。

我害怕它们，无比害怕它们，似乎它们要将我拖入生机勃勃的寂灭中。但至少在此时，我完全无法控制，不用查地图，我看着小港从南华东路往西走，沿街的建筑开着过时店铺，身材瘦削的店主们坐在残破的椅子上，如同定格一般，憨，寂静从他们身上散发出来，沾染得满条街都是。二楼三楼的外墙面，覆满毛茸茸的褐与绿，从窗户里伸出几根黑色的竹竿，上面挂着衣服，仿佛荒芜中探出了几张嘴巴，对着天空呼喊，喊的是什么，人不知道，人的耳朵不听它们说。树往往只有半边身子活着，树干上突兀伸出一条树枝，无心间成为主力。还有不少只生出几条小枝，叶子一眼就能数清，和粗大的主干极不相称，恍若谢顶后被头发围困的脑袋。宝记路边鸡看起来很好吃，但还要往前走十几米，在金如烧腊店买上一些鸡肉。

一个红色箭头指向深处，上面写着红色的字，华贵舞厅。感觉这个舞厅里会很好玩，有人说。声音从记忆里传出来，我才看到我也在那里。和小港有关的记忆中，我常常看不到自己。

我没去过，小港说，我妈妈以前去。

再往前就是小港路。

好些年，我经常去那里。路口的一角是家钟表店，门口放着配钥匙的机器。不大的空间，墙壁上挂满时钟，圆形和方形，正对店门那一面墙上是仿古的摆钟。店主站在玻璃柜台后面，柜台里摆满各式腕表。由于没有调校，墙上的钟走着不同的时间。又好些年，我再没去过那个地方。我在办公楼里打转，寻找一个能看到那片区域的窗户。我不确定哪里是那里，它藏在茫茫建筑之中，云深不知处。

你没有生活。这句话在脑子里游动，像贪吃蛇一样不断壮大。

听到这句话时，我在小港的卧室里。阳光让窗户显得很小，没有阳光的地方更暗了，柠檬黄和深蓝的菱格纹玻璃，有种假寐的神色。

我们正置身一场哭泣的残余。小港仍旧弓着背，却不再出声。几十分钟前，在底下的客厅里，李芍药吐了一地。这是我第一次跟小港回家。

你唔要咁样好唔好？小港站在呕吐物前，一连说了好几遍。李芍药左手扶着胃，倒在沙发上，右手无意间伸进沙发靠背的破洞里，保持在那儿，随时会掏出点什么，吓唬吓唬人类。客厅像泡在发霉的酒精里，呕吐物的气味寻着空气和缝隙，细密地沉下去，物品表面包裹一层安静的膜，暴君似的安静。

　　小港把手中的菜放在灶台上，又从我手中拿走装鲈鱼的袋子，丢进水槽，然后用双手的指关节推我的背，推着我走上陡峭的楼梯。上去之后，是一小片狭窄的起居室，她绕到我前面，推开尽头的门。我们留拖鞋在门口，踩上她卧室里的地毯。随便坐，她说。墙角有一把蓝色的复古沙发椅，绒布面。地面上放着两个圆形坐垫。她指着摞在墙边的书。你可以看一会书，或者玩手机，听唔听音乐？她把挎包挂在门后的钩子上，走到靠墙的桌子前，捡起一个皮筋，两根拇指从耳朵底下伸进头发里，拢成一条。随后，左手抓住，右手的拇指和食指撑开皮筋，不知道怎么扯了两下，一根辫子落在后脑勺上。她俯身跪在床边，伸直胳膊，在床头靠墙那侧翻找。在这儿，她说。是一台红色小音箱，方方正正，上面印着JBL三个白色字母。她交到我手里。你可以连上蓝牙听点音乐，她说。

　　她往门外走，关门的时候，脑袋伸进来。她说，老实待着，不要下去。

　　好，我说。我点点头。

　　我蹲下来看了看书的名字，大多是课本里会看到名字的名著，还有村上春树和张爱玲。所有书都有一股客人的拘谨神色。能看看书是件好事，但此时我没有拿起来的兴致。窗户旁边的矮柜上，有一盆盛大的植物，我猜这就是她一直跟我说的那盆鹤望兰。

　　我打开门，正对面，楼梯口旁边的位置，是一扇通往露台的门。透过门上的十字格玻璃,能看到外面明亮的植物叶子。

空气中弥漫食物发酵的酸味和酒精味,还有金属摩擦地面的声音。气体不像地上的黏液,商家应该更高明一些,发明快速打扫空气的用具。肯定不是空气清新剂,我想,掩盖不等于清理。我缓步下楼梯,在我看到小港之前,听到她的声音。

你做什么,她说,我说了不要下来。

她的声音很大,我犹豫片刻,又下了两个台阶。她正愤怒地瞪着我,手持一把小铲子,旁边放着黑色塑料袋。

我就是想帮忙做点什么,我说。

不要你帮,她说。声音硬硬的,但随后她把声音放轻了。你快上去吧,她说,自己再待一会,我马上就好。

从难闻的气味中脱身出来,我走到窗户前,推开,眼前不到两米的地方,是另一家的侧墙。绕过邻家的房子,巨大的树冠恍若悬空的绿云,笼罩好几户人家。我的嗓子里仿佛糊了一层胶水,隐隐作痛。

门终于开了,小港走进来。你系做咩啊?她问。她的眼睛装作若无其事,嘴角平平地向两边推出笑窝。是不是无聊了,她说。

没有,我说,那棵树真漂亮。

你说的是那棵樟树吧。她走到我身旁,抵着我的脑袋往外看。她说,它都一百几十岁了。

真了不起,我说。

以前有好多，她说，我就没见过啦，是听住在旁边的婆婆讲，后尾只留得这一棵。还有一些朴树和黄葛树，也有岁月了，但都不及这棵老樟。

她转个身，站在四边形的光中，地毯上出现一双小腿的影子。她手臂交叉，抓住T恤下摆，准备往上脱的时候，转过头。转过身去，不许看，她说。话从她嘴里弹出来，新鲜又可爱。空气中有股酸葡萄的气味。快点，她说，快点转过啦。于是我转过身，一只手虚掩在眼前，一朵云在缝隙里，正变得稀薄。对面巴掌大的窗户外，挂着黄色的碎花裙和粉色的三角内裤，内裤肥大，松松垮垮。织物摩擦的声音，她在移动。唔好转过嚟啊，她说。肯定不转，我说，外面的云多好看。有一个衣撑落在金属杆上。好了，她说，转过来吧。不转，我说，我还得看云呢。你还挺正经样，可以，是个好人，她说。我转过身，昏暗了一阵，然后看清她。她穿着一件白色宽松T恤，下摆盖住了屁股，她抬起左脚，去挑挂在衣篓边上的脏衣服，衣服掉进脏衣篓的时候，她右脚跳了两下，上半身努力弯着，不住地喊着哎哎哎哎哎。我抱住她，她站稳了。

她望着自己的书，笑了。她说，买来都没看过，摆在这里积灰。她往前走了两步，捡起地上的一包纸巾，扔到桌子上。翻过一两本，她说。她捡起最上面那本，蓝灰色的皮，笔触像浪，又像云，右上那儿有个拍立得相纸似的白框。这本我看得多，她说，《怨女》，哈哈，我记得系前年买嘅，那阵时候还没识到你，在方所买的，哎，都过去了两年，还没看完。她随手翻书，掉出来一片干叶子，红色，她重新夹回去。她说，你是不是不喜欢这样的书，你都是看什么斯特啊，门罗啊，还有法国的，有些我都没听过。

不会，我说，这书我也喜欢。

跟你在一起后，我都没买过书了，她说，可能是你太多书了，我就自暴自弃了。

不用人人都看书，我说，每个人有自己的方式打发时间。

可能我是要读书的虚荣，不需要真读书，她说。她仍旧翻着书。这里面有个地方说头发的，她说，看过之后我都不剪头发了。

这也很好，我说，向往书也是好的，其实我更怕那种，不怎么读书，但好不容易读过一本后，将书里的东西奉为真理，不仅指导自己，还动不动拿出来挥舞一番，用那些东西敲打别人。

哈哈，我唔系咁，她说，看是看了，让我讲是一句也讲不出来。找到了！看我这头发稀了，从前嫌太多，打根大辫子那么粗，蠢相。想剪掉一股子，说不能剪，剪了头发要生气的，会掉光了。

难怪男的秃顶的那么多，我说。

哈哈，她说，你给我选选书嘛，我也想读点书。

这些都很好，我说，都值得读。

我想换换，她说，这些放太久，无心再读喇。

那就读门罗吧，我说。

你真系钟爱她，她说。

甚至，我说，我认为，一个人的一生，可以分为读门罗前和读门罗后两个阶段。

你好夸张啊，她说，偏爱起来不停了。

一个人真读了门罗，我说，就知道个体是怎么回事了，就知道自己应该被怎样对待，自己应该怎样对待别的个体。好像这里的人都不太在意这些。

我这样不读书的人，你是不是觉得好蠢，她说。

怎么会呢，我说，如果一个人读了很多书，只读出一身傲慢，那就太可惜了。

你不傲慢吗，她说，我觉得有时候你好傲慢。

对，我傲慢，我说，所以我很可笑。

没有批评你的意思，她说。她合上书，放回那摞书的顶部，站起来。你挺厉害的，她说，可能你不是傲慢，只是书让你跟真人离得更远了。

这就是我说的鹤望兰，也叫天堂鸟，你睇，是不是好靓啊，她说。她走过去，摸它的叶子。可惜现在不是开花的时候，她说，它的学名是纪念英王乔治三世的王后取的，索菲·夏洛特，一个植物学家，但介绍加上了业余两个字，业余植物学家。

真漂亮，我说，我更喜欢鹤望兰这个名字，鹤，望兰，想想那个场景。

是的，她说，鹤望兰。鹤望兰望着她走开，坐在床边，伸直双腿，翘脚趾。

我的脑袋快贴住窗栅的钢筋，尽力让眼睛越过樟树的疆域。大多数房子换成了铝合金窗户，少数保持着八格木窗，有几扇是鱼鳞纹玻璃。尽头，一栋大楼通体蓝色玻璃幕墙，顶端的一个圆形标志下面，写着中什么海运四个字，再往上，一座信号塔。

你看那个蓝色的楼，我说，天光映在上面，玻璃看起来成液体了。

没有听到小港的回应，我转过头，她正在流眼泪。我过去，蹲在她身前，抬头，拇指指腹抹她的泪水。

早上说得好好的，她说，她答应不喝酒，就一天，就一天都不行啊。

我不知道如何安慰她，只一个劲重复说好啦好啦。

对唔住，小港说。她让自己动起来，抹脸，扯纸。我不可以再哭了，她说，刚一来就让你遇到这种事。

没有关系的，我说。

她叠了叠纸巾，眼睛一直盯着自己的动作。叠了几叠后，左手手指头捏住，眼睛努力往上看。她笑了，笑声一半从嘴巴里出来，一半从鼻子里出来。鼻子里出来的那一半，被什么过滤了一遍，闷闷的。她的右手在眼前扇风，来回跺了跺脚。她说，眼泪流落这个过程，会不会以为自己是一条河啊，流过山谷、平原、丘陵、森林，跟着就掉下去了。

我假装认真思考，闭着嘴嗯了几秒。我说，嗯，如果是女的就不会流过森林，女人没胡子。

她哈哈笑了几声，用纸巾抹了抹鼻子。她说，今日难为你了，想不到你第一次过来屋企就撞见这种事。

她坐在那里，似乎等待语言形容。好大一会，我的大脑似乎不认同这种义务，什么词也想不起来。我爱她，字蹦出来不是石头。我懊悔曾经对她说过的爱，因为我希望爱在此时才第一次说出。于是现在反而说不出来了。气温好像有三十度，我想。

不委屈，我说，我只是觉得心疼。我想去摸她的头，她躲刺猬一样歪向一旁。

没什么好心疼的，她说，其实没有什么，你别可怜我。

不是可怜，我说，只是觉得你很辛苦。

这算什么辛苦，她说，我是希望你第一次来，有个好的回忆。

干呕声传进房间里，像是水面下的声音，我担心地看她眼睛。她只是恼怒地摇了摇头。

她说，我是有机会变成另一个我的，那个我也可以成日饮酒，也可以把日子当成垃圾场。她说话不抬头，左手用力摩挲右手腕，似乎要搓一颗舍利出来。

但我怀疑，一个人如果没有变成另一个人，那么一开始就绝不会变成另一个人。我想说点什么，但嗓子不听话，什么东西堵着，似乎心思在那儿成了固体。我爱她，我想，我很想说出来，懊恼这小小的咽不下去的不适。但我不能说出来，因为她在难过。这里面好像有种不公平在，但我说不出不公平在哪里。

我不想纵容自己享受外物的刺激，她说，我对将来没有信心，我那么认真地做事情，就是在逃避心中的不确定性。

我想说，人活着，就要塑造自己坚定的内核，这样风暴来临时，人不会轻易支离破碎。但我马上讨厌这种话，那种浓浓的说教意味很恶心。太过于轻浮了，和她的感受相比。可我实在沉默太久了，便点了点头。

对唔住，她说，本来你开开心心来，结果遇到这种事，我又说这些不开心的话。

你误会了，我说，我没觉得什么，也很愿意听你说任何话，我只是，无措。坦诚说出这个词，我一阵轻松。我说，我总觉得有一个庞然大物，面对它我说不出话来。

她点点头，双脚向前伸，她看着自己的脚，好大一会。她说，你没有生活。

七

你没有生活。仿佛相爱好几年，就为了留下这句话。我念叨了好几遍。可生活到底是什么呢？它到哪里去了？

中午我和田尚佳一起在老饭店吃饭，我坚持要了广府蒸鱼。我站在厨房门口，报了菜名。男店主围着灶台，正掀开一个锅盖，试着驱散水蒸气观察。女店主重复了一遍，我不放心地又报了一遍，她点点头，又重复了一遍。

我从小就不喜欢吃鱼，田尚佳说，吃起来太麻烦，又没什么口感。

生活是什么，我说。

我哪知道生活是什么，她说，别问，一问就更不知道了。她抽出一张纸巾，来来回回擦右手中指。她说，怎么突然问这么哲学的话题。

想听听你是怎么理解的，我说，用什么角度看待它，想学习学习。

没有理解，也没有角度，她说，对我来说，可能生活就是一条鱼。

厨房里响起菜下油锅的嗞啦声,听上去很壮观。来了一桌人,坐下来商量菜品。厨房门口的椅子上,搭着一条毛巾。一个男人站起来,走到绿色饮料柜前,打开柜门,拿出一瓶啤酒,然后问女店主要开瓶器。然后,他在冰箱侧面找到挂着的开瓶器。

乔光辉来了,我们加了菜。

你们现在搞小团体,排挤我,他说。

没有人排挤你,田尚佳说,你现在可是顾不上我们,说说,总裁办新来的那个小姑娘怎么回事。

我们可没事,乔光辉说,喂你们别跟着搞我,乱传绯闻,我可从来不跟同公司的人发生关系。

是吗,田尚佳说,你不记得去年市场部走的那个露西亚了?

不可貌相啊,乔光辉说,你田尚佳这么清高自傲,也关注八卦。不过,你别再诬陷我了,露西亚可跟我没有关系,她走是因为……他看了看邻桌的人,降低了音量说,刘副总。

我在夹鱼头底下的那块肉,田尚佳扯了纸擦手。

一点反应都不给,怎么,你们早就知道了,乔光辉说。

不知道,我说,也不感兴趣。

我可是拿你们俩当真朋友,乔光辉摇着头说,你说说,哪有跟同事交朋友的,注定不幸。

是啊,田尚佳说,所以我们俩很不幸。

你看你看,你们两人,这小团伙。乔光辉头摇得更厉害了。你们到底怎么回事?

小河,给他说说。田尚佳跷起二郎腿,向后靠,左手搭在右手腕上。告诉他咱俩到底怎么回事?

是啊。我看着田尚佳,邻桌的筷子掉了,惊起一些声响。我说,到底怎么回事。

不对劲,有问题,完了。乔光辉在我和田尚佳身上来回切换。真有问题,我成了局外人,你们不能这样对我,你俩真勾搭到一起了?

小河,给他说说。田尚佳保持着刚才的姿势。我们俩不会真勾搭到一起了吧?

哈哈,我说,勾搭这个词真有意思。

我看出来了,我看出来了。乔光辉使劲向后靠,椅子只剩下两条腿,他指着田尚佳,看我。他说,快告诉我,她是你的什么。

快告诉他,田尚佳说,我是你的什么。

我是她的风筝,我说。

两个人都看着我。乜嘢意思,乔光辉问。

我看着田尚佳。我说,你的篝火周围,站满了人,但我不在那儿,我在离人群很远的地方站着,就像是人群放出去的风筝。

很形象,田尚佳说。

扑街。乔光辉拍自己的脑门。你在讲什么啊,大佬。

这个状态很好,不是吗?田尚佳说。

好什么好,乔光辉说。男店主端着一盘炒淮山经过他后面，他往前挪了挪椅子，伸着脑袋问我，你站那么远干吗，腿埋沙里了？

为什么不能站那么远，田尚佳说，我觉得这样很好，多舒服的状态。男店主拖着腿从乔光辉后面经过，他笑着看我，女店主在厨房门口跟他说了句什么，他的脸色变得很差。田尚佳目光转向我。她说，在人群外，远远站着，遗世独立，清醒孤独，多特别呀，自己想想这一幕，心里都会感动。

大佬，我的小河。乔光辉身体往前伸，似乎要贴到我脸上。你到底怎么回事啊，他说。

我不懂你什么意思，我说。

算了，乔光辉说，算了算了，你们愿意打哑谜，随便你们。

田尚佳看着乔光辉。她说，你不要自以为是。

我不自以为是，嗨，我就是个被你们排挤出去的旁观者，乔光辉说，那我呢，小河，我的篝火呢，你站在哪儿？

也在远处，我说。

别站那么远，他说，我的周围肯定没什么人，我希望你们都站得近一点。

在远处不代表不重视你们，我说，这个距离，不是我决定的，是双方共同完成的。

就是你，我可一直要靠得很近，乔光辉说。

你的篝火呢？周围都是什么人？田尚佳问。

我说，不能说只有我自己，那太自恋了，但是，周围的人都若隐若现，不需要风吹，好像下一秒就要消散。

可以，乔光辉说。他向我竖起大拇指。他说，冇得弹。

对，田尚佳说，特别了不起，别人是怎么站在咱们身边的，他比咱们看得还清。

于是我们继续吃煎酿豆腐，吃咸蛋黄焗南瓜，吃啫啫田鸡，吃鱼。

我忍不住问乔光辉，生活是什么？

发噏疯，这是人能问出来的问题吗？乔光辉摇摇脑袋。生活就是一堆烂事，他说，又不得不去做，就像我爸的狗屁生日，我妈在英国给我打电话，非让我周末去深圳给他过。两个人离婚二十年了，还要管这些烂事。

盘子里剩下完整的鱼骨头，盯着它，刺得我很痛。鱼全被我吃了，我说。我羡慕乔光辉的一点是，记忆里的东西让他觉得自己有意义。记忆里的物质分层沉淀，他可以按需取用。记忆中的快乐仍旧给他提供快乐，他还会为另一部分感伤。不知道田尚佳如何对待记忆，她很少提及过去。对我来说，记忆是个冷冰冰的整体，美好的部分从没有凸显出来，我从任何一点切入，都要承受它的全部，巨大的压迫感让我喘不过气。

拒绝回忆，过去我一向做得很好。现在，我盯着鱼骨头，脑子里生出强烈的异物感。或许太过翔实的记忆，会像移植的器官，引起排异反应。那不是疼痛，就是不舒服，有一个痒停在那儿，仿佛在膨胀扩散，其实没有，它始终那么大，我期待它爆炸，所有的记忆，像火山一样喷涌出去，可以覆盖大半个中国。可它不会爆炸，我知道，特别知道。

小港坐在那里，可她不只是坐在那里。她的头发黑色，黑色是从哪里来的？黑色不仅仅是种颜色，黑色是色谱内所有可见光都不见了。黑暗中所有的颜色都会不见。但那时，阳光照在房子里，太阳光底下，她的T恤白色，被子墨蓝色，墙壁上的水彩画粉蓝橙紫。光线塑造着我眼睛里的一切。我们是多么平行的两个人。

走吧，田尚佳说，我来结账。于是，我们三人起身往外走。女店主很亲切。她说，食饱喇，下次再来啰。

下去吧，小港说，我来煮个鱼汤先。

那也是一条鲈鱼，看着已经死了，从袋子里倒出来后，它又扑腾了几下。李芍药躺在沙发上，时而发出重重的呼吸声。小港洗了米，兑好水，开了电饭煲。

杀吧，她说。

后悔了，我说，该让摊主杀的，有点下不去手了。

那我可不理，小港说，你得杀了，买的时候你车大炮，我说让人家杀吧，你那个态度，好似我看低你。

杀，肯定杀，我说，怎么还有点害怕它了呢。

我也是，她说。她把一块姜和一棵葱丢在操作台上，往外走。我出去先，她说，我看不了这个，等你处理好我再进来。

壮起胆量抓鱼，滑腻的手感让我的心脏往下掉，好在它不动。放在台面上它跳了两下，又滑回洗碗槽。我来了些脾气，果断又拿它上来，摁住，它甩了尾巴，一滴水溅进我的右眼。我闭上右眼，菜刀扬得很高，刀背即将接触鱼脑袋时，力道不受控制地收了。声音很大，但鱼没有声音，扭动得更剧烈。我又砸了一下，犯了老毛病。

搞定咗没啊，小港说。她站在门外，眼睛往我手底下瞄。

快了快了，我说，还是鱼摊上的棒子好使，刀太轻了。

系噶，都怪刀不肯杀死一条鱼，小港说。

说完她离开厨房门口，脚步声响了几下，没动静了。我想着她在做什么，鱼又不动了，应该是死了，我用食指戳一下，它扭了扭身体。脚步声又有了，然后是爬楼梯的声音，爬得挺快。刀背又在鱼脑袋上砸了一下，有液体迸出来，一滴落在我鼻子上。我用拿刀的手背抹了两下，皮肤上有两道很淡的红色。鱼隔上几秒，抽搐一下，还是没有声音。楼上有开门的声音，随后有流水声。它疼吗？也许我不该执着于砸它，一刀剁掉它的脑袋，或许更仁慈。

我找到鱼腹上的那个小口，刀尖戳进去，准备剌开，鱼剧烈扭动一下，刀尖滑过鱼鳞，差点割到我的手。客厅里有人哼哼，我够着头看，李芍药坐起来了。阿姨你好，我说。她直直盯着我，眼球不动。我扬起手，准备挥一挥，但意识到刀在手里，于是手架在那里，只让笑容更盛。我叫小河，我说，您现在还难受吗？她木头似的，又栽倒在沙发上。我看了她一会，重新回到鱼身上。这次成功了，鱼没怎么动，鱼鳔和肠子流出来，还有鱼籽，我想着鱼籽是不是可以炒着吃，但手反应更快，全都一把扯掉，丢进水槽里了。鱼只是瞪着眼睛。我放下刀，拧开水龙头，流水冲刷鱼肚子，总有红色的液体无中生有般渗出。我的手指伸进鱼鳃，掏了一下，碰到什么锋利的东西，很疼，我以为手破了。腮掏出来，冲掉，我转了转手指，疼还在那里，没有口子。不知道小港在楼上做什么，李芍药好像又睡着了。外面有人说话，我盯着排风口，排气扇的扇叶黑了，扇叶间的空隙能看到对面的灰砖墙。有狗叫，叫声稚嫩，没有一点气势，应该是拴在巷子口的那条小黑狗。进来的时候我看到它了，我的鞋子都比它大，小港喊它毛毛，它不搭理，用狗绳拦路。它的笼子放在瓷砖店铺门边，和它相比，笼子像是巨狗国的。说话声停了，脚步越来越近，我的眼睛等着。我听到小港说话，她在露台上，她们对话速度很快，我反应不过来，看到一顶头发飘过去。

鱼清洗干净后，我刮了鳞，打捞起水槽里的器官、鳞片和鱼籽，扔进装鱼的袋子里，丢进垃圾桶。我洗了葱和姜，姜切成片，葱切成段。楼梯响了，速度不快，脚步在外面停了一会，然后到了厨房门口。

仲没好啊，小港说，好了呀，太好喇。

你刚才做什么呢，我问。

给我的植物宝宝们浇浇水，她说，刚才住在最里面的那个阿婆，问我你是哪里人，我说是个外江佬，她说之前她在别人店里聊天，看到我们在一起。

乔光辉和田尚佳走在前面，聊咖啡豆的事，云南、埃塞俄比亚、哥伦比亚之类。刚才我给田尚佳转了饭钱，她还没有确认收款。天晴得很好，但空气有点闷。乔光辉说他朋友送他一些新豆子，让我们有时间去他家尝尝。田尚佳说起住的楼下附近有家咖啡馆，每天下午早早关门炒豆子，很香，她经常在里面聊天。办公楼底下，几个人正在拼装圣诞树，已经装了五六米高。圣诞树是旧的，每年这个时候，都从仓库里逃出来，见见天日。我们站在旁边看，能看出穿西装的大个子是大楼物业人员，他指挥着工人们吊圣诞树的塔尖。上楼的时候，乔光辉说石室圣心教堂圣诞节前后，会有好几场盛大的弥撒，他跟一个朋友参加过。田尚佳说她只去过沙面的一个小教堂，里面很暗，她坐着歇了十几分钟。我说我还挺好奇弥撒的。乔光辉说可以一起去，但这个周末他得去深圳给他爸过生日。田尚佳说你爸生日跟耶稣挺近的。乔光辉说是，希望他快点去见耶稣。田尚佳说周日她有时间，可以一起去石室圣心教堂。乔光辉说你们俩确实搞小团伙。

我们各自坐到了工位上。

最后上桌的是鱼汤。

妈咪，妈咪。小港一边喊一边推李芍药。李芍药睁开眼，认了一会。起身食饭啦，小港说。李芍药坐起来。

阿姨你好，我是小河，我说。

李芍药看我，长长地啊了一声。她说，你来啦，我知道你来，小港给我讲啦，几时来的，我都唔知。她说起话来瓮声瓮气的，仿佛舌头上有雾。

没来多久，我说。

早就来了，小港说，你饮大咗，蒙查查，他给你买了个项链，还有一些保养品，转头我畀你。

买项链做咩嘢,李芍药说,我没戴过,还不如给我买多几支酒。

除了酒你还知道什么,小港说,项链我不让他买,说了你不戴,他不听,非说买了就戴了。

我哪里还戴那个,李芍药说,留着你戴吧。

买界你你就收住,小港发了火,戴唔戴随便你,食饭。

李芍药不说话了,她看了看我,似乎有歉意,然后看到桌子上的菜。她说,都做好饭啦。她转头看向窗户,眯了眼。她问,依家几点?

一点半了,我说。

一点半了,她说,快吃饭吧。她站起来,没有站稳,扶着膝盖,慢慢直起了腰。

我给李芍药盛了一碗鱼汤,又给小港盛了一碗。小港喝了一口,放下。她说,今天熬的鱼汤不能算成功,不够白,也没味道,想想挺对不起那条鱼的。

我给自己盛上,喝了一口,淡。但我说,挺好喝的,很鲜。

小港摇摇头,流露出不需要安慰的意思。这条鱼真委屈,她说,我也就是仗着它不能说话,它要是能说,大概不愿意落在我手里。

李芍药喝了一大口,没有说话,只是盯着盆里的鱼头,鱼的眼睛正对着她。

人活着就是这样,就是一锅不太成功的鱼汤,小港说。她拉长音调,像说台词一样,然后瘪了瘪嘴,声音从嗓子眼出来,十次有七八次熬得都好喝,今天这条鱼不听话。

窗外有人大喊了一句什么,李芍药木木地转过去,又转回来。应该是那只流浪狗,她说,它有时走过来,我喂过它几次剩饭。

你还喂它呢,小港说,你都顾不好自己。然后小港看向我说,外面的人骂狗尿他家墙上了。她又指着白切鸡,看李芍药。你食哩个,小河专门在金如买的,我跟他说你最爱这一家。

李芍药夹起一块,填进嘴里,嚼的时候脸上的肌肉醒了一些,有了笑意。她嚼着,看了看我,又看小港。她说,我今天剪了头,你看出来未。

看出来啦,小港说。

在孖宝剪的,李芍药说。她左手在耳朵上捋了捋,动作僵硬,像在捋陌生的头发。头发干枯,白头发和黑头发像条形码。有一些很细的头发浮在头顶。她让我染染色,我没染,李芍药说,剪得好唔好睇呀。

还行,好看啦,小港和我分别说。小港看我。她说,一个老理发店,叫孖宝发屋,不是那个妈宝,是两个子那个孖,是双生子的意思。

李芍药看我。是,她说,小时候小港都是去那儿剪头,上初中怎么都不去了。

她就会给我剪一种西瓜头,我怎么去,小港说。

老板问我怎么想起来剪头发了,李芍药说,我讲我个女要带男友返嚟,还是要收拾收拾。

咁你仲饮成咁样，小港说。

本来没打算喝，李芍药说，后来想着润润唇，没想到一不小心喝多了。她笑，很憨。

一不小心，小港说。她气呼呼的。她说，酒瓶还能自己跑过来钻进你嘴里？

李芍药看我。她说，小港以前欢喜鱼，经常和鱼玩。

多久前的事了，小港说，现在我越来越怕鱼。

李芍药仿佛没有听到，眼睛里有柔情。她说，那时候楼上有一台大鱼缸，浅蓝色的，每次换水，就要先用一根管子接到下面的出水口，往卫生间里放水。清洗后，再用管子接水龙头，放干净水进去。她看着小港，看得很深。她说，每逢这时候你会特别高兴，讲你房间里面有条运河。

小港说，本来不怕的，有次在超市里见到梯田一样的鱼缸，各种各样的鱼。有的细长，有的扁，宽，有的胖乎乎，各种花纹。周围到处都是嘈杂的人声，还有往鱼缸里充气声，水声，可鱼没有声音，鱼游着，没有痛觉一样，随时被人网出来杀掉，变成食物。我突然就害怕了。

李芍药看着我。她说，鱼缸里本来有七八条鱼，后来死了几条。

六条，小港说，一开始六条，死了三条。

李芍药说，哦，六条，你给它们都起了名，叫什么，森林什么的。她冥思苦想，脑袋嘎吱作响。

小港扬了一下手臂。她说，它们美如森林。

听听起的这个名，李芍药说，这么古怪的。

你理得我咁多啦,我乡下兴,小港说。

我说,前半句我听懂了,后面是什么意思。

乡,下,兴,她说。这一遍是普通话,然后用粤语说了一遍。乡下兴,她说,意思是别人喜欢不喜欢我不在乎,我自己喜欢。

乡下兴,我用粤语说。

这一次发音挺标准的,小港说,它们美如森林,死得只剩下们美林了,但最后还是都死了。

每死一条她都哭,李芍药说。她看着我,然后看回小港。那怎么办呀,她说,我只能讲让它们入土为安吧,你不哭了,说鱼得入水为安。我让你用个塑胶袋装上,你不愿意,非得用手捧着。就那么小心翼翼地捧着走,结果刚走到南华路口,有只大白狗冲过来,你吓得撒腿跑,鱼掉到地上,被狗啃了。

我都不忍心吃鱼了,我说。我夹起一块鱼肉。

吃鱼我不怕,杀鱼不行,小港说。小港喝口鱼汤。她说,哎呀,挺伪善的。我觉得人跟鱼差不到哪儿去,没有声音,吐着泡泡,好似也感受不到痛苦,被打捞,被肉食鱼吃,死的就死了,活着的惊慌失措一阵子,很快血色散去,泥沙沉底,又跟往常一样,没有声音地游来游去,等待下一次。

有相似性,我说,不过好歹更有掌控能力一点。

李芍药叹口气,我以为她要说点什么,但她没说,只是默默地嚼鸡肉。她沉默不言的时候,看着像一块污渍。小港舀了一勺鱼汤,浇在米饭上,吃了一口,又夹了油麦菜,蘸了盘底的汁水,拌了拌米饭,再吃了一口。这样好吃,她说。

你还挺厉害的,我说,鱼在鱼缸里,你还能分出来哪只是哪只。

长得有区别,她说,两条孔雀鱼叫它们,它比们小一点,都是在水面上游,轻易不到下面去。灯笼鱼也是两条,美和如,鱼鳍的尖尖上是白色的,美的尾巴有点歪,如的尾巴更对称。

灯笼鱼不是深海鱼吗,我说。

不是那个灯笼鱼,小港说,淡水的,灯笼鱼是个别称,学名叫半什么脂,想不起来了。森林是两只红绿灯鱼,特别明亮,有一道蓝绿色,还有一道红色,红色比较短。森腹部的银白色范围更大一点。我喜欢坐在鱼缸前看,要是有哪条鱼长时间不出现,我就担心是不是丢了,赶紧拿网兜翻水草。小港脸上笑意溢出来,喝了一口鱼汤,用纸巾擦了一下嘴。她说,还有不少虾米,喜欢在石头上爬来爬去。

小港不容易,李芍药说。她看着我,指了指后窗,我看过去,有块棱纹玻璃裂成两半,贴着一块黄胶布。她说,她老豆死在江里了,我一个寡母婆不争气,还要靠她照顾,你好好对她,多照顾点她。

收口啰,口水多过茶,小港说,我咁大一个人,定要边个照顾咩。

八

连续两天,回到家都已凌晨。我和田尚佳没有再找机会做爱,但周五午后,我们在走火通道里接了吻。声控灯本来亮着,后来灭了,黑暗中,上下的声音通过墙壁传过来,像上游的山洪。

虽然没什么人到这里抽烟,我还是有点紧张。嘴唇分开的时候,挺长时间没人开口说话。后来外面哐啷响了一下,灯亮了,我们止不住笑起来。

舌头真了不起,田尚佳说,我觉得舌头是和心最相近的器官,心里有的那些滋味,舌头也都有体会。

之后她右脚向后,蹬着白色排水管道,点了根烟,没有试着给我一根。重新安静了,山洪仍旧在远处,只有她吐烟的声音。我从楼梯缝隙往上看,往下看,都没有尽头,灯又灭了,于是失去上下之分。墙上悬浮着绿色的指示灯,一个迈着腿的小人始终不走。看不见田尚佳的脸,只亮着一个点,忽浓忽淡。烟味袭过来,伤害我的鼻子,我想起妈妈死后,父亲坐在椅子上一根接一根抽烟的样子。我很讨厌烟味。

出来的时候，秃老头李叔仍旧穿着蓝工装，蹲着给几盆绿萝浇水，他看了看我俩，拿出一个笑，重新专注到浇水上。很多时候，我察觉不到他存在，好像他不会说话，也成了一种植物。我见过他和那位周姨聊天，两个人都在笑，但我经过的时候，笑声快速停了，恢复到一种植物的神色，打招呼时，目光放在偏离我十几公分那么远的地方。

同事们坐在工位上，一副凝神静思的样子。有几个在会议室开会。通过乔光辉，我知道苏铁的事还在涌动。一种说法里，他是我的朋友，猜测我领他进来做什么。更进一步的说法中，苏铁是个商业间谍，入侵我的电脑，偷走了不少公司机密。我不知道我的电脑里有什么能称得上机密的东西。还有人说他是个变态，在尾随一位女同事。被传的那位女同事，是个爱穿白裙子的女人，刚入职几个月，不怎么和同事们来往。田尚佳告诉我，一开始只是这位女同事和几位男同事一起乘电梯，其中一个男同事开她的玩笑，说见过苏铁下班后跟在她后面，是来追她的吧。后来就煞有介事了，甚至那位女同事被主管和经理叫去问了话。

或许我比公司的任何人都更接近事实，但我不说。没有什么悬念，苏铁去跟踪彭冬伞了，那是去年的事。2018年，回想我的生活，好像只过了几天就过完了一年。原来我的记忆并不总是认真工作，这让我松一口气。据笔记本上的内容，苏铁在草芳围 80 号附近盯了几天，才窥见彭冬伞，进而确定她在广医附属第一医院药房上班。我知道这家医院的呼吸科经常全国第一。

我的公司出现在笔记中,还要更早,是去年,他没有记录日期,但天气转凉了。他是跟随魏友伦来的,没有进来,笔记中记录了一些魏友伦上下班路上的文字,很少。可能是最初的劲头过了,笔记本上的内容越来越简略,间隔的时间也越来越久。

苏铁是跟踪彭冬伞的时候,发现魏友伦是她同母异父的弟弟,但当时两人还没有相认,今年黄花风铃木盛开的时候,彭冬伞认了母亲,也认了弟弟。这些内容他写得过分简单。

黄花风铃木很美,之前海珠区砍榕树换种黄花风铃木时,有不少非议,花开之后,人们开始盛赞黄花的美。今年初夏我去看了黄花,手机里有邱白云帮我拍的照片。

周六我醒来已经十一点,房子里一点动静也没有。有邱白云的微信,告诉我她在深圳,如果刮风或者下雨,帮她把阳台上的衣服收一下。我回复,好。她去找她的男朋友了,周舟应该也和男朋友在一起。朋友圈里,邱白云发了张在街上回头的照片。田尚佳发了海滩照片,她提着裙子,赤脚踩薄浪,被风吹得像是飘起来了,看起来很幸福。会不会冷呢,我想。但窗外的阳光确实很好,不像要下雨的样子。我不确定她是跟谁去的。

我拿着一本书和苏铁笔记,到附近一家咖啡店。店名叫花神咖啡,有时候我会想,应该说花神咖啡店,还是花神咖啡咖啡店。店主是一对双胞胎,但她们不在,操作台后面站着两个陌生男店员，手忙脚乱。每次来都坐的那张桌子，坐着两个女孩，我迷茫一阵，找到靠近后门的那张桌子。上一轮客人的餐具还没收，我站着扫了码，点了一杯叫洪都拉斯的咖啡，介绍里写着威士忌酒桶发酵，巧克力酱、蜜瓜、蜂蜜、枫糖、干净度佳。第一次是周舟带我来的，当时点了这个，喝了一口，周舟问我觉得怎么样。挺友好的，我说。挺友好的，她说，这个形容让咖啡怎么想。我喜欢点点过的东西，这样不费力。我还点了一份水果冰淇淋面包。我喜欢这个，一个白色大盘子里，魔方似的小方块，摞成假山。每一块都口感酥脆，冰淇淋从顶上淋下去，点缀着樱桃、草莓、橙子之类的水果，具体要看季节。

站在那儿刷了一会微博，田尚佳又转发了几条微博骂男人。终于有店员开始收拾桌子，我坐下来，头顶的隔板上放着一排书，有咖啡地图和村上春树，以及几本国内畅销书。我担心隔板会不会突然掉下来，砸我的头。但我没有坐到对面去，因为这儿能看到玻璃后门外面。几盆植物，像临时搁在那儿。旁边窗户外面有一片土地，长着草和一株海芋，土壤发白发硬。院子里有几十年的黄葛树或是朴树，可能还有榕树。连着后门和操作间的一米白墙上，成套的塑料扫把和搓斗靠在那儿，我没找到垃圾桶，犹豫要不要把刚刚用过的纸巾丢在搓斗里。

咖啡上来二十分钟后，面包还没上，我并不着急，因为这里甜品总是上得慢。我正在看的这篇小说里，一个男人在聚会中，突然决定游泳回家，于是一个泳池到另一个泳池，朝着家的方向，一家一家地过去。我还没看完，不知他到家没有。绿荫山盗贼，我常常觉得绿荫山这个地方很熟悉，类似的地方还有不少，布莱顿角的乡下，都柏林郊区，多伦多周围的小镇。但在我生活的地方，我总感觉自己是个外人。

冰淇淋面包上来了，我合上书。以前我跟周舟玩过一个游戏，从底下开始吃面包山，山在谁那儿倒了，谁就输了，就要答应赢家一件事情。她还欠我一件事情。现在我自己玩起了这个游戏，吃到第五块的时候山倒了，我输了。

双胞胎中的妹妹出现在后门外，整理了那些盆中植物。她进来，脸上带着睡意，跟我打了招呼，然后把扫帚套装拿到一个看不见的地方。她进入操作间，站在柜台后面说扫把的事，但两个店员都不承认，坦白出另一个人名。

午后的时间蓬松，令人忘记刻度，我闭着眼睛，回想苏铁笔记中的内容，遇到模糊的地方，就翻开确认一遍。里面的内容本来和我无关，但小港出现在其中一页，我没办法不重视它。我又翻开那一页，三个名字三角形站着，彭冬伞在顶点，魏友伦在左下，陈小港在右下，全都连着双箭头。合上笔记本，重新闭眼，三角形在眼前打转。我怎么也想不起来那个发现苯环的人叫什么名字，但记得他的梦，一条蛇咬尾巴。我发现闭眼时，眼皮不是视线的尽头，视线更远了，这种远以放大或者特写的方式实现，像是眼皮内侧有个OLED屏幕。一条蛇吞尾巴，一直吞，圈不见小，这一幕越来越大，蛇的花纹出现，逐渐清晰，淡黄，黑线，斑点，闪着冷光。它的身体还是那么长,仿佛无尽。我打了一会盹,醒来随便翻到苏铁笔记的某一页。

想到这里的时候,我看到彭冬伞走出八珍的门口。我打起精神,在前面先走,然而她却没有跟过来,径自坐在美术馆门前三棵大榕树下休息。我绕了点路,在和她隔着四分之一圆弧的地方坐下,看了一会她的背影,拍了几张照片,她毫无警觉,或许此时她的心在别处。风一刮,豌豆大的榕果噼里啪啦往下掉,落在身上很轻,让人觉得和天地靠近了一点。她从西装口袋里掏出一盒烟,轻巧一甩,一根烟跳出来,另一只手夹住,然后晃了晃烟盒,里面空了,握拳然后松开,烟盒扭成一团,她瞄准几米外的垃圾桶,手臂来回摆动几下,弹弓一样弹出去,但是烟盒落在了外面,在地上弹了几下,停在那排檵木底下。她笑着摇摇头,不好意思地张望,点着了烟,重重吸一口,缓缓吐出,然后起身走过去捡起烟盒,在近处重新瞄准,准确地投进去。她满意地点点头,重新回到原来的位置坐下。她坐在那儿如同广州的十一月,漫长、安静,久久盯着鞋子,烟在指缝径自燃烧,过了挺久才重新想起来吸上一口。

几位美术馆的工作人员,围在一起吃外卖,只听到有声却不知在说什么。不远处一家四口外国人,两个大人仰着头拍照,女孩们扎着高高的辫子走在前面,不耐烦地停下等待。阳光细细临摹万物轮廓，光头西装男人活动胳膊和颈椎。远处大屏上在播放贝多芬音乐会宣传片。手机上新闻滚动战争和坠机。一位男士搂着另一位男士肩膀远去。圆形大楼，方形大楼，一个蛋，尖顶大楼，畸形大楼，高的大楼，更高的大楼。天气晴好，云少许，东北风三级。我有点鼻塞，偏头痛。城市正在发生，每个人都像一点小事，如果能一直这么走走路又该多好。

彭冬伞拍了拍膝盖，肩膀往前探，我赶紧低下头看手机。她站起来，短暂停了一会，看衣服摆动的幅度，肯定张望了一圈。然后她走到垃圾桶，烟头在上面摁了摁，扔进去，然后离开。

微信响了两下，我又看了几行才点亮手机。周舟发的，第一条是一张照片，但我已经看到她发的字：我要搬走啦。照片黑乎乎的，点开看到是体重计，已经放在我的鞋柜旁边，上面是充电用的白色数据线。

我还没有回答，她的消息又来了。

文字，这个线是体重计的充电线。照片糊了，是冰箱门上的格子，两盒奶。文字，这是我没吃完的三个蛋。在牛奶旁边，有三颗蛋，其中两颗挨着奶盒，头贴在一起，像在接吻，还有一颗在图片边缘，夹在一瓶辣酱的缝隙中。

我回复，啊，体重计你不带走吗？

又来一张照片，在冷冻区最上层，红线圈出一个透明塑料袋。旁边是一盒冰淇淋。文字，这是我没吃的鸡胸肉，你把它吃了哈哈哈哈哈。

哈哈，好伤感，我回复。

文字，然后平底锅和蒸蛋器我也不带走，你需要就用吧。另一条，捂脸哭的表情，终有一别呀。

你收拾好了吗？我问。

差不多了，她回，厨房里还有一桶油，一袋米，你吃了吧，就在你碗架旁边。

我应该表示感谢，但我没有说。我一会到，我发，还能跟你见一面。

她回了一个好。好的后面，跟着一个感叹号。

阳光比在咖啡店里看到的更强烈，视线里，我只看到一辆青绿色的共享单车，我在微信里找到它的小程序，扫了码。我克制速度，也没有冲剩下三秒的绿灯，但还是很快就到了。消息提醒我，扣费 1.5 元，我决定过一会就购买这家的包月单车卡。

到家的时候，她的门敞着，光仍旧流淌在客厅里，并且不越过门框给它的边界。客厅里放着她的东西，但是没人。过了一会，她和男朋友一起回来了。两个人只是去丢垃圾。她的男朋友在房间里整理东西，她在厨房里交代哪些东西留给我。

还有这把刀，她说，不过它已经钝了。她眼睛在厨房里寻找。她说，我记得你有磨刀石对吧，你可以磨一磨。

我有，我说。从她手里接过那把菜刀，翻着面看，它比我的两把刀都沉。我会磨一磨的，我说。

她盯着我，她的眼睛像广州冬春之交的天气。好啦，她说，别的也没什么了。

我点点头，右手握着刀，左手的拇指和食指捏刀背，金属的硬度安慰了我。我说，我来帮你搬东西吧。

不用，她说，我的东西很少，我们两个很快就能搬完。

我再次点点头。

这是那桶油，她说。油就在靠墙的地方，她还是指了一下。她打开灶台底下的柜门。这是大米，她说，我刚吃了一点。

十斤装的泰国香米，黑色的夹子夹着开口。大概够我吃一年，我说。

周舟。她男朋友的声音穿过客厅。

怎么啦，她说。她转过身，趿拉着拖鞋，慢慢走出去。

他们说些什么，我没听清。我打开冰箱，看到了那三颗鸡蛋。又打开冷冻区，拿起那袋鸡胸肉，又放回去。我突然很想吃旁边的冰淇淋，它应该是邱白云的。我关上冰箱门，穿过空旷的客厅，回到房间。

收拾东西的声音一直持续，偶尔能听到她男朋友说话的声音，跟她确认某样东西还要不要。我没听到她怎么回答，但她不可能没有说话，但完全失去了她的声音。有一会我右手扒在脖子后面，捏出一团多余的肉。也许我该控制一下饮食，我想。我不想变胖。现在我有体重计了，我可以每天都称一下体重。这一点让我开心。

电梯到站的声音，一次次传过来。东西有收拾完的时候，哪一次电梯不响了，她也就走了。站在门后，我不确定最后一趟时，她会不会通知我一声。是会敲敲门，用她的大眼睛望着我，挥着手说，我走了，拜拜。还是发个微信，我走了，拜拜。

结果，她选择了发微信，但发的字更多。

小河，她发，这一趟就搬完了，我就不上来了。

我打开门，她站在客厅正中间，提着灰色的手提包。她房间的门已经关闭，原先鞋架的地方，归还给白色地砖。她的男朋友已经走到入户门前，手里是蓝白格子的编织袋和一个瑜伽垫。瑜伽垫是粉色的，我没见她用过。

我走了，小河，她说。

快走吧。她男朋友在门口催。

我说，好。

她开始走，我跟在旁边，我必须说些什么。我问，离这儿远吗？

不是很远，她说。

一句话的距离，我们像一支撤退的小部队。她男朋友用背扛着防火门，她停下来，转身。我的手抓着门把手。她给出一个微笑，微笑停在那儿，眼睛睁得很大，水汪汪的。她瘦瘦地站在灯光底下，没有一丝阴影，有几根头发，可能是趁着收拾东西的机会，从马尾里逃了出来，飘在她的额头左边。我再也不会被这双眼睛望着了，我想，然后意识到已经安静太久。

走吧，她男朋友说。他动作很大地移动背部，似乎被防火门挤得很不舒服。

我走了，她说。空气中像是缺少了传递声音的介质，所以，她看上去只是张了张嘴，没发出声音。

好，我说，再见啦。

她向左转身，左手在身前小幅挥动，从她男朋友身边走出去，站在那儿，看着我，微笑已经逃走了。隔着她的男朋友，她用嘴型说走啦，然后消失于弹回的防火门。

我走出门，站在棺材一样的空间里，左手一直抓着门把手。我关了门头灯，客厅的光填满这里。电梯还没来，两个人在说话，但我没听清说的什么。后来，电梯来了，然后走了。我又在棺材里躺了一会，然后关了门。我关掉客厅的灯，走进厨房，在洗碗槽旁边的架子上翻出磨刀石，开始磨那把刀。粗粝的摩擦声，让我高兴起来，我拧开水龙头，冲洗刀刃，灯光打在刀刃上，无比锋利。

晚上，我煎了那三颗鸡蛋，吃完去天台站了一会。

一小堆沙子旁边，有一片积水，像池塘。我观察了一下，原来是砸掉了一层混凝土，重新做防水。旁边不远处，站着一个立式拳桩，我打了一拳，拳桩晃晃悠悠地向下倒，我扶住它，控制着力度又打了一会，然后贴着女儿墙站立，任由远处的一栋楼逐渐亮起全部窗户。人声和种种机器声远远传过来，像是歌剧里的声音。下去后，客厅察觉到空间里的缺失，于是更安静，我回到房间，拉紧窗帘，关闭所有灯，坐在床上，面对四四方方拳头大的蓝牙音箱。它是不是也在听我呢，这小东西。

曲子是埃尔加的 E 小调大提琴协奏曲，最被称赞的杜普雷那一版。

第一乐章心思乱，常常走神。进入第二乐章，慢板一开始，有一段应该是拨弦，听出隔着重重回忆的几丝美好、轻松与俏皮。《项脊轩志》里，有了短短两句"从余问古事，或凭几学书"，而后才能有"今已亭亭如盖矣"，此处亦如此。而后速度转快，快速连续反复，尾音前那个间隙里，有旁人挪动鞋子或乐器的细微杂音，然后就这样终结，不是一声巨响，而且一声呜咽。第三乐章，那么缓，可以眼睁睁看着它是怎样在岁月中抽枝发芽，而至亭亭如盖。努力想听到杜普雷的呼吸声，在第四乐章，错以为结束而又乍起前的一瞬，听到了。听到后，我就看到她了，她什么都忘了，很瘦，弓弦越来越快，有时会碰到琴箱发出轻微碰击声。琴声似燃烧，似海啸，她坐在那里，不动地方，一直拉。我看着她，一直看。

然后我躺在床上，看巴萨对阵阿拉维斯的比赛，第68分钟，梅西接苏亚雷斯传球，突破到梅西走廊，四名防守球员围住他，他的左脚甩在球上，球飞起来，等我再次看到球时，它已经在左上方的死角里。3—1，解说员激动地提高音量，告诉我这是梅西 2019 年的第 50 粒进球。我带着这份喜悦入睡，中间醒来一次，天还没亮，再次醒来，已经十点多，我想起梅西的进球，仍然很高兴，觉得阳光都是好的。

下午，走在一德路地铁站到石室圣心教堂的卖麻街上，我跟田尚佳说起了周舟离开的事。

你喜欢她，她说。

不，我不喜欢她，我说。

承认你喜欢一个人，有这么难吗？她说。

不难，我说，但我不能承认没有的事。

你连你自己都骗，田尚佳说。经过干海鲜铺子，门口摆着两筐鱿鱼干，腥味混着旁边铺子的香料气，让人脑袋一震。田尚佳点了烟，脚踩在干胶合板上，板子是为下雨时的积水铺的，现在没有积水，只有干泥。她郑重抽一口烟，吐出来。她说，好像维持一个清心寡欲谁都不爱的姿态，你就不会输，不会有狼狈。我很好奇，你到底经历过什么，会让你如此在意这些东西，并且日复一日强化它，成为一种牢不可破的事实。

不是这样，我说，的确，我是不想输，不愿意展示出自己的狼狈，但如果我真有，我也有足够的诚实承认它。

你没有，田尚佳说，你连她确实对你动过心都不敢承认。

我不能替她承认这一点，我打心眼里，也不觉得她对我动心，因为我不知道自己哪个地方值得她动心，我说。街的右边是民居的山墙，左边是明德学校的边墙，前面教堂门口，游人进出，更远处，那些婚庆用品店外挂满红色中国结和彩带。田尚佳停下，专注地抽烟。我说，可能是我从来都不爱自己，所以也不相信任何人会爱我。

哈哈，她说，你不是不爱你自己，你是太爱你自己了。

她是对的，我想。她抽一大口烟，吐出来，舔了舔嘴唇，找垃圾桶。没有垃圾桶，她在榕树皮上摁灭烟头，捏着，走了几米，看到旁边巷子里有肠粉摊的泔水桶，扔到了里面。你是对的，我说。

教堂里，游客们像在逛商店。有几个女游客，大声地表达惊奇，听声音来自我的老家那边。我跟田尚佳说了这件事，她看了看那几个女人，没有说话。

里面真的很大。阳光丰沛，西边一排高大的尖顶彩绘玻璃窗，用彩色光呼喊东边的墙壁。一朵云路过，墙壁上的彩色光依次明暗，像是什么隐秘的密码。玫瑰花窗很漂亮，不论男女，都到处拍照。有个戴帽子的女人，把手机交给我，拉着老公坐在长椅上。我帮忙摁了几张，她谢谢我，口音是江浙那边的人。

我和田尚佳在侧门的门洞里躲了一会，侧门紧闭，有光从门上的彩玻璃走进来，红的蓝的黄的，边界模糊，停在墙上和地上。白色大理石的圣母像，手心里有一汪水。田尚佳食指蘸水，往我额头上点，我一开始躲开，然后任她施为。水在额头上很凉，往皮肤里走，后来就消失了。

直到弥撒开始，人们才后知后觉安静落座。我和田尚佳坐在最右排中前部的长条椅上，有五六米宽，坐了六个人。后面一排是非洲裔少男少女，个子快赶上我了。弥撒开始前，有个戴眼镜穿条纹衬衣的非洲裔工作人员来来回回监督秩序。几位非洲裔工作人员发英文小册子，似乎认定我们都是一群异教徒，只发给非洲裔和白人，有些中国人伸手要，他们装作没看到。

歌声传来的时候，人们更安静了，纷纷往东看，仿佛能看到墙外的队伍。有些人面面相觑，理解了将要发生的事情，抓紧时间站起来，快步往后走，逃出散发白光的大门。其中一些刚走到一半，歌声就堵住大门，于是只能站在门两边空地上等。一群穿白袍的唱诗班妇女，从白光中出来，有非洲裔女性和中国女性，唱着圣歌，沿最中间的通道向前走。后面跟着两个敲长鼓的非洲裔男性，再后面一位神职人员举着类似长矛的武器，再再后面两位神职人员端着细长烛台，最后是两位瘦小的中国人，两位神父。

我所在的这一排长椅，和中间走道隔着一排巨大的柱子，一个走道，和另一排座椅。两根斜前方的柱子，正好挡住我看向前台的视线，只能看到一张很高的桌子上，两根小臂粗细的白色蜡烛，但火焰不大，且忽大忽小，让人担心随时会熄灭。桌子前面的地面上，放着神职人员端进来的细长烛台。稍稍往右偏头，能看到瘦小的中国神父在高桌子后露出肩膀和头。

台子左边视线不受影响，在左前边的一个发言台上，陆续有几位穿白袍的神职人员用英语朗读和唱圣歌。台子右边，也有一个发言台，一位穿红色紧身上衣的非洲裔，用英语指挥大家站立、坐下、跪在跪凳上。更远处是敲鼓的人，靠右边墙壁有一个面向主台的侧台，唱诗班的女人们站在上面。

田尚佳歪着脑袋。她说，赶上一场英文弥撒。

圣歌一首接一首，生理反应从胸腔开始扩散，到皮肤，抵达每一个毛孔，最后汇聚在脑子里。有些时刻，周围的人像是都不在了，我也不在了。不过，我很快就失去这种激动，因为人太多，太集体。我和田尚佳对视的时候，都憋着笑意。

开始下跪的时候，有些人很犹疑，但还是跟着跪下了。之后其中一些脱身出去。我左边的两人也是如此，但马上有一对夫妻补上来。两个人个子都到我眉毛处，丈夫是方脸，戴着银边眼睛，像是上学时班级里的优等生。他很能唱，唱到尽兴处，夫妻俩还会用手在大腿上打拍子。但我没怎么听他唱，更多注意右后方那个优美的女声，可以肯定是非洲裔少女中的一位。我没有回头看，但耳朵一直在听。左边柱子另一边的长凳上，有一位穿暗蓝格子西装的非洲裔中年人，光头，很虔诚，腰部笔挺，肩膀脖子一直往前弯。

神父开始大段讲话，他的发音含混不清，我听起来很吃力。所有人不约而同放松下来，连虔诚的暗蓝格子西装也靠在椅背上。正前方打鼓的那个人耷拉着肩膀东张西望。有一阵子教堂里骚动起来，人们全都双手合十，前后左右转身，说祝福语。左边男人跟我说的时候，不像之前那样自然，嘴巴里跑出来平安健康之类的话。田尚佳也站在原地不动，无奈地看着我，我准备说点什么好话，但没有开口。

之后，台子上的讲话重新持续了一阵，然后神父下来洒圣水。所有人目光随着神父转动，身体前倾，等着甘露落在自己身上。我挺期待这种水，但神父经过时，手中握着廉价的小喷壶，壶嘴位置缠了一圈白胶带，有一下没一下，随意往人脑袋上滋水。喷壶是蓝色的，久经阳光曝晒后褪色的蓝色，我的阳台上也有相同的一个，是网购几块钱的花肥时店家送的。

神父回到台子上，宣讲重新开始了，我一直注意正前方吊着的圣诞树状水晶吊灯，蜡烛形灯泡中的一颗，一直忽闪。上帝在眨眼，我想。我碰了碰田尚佳的胳膊，示意她看那盏灯泡。她看到了，神父的讲话声中，我们盯着忽明忽暗的灯泡。左边某处突然有什么重物落了地，发出巨大响声。神父正读到 the almighty，顿了一下。我偏头看见他点了下头，重复了一遍 the almighty，又重复了一遍 the almighty，然后才说完 the almighty Father。

宣讲结束后，唱诗班的女人们从原来的位置转到台前，几位神职人员递给她们长杆红布网兜，我以为是要离开的仪仗，结果她们每人负责一排，将网兜伸到人们面前划一圈，人们纷纷从兜里掏出金钱丢进去。我一点现金也没带，田尚佳也是，红布兜在我们面前停顿了一下，无情地离开了。

应该挂一个收款码，田尚佳小声说。

唱诗班的女人们重新归位后，神父又讲了一段，然后合唱几首歌，唱诗班的妇女们再到台前，神父和神职人员走下来，站在那里。许多人站起来，像广场上的鸽子聚集在撒鸟食的手底下，汇集于中间走道，排队往前挪。神职人员端着一个盆，信徒经过的时候，全都垂下头颅，神父的手指蘸水，在信徒的额头上快速点一下，嘴唇轻微开合。承接了圣水的人保持双手合十，小步快走，找一个长椅停下，跪在跪凳上祷告一会。

我没动,田尚佳也没有。更后面,有个北方口音的男人。男人说,咱们也去吧,沾沾福气。我转头看,看到一个平头男人和一个女人离开座位,满脸新奇,到队伍中去了。

出来后,流云在教堂尖顶上盘旋,小孩在奔跑,年轻人在拍照。我和田尚佳在圣母像前边的椅子上坐着,看形形色色的蜡烛。有人跪下磕头,念念有词。

我阳台上有个一模一样的小喷壶,我说,是买花肥时送的。

挺好玩的,她说,看上去特别庄重和复杂的系统,可能在以特别粗陋的方式运行。

你有宗教信仰吗?我问。

没有,她说,已经不得不相信很多不许反驳的东西,就不要再自找麻烦了。不过,我爸破产后开始信佛了。

这是她第一次提起自己的家人,我想多知道一些,但她再也不说了。她问,你虚荣吗?

虚荣,我说,我比谁都虚荣。

是什么,她说,我上初中的时候,周围的同学都买耐克或者阿迪的鞋,我也特别想买,那时候我爸刚创业,条件不好。

这方面我倒是没有,我说,小时候我家条件很差,根本就没有这类虚荣的余地,我的虚荣大概是,要从我喜欢的东西上获得与众不同的感觉。

我知道你现在的虚荣是什么,她说,你的虚荣表现在你想对一切都不在乎。

天黑之后,我跟她回家。我们做了爱,我时不时想,昨天她和谁在一起,两个人是不是也做了爱。我很好奇她和别人做爱时会说什么。很快我就不想了,那和我没有关系。

结束后,她闭着眼睛躺在那儿,嘴巴微微裂开,脸色潮红,额角有颗痘快爆炸了。我起身,她的手拉住我胳膊,眼睛没有睁开。你去干吗,她说,再躺一会。

我去清洗一下,我说。

不着急嘛,她说,我们待一会。

不行,我说,每次结束后,我都得赶快清洗,不然心里不舒服。

你这样会让我觉得你很嫌弃我,她说。她拿枕头扔我,枕头擦着我的胯掉在地上。我准备往外走,她大声喊捡起来。于是我捡起来,扔在她胸上。她佯装受了重伤,喊了一声,然后轻蔑地扫过我的阴茎。真丑,她说。

在卫生间冲洗阴茎后,我用洗脸巾擦干,又去厨房拿了瓶水。餐桌上放着一袋薯片,我撕开,边吃边走进卧室。她正趴在床上,猛地转过头。她喊,不要进来。

我停在刚进门的地方,嚼着薯片,不明白发生了什么。

我要疯了,她说。她的脸埋在枕头里,一时间,房间里充满牙齿杀害薯片的声音。她胳膊撑起来,盘腿坐。她歪着头问,你怎么能在卧室吃东西?

我右手停在袋子里,小心地咽下去。我说,不会有残渣掉下去的,我注意着呢。

不是这个,她说。她懊恼地摇晃着脑袋。不能在卧室里吃东西,我妈妈从小就告诉我这个。

所以,我问,它为什么这么重要呢?

就是这样啊,她说,不能在卧室吃东西。

我说,你妈妈曾经告诉你,不能在卧室吃东西,甚至为这件事狠狠发了脾气,从此之后,它在你这儿也成了一个牢不可破的规矩。

她盯着我,没有说话。

所以,我说,在卧室吃东西这件事,它真正对你重要的是什么呢?你维护的到底是什么?

管它重要的是什么,它让我不舒服,她说,你一做完爱就得马上冲洗,它真正重要的是什么,你又要维护什么,你是不是觉得自己特别睿智,特别有洞察力,这样很烦人知不知道。

对不起,我说,我不会在你的卧室里吃东西了。我走出去,吃完了那包薯片。再次走进卧室里的时候,她仍旧坐在那儿,用被子包着自己,盯着床单发呆。

这件事不会再发生了,我说,我会尊重你的习惯。

她看着我,摇了摇头,还是没有说话。我在她旁边趴下,侧着脸看窗户。过一会儿她起身,披上豹纹睡袍走出去。外面传来水声,水中有一种很萧索的东西。水声消失后,我期待着她走进卧室,但没有。我凝神听,听到很多声音,但没有她的声音。她仿佛消失了。

我穿上内裤,走出去,看到她坐在地毯上,背靠沙发,像一尊臃肿的大佛。豹纹睡袍很有袈裟的样子，我有点想笑。你还好吗？我问。

她点点头，没有说话。我在她旁边坐下，眼睛顺着地毯上的经纬，转正方形的圈。前方的墙壁上，贴着拍立得照片，还有一只上色的火烈鸟。房间里没有活着的植物，但有两盆塑料的，有一盆像是百合。隔着几米看过去，如同真的，可惜不会败。我的皮肤感觉到冷。

后来她脑袋歪在我的肩膀上。很奇怪，她说。她的声音很轻，像一个压抑的嗝。

没什么奇怪，我说，在你的家里，你可以有任何规矩。

她摇摇头。她说，以前，我从来没有怀疑过这件事，仿佛定理一样的存在，刚才我突然意识到，对呀，为什么不能呢。

我用耳朵蹭了蹭她的头顶，没有说话。

它是哪儿来的呢，她说，可能我妈妈小时候也被这么教训过，然后这个教训在她那儿扎了根，又传到我这里。刚才我一直在想，我的生活中，生命中，还有哪些类似的规矩。

想出来了吗？我问。

没有，她说，一个都没想出来。她脑袋离开我的肩膀，看着我。但我知道它们在，她说，你呢，你有吗？你为什么非得做爱后马上清洗，有什么源头吗？

源头肯定有，我想不起来，我说，这样的东西太多了，或许它们接管了我，我正按照指令运行。

是的,她说,需要被推上一掌,跟自己错了位,然后发现哪里不对。

于是她推了我一掌。我向后倒,头压着沙发靠背,假装我要死了。我说,女侠好深的内功,好狠的心。

于是她使出连环掌,然后我死了。她骑在我身上,捧着我的脸,哈哈大笑。她说,痛快,今日斩了你这恶魔,为我报仇。

我们开始接吻,周围的安静让我难以忍受。停下来,四目相对。我说,我又想吃薯片了。

Fuck you,她说。然后在我旁边倒下。

真的吗?我说。我并没有真去吃薯片。

我跟我妈妈关系挺怪的,她说。

比如说?我问。

你有相信的东西的吗?她问,爱情、亲情、友情里面的什么东西,或者某种寄托?

我不知道,我说,每当我想相信点什么,都能找到它的反面。

那就是你的问题了,她说,我们相信一样东西,不是因为没有反面,是你选择相信它。

你有吗?我问。

我有,她说。然后她开始唱,有时候,有时候,我会相信一切有尽头……

Fuck you,我说。

她翻身骑在我肚子上。她说,那咱们就来试试。

但她并没有行动，只是用手捏捏我的下巴，揪揪耳朵。你这个雀子中间长了根毛诶，她说。她凑得很近，像在瞄准，我晃了晃脑袋。别动，她说，我把它揪下来。

我不动了，心里有些紧张。她拔了一次，我忍不住用手去摸。别动，她说，还没拔下来。

我说，网上说，拔这种毛容易得皮肤癌。

是吗？她说。她的眼睛还在那根毛上，我能感受到她的指甲。可是我真想拔，她说。

你拔吧，我说。

听着跟骂我似的，她说，你要是死了怎么办？

但我还没回答，她已经举着手指兴奋地让我看。花了一会，我才看到她指甲中间的那根毛，它有些卷曲了。

你死了我给你多烧点纸钱，她说。然后，她上半身挺直，高举着手指，认真观察，仿佛要从中观察出一项诺贝尔奖。

我很想成为一座冰山，我说。

你现在不就是吗？她说。她看那根毛，然后扭转身体，从远处的桌子上，抽出一张纸，包住它。

不是象征，我说，是真的冰山，一座冰山，立在海面上。

你不会觉得冷吗，她说，我特别怕冷，我第一喜欢深圳，然后是广州。

冰山不会觉得冷的，我说，它怕热。

是吗？她说。她右手在背后，伸进我内裤里，抓住，使了使力，挑着眼尾说，这个冰山怎么这么烫。

但我们什么都没做。她的指甲在我胸前的皮肤上滑动，划过的地方都裂开了，又酥又麻，浑身无力气。

快停下，我说，我从小就晕针，尖的东西一碰到我皮肤，我就不行了。

是吗，她说，像这样吗。她的小指指甲在我眼前晃动几下，开始在我胳膊上戳来戳去。

快停下，我喊。我的血管全都中毒，像生柿子。我忍着强烈的不适扭动，动作很大。

真的假的，她说，这么夸张。

是真的，我说，每次打完针我都全身发冷，一个劲出汗，整个世界都在离我远去。

不可思议，她说，我还是第一次知道，以后我有办法对付你了。

你不能这么狠心，我说。

我狠起心来自己都怕，她说，好奇怪，你这是什么原理，怕成这样，那你打针都怎么办。

很长时间我都只吃药，我说，初中那会儿特别可怕，经常会组织起来打预防针，每一次我都像死了一次。不过，现在没有那么怕打针了，但还是怕，尤其怕拿着尖的东西故意对我比画，以前，我女朋友经常吓我，很坏地对我说，我要给你打针了哟。

我说的是小港。

行，田尚佳说，以后我不拿这个吓你。她从我身上下来，坐在旁边，墙壁里传来争吵声。我凝神听了一会，只有语气和情绪,听不到一个字。我看到你身上的两道伤口,她说,一道在这里,一道在这里。她的食指在我肋骨和胸口分别划了一下,于是伤口出现了,我感受到它们。妈呀,她说,它们还在流血。于是血流出来了,液体带着热度,像毛毛虫。榆树上那种黑色带白点的毛毛虫。

我要失血死掉了,我说,快帮我包扎一下。

它们可不是我能包扎上的,她说,让血流吧。

行,我说,你这个蛇蝎心肠的女人,眼睁睁看着我死吧。

哈哈,她说,你死了可怨不到我身上,我不背这个锅。她用指甲到处挠我。她说,让我找找风筝线在哪儿。

我开始头疼,皮肤上结了薄冰,我听到冰碎裂的声音。

九

　　平安夜在周二，我和邱白云去海底捞吃火锅。等座的时候，她坐在小格子里免费做指甲。一张长桌子，美甲师坐在里面，她坐在外面，背贴着过道。我在过道另一边，周围是锅巴、小豆子、薄荷糖和人。

　　我刷微博，偶尔看看她的背影。本月金价上涨4%，蝗灾，月子餐，香港汇丰银行有分行被纵火破坏，副总理在湖北省恩施州调研脱贫攻坚工作，植发广告，中日韩领导人峰会，卷福照片，梅西和苏亚雷斯度假照。服务员叫号，旁边的男女站起来，跟着另一位服务员进去，有个小孩想往椅子上爬，她的妈妈阻止了她，她被固定在妈妈的大腿之间，看了一会我。龙芯中科发布新一代龙芯，广州天气，浪漫情话，沙特政府宣布贾迈勒·卡舒吉谋杀案的五名嫌疑人判死刑，电动牙刷广告。邱白云回头看我，笑了，不知道她想起了什么。鸿茅药酒被评为2018年度履行社会责任明星企业，美女外滩跑步图，民航总医院一男人将一名女医生割喉，叶青的诗，晚餐图，聚会照，重庆沙坪坝一武汉籍男子跳楼砸中两名参加艺考的女学生，驻华盛顿凤凰记者美食图，冷冻卵子，孙小果。一个男人打翻了小桌子上的水，有两个服务员过来忙活。大明风华汤唯，叙利亚难民，巴黎圣母院，澳洲大火，996，肠胃镜检查前喝下1000毫升泻药的感受，普京表示发展先进武器方面俄罗斯历史上首次领先世界，英国脱欧，Better Call Saul，不明原因肺炎猜测……

邱白云走过来，坐在我旁边，举着手让我看指甲，是一种偏灰的粉色，带着木质感。很快有座位了，招待我们的服务员，让我们喊他小乐。这个名字很像他的脸。他一次次热情地打扰我们，添柠檬水，送热毛巾，下食材，一整盘腐竹全部倒进去，让我不知道该怎么办。我们聊了一会孙小果的事，有股淡淡的绝望。时不时，她拿起手机回复微信。我猜是她男朋友发的。一个男人抱着玫瑰花，走到斜前方的桌子旁，送给一个有耳骨钉的女人。耳骨钉是一条银色的蛇，在耳廓上钻了几次，蛇头趴在最顶上，对人吐舌头。同桌的人起哄，邱白云歪着身子扭头看。哇，好浪漫，她说，好多红玫瑰。

你男朋友给你准备什么礼物了吗？我问。

没有，她说，我很喜欢收礼物，我准备以后在家庭中设立一个礼物日，每个家庭成员都要准备礼物。

这就是过节吧，我说。

不一样，她说，过节的礼物显得太有目的性，专门的礼物日反而没有，你想想是不是这样。

是，我说，你闭上眼。

你干吗，她说，你准备礼物了吗，不要吓我。

没有礼物，我说。我摊开双手。你看看，什么都没有。

那让我闭眼干吗，她说。她看到旁边的卫生纸，眼球固定在我的眼睛上，缓缓移动脑袋。你该不会玩那一套吧，她说，用卫生纸折一朵玫瑰花。

天呐，我说，怎么会，太蠢了。盯着卫生纸，我的脑子察觉到一种奇怪，但没发现它是什么。脑细胞有点痒。我说，折纸玫瑰太蠢了，发到微博上会被骂死。

你可以试试，她说，说不准我觉得挺好玩的。她抽出一张卫生纸，折了几折，丢在桌面上。我不会，她说，感觉会折这东西还挺厉害的，你到底让我闭眼干吗。

什么都不干，我说，不用闭了，过去了。

该不会真是折纸玫瑰吧，被我戳破了，不好意思了，她说。

真不是，我说。我抽出一张卫生纸，团了几下。这挺简单的，没什么技巧，我让花瓣更蓬松一些，有模有样了，我右手捏着它，观察它。

可以呀，她说，我看看。她伸出左手，我放进她手心，她用右手捏住花梗，举在眼前看，水蒸气变多了，她和卫生纸一起虚化。小乐提着酸梅汁的壶走过来，调小火。需要加水的时候告诉我哦，他说。他走了，水蒸气淡了，邱白云把纸玫瑰放在手机旁边。你到底让我闭眼干吗，她说，我现在闭眼。

别，我说，特别抱歉，刚刚只是想骗你一下。

我们吃牛肉，吃虾滑，吃牛百叶，吃茼蒿。还有圣女果和西瓜。她准备跳槽了，她面试了一家电商公司。那家公司我知道，不是第一梯队那几家，但算得上第二梯队的佼佼者。她中大读研时的学姐在那里，她有点茫然，不知道这个选择是对是错。好在她没有寻求建议的意思，只是倾诉。后来我们回家，在客厅分开，各自在锁上输密码，走进各自的房间。

第二天，出门的时候我们都不说圣诞快乐，但脑子里有叮叮当当的音乐声。我的雪人还在桌子上，有个时刻我觉得它活着。上午主管把我叫到办公室，问这些天有没有看见苏铁。最后他叮嘱我，要是我知道点什么，不要瞒他。我不懂苏铁的事为什么还没有过去，也不知道暗中发展到哪一步了。但我没想过要把笔记本交出去。可是，笔记本留在我这里是什么意思呢？

对着三个名字那一页，我想了一会小港，没有附加什么情绪。爱情好像是个无中生有的玩意，我尝试用一种总结的目光，看看她是个什么样的人。

有恬静羞涩的一面，但又有勇气说不；内心很有主见但也会焦虑，会痛苦；认为自己拥有的东西太少，物质上和天分上，心底有一份维持体体面面的虚荣，希望在每个人面前都能显得不落下风，但又能满足于自己拥有的东西；她完全不在乎很多东西，但另一些时候，那些事物又成为她的阻碍；我总拿不准她在想什么，一些不重要的事情，会突然变得重要，而原来重要的事，又突然无足轻重起来。

然后呢,她特别爱吃含糖的东西,她说自己不是爱吃糖,是爱吃甜,糖是物质,甜是一种感受。然后呢,她化妆的时候面部生动,右眼底下那颗黑雀子跳来跳去,有时候我帮她举镜子,她一边涂涂抹抹,一边指挥我高一点低一点。我偶尔突然让镜子飞起来,看她画歪了眉毛。然后呢,我想和她一直待在一起,可她不愿意和我一起住。每次我从她那里离开,或者她从我那儿走,都会出来送上一段,这一点路程,我们抓紧一切时间拥抱和亲吻,仿佛明天再不会到来。然后呢,李芍药一遍遍说着,我这辈子真是,真是……重复好几遍,到底没说出来真是什么。

真奇怪,这些就是我曾经爱过的吗?不管怎样,2020年就要来了。

中午和田尚佳、乔光辉一起吃饭,因为是圣诞节,我们决定稍微正式一点,考虑到时间限制,去了上菜很快的粤顺粤德,点了顺德拆鱼煲、蒸陈村粉、蒜香蒸排骨、咸湿鸡、上汤豆苗、萝卜酥。

不调休挺好的,田尚佳说,最烦放个假还东拼西凑的,感觉很侮辱人。

元旦在周三,怎么调都很尴尬,乔光辉说,跨年夜你们有什么安排吗?

我是不会出门的,去年在海心沙跨年,快挤死我了,田尚佳说,再好看的烟花都抚慰不了我的疲惫。

去年我去的长隆,乔光辉说,今年都在我那儿跨年怎么样,我再叫几个朋友,没什么压力,就喝喝酒,聊聊天,玩玩游戏。

可以，我们去，田尚佳说。她和乔光辉都看我。我只能点点头说好。

晚上就在我那儿过夜，第二天咱们开车去惠州海边玩，他说，好长时间没看看海了。

拒绝起来会很麻烦，而且我也不排斥。可以，我说，我还挺喜欢冬天的海滩。

但我没有去成冬天的海滩，因为奶奶死了，死在2019年的最后一天。接到父亲电话时，是下午五点多。

你奶奶老了，他说，已经在床上躺一个多月，人早就糊涂了，知道你忙，就没告诉你，刚才怎么叫也叫不醒，一摸鼻子，已经断气了。

老了就是死了，过去他也是这样跟我说的，你姥姥老了，你姥爷老了。我爷爷死的时候他没机会跟我说，当时我不到两岁，听说那是一个初冬的清晨，爷爷抱着一捆干玉米秸去喂牛，倒在地上，再没站起来。我妈妈死的时候，他不是这样说的。当时他蹲在地上，双手抱头，背靠门柱，正在哭泣。门柱是歪斜的，是他亲手烧的砖，亲手摞起来的。他蹲在那儿，看上去很小。有人喊了他好几次，仍然没能让他抬头。是谁拉了父亲的胳膊，告诉他我来了。父亲抬头，他的眼皮吓到了我，它们像烂掉的鱼肉。过了一会，我才在那双眼睛里看到我，然后他胳膊伸过来，抱住我，哭喊，儿啊，你再也见不到你妈妈了。

你再也见不到你妈妈了，我觉得这个说法很准确。现在，我不再担心哭不出来会被亲戚背后编排，毕竟他们拿我没办法。我苦恼的是，守灵好几夜都不能好好睡觉，最多卧在麦秸上打几个盹，骨头都散了。出殡时一次次下跪也很讨厌，大人小孩围着，像看演出。不知道家乡上冻了没有，冻土化开后，就得跪在泥水里，膝盖肯定冻麻了。

家里的老人都像一个个定时炸弹，随时会死，好在这一次之后，祖辈们都死光了。父辈们还有二三十年可以周转，不出意外的话，死亡挺长时间不会打扰我。

谁都认不出来，父亲说，就你永春姐来看她，问她，知道我是谁不，你奶奶说永春啊，你说怪不怪，谁都认不出来了，偏偏能认出她，按说她也没怎么陪过你奶奶，自己的亲儿子亲闺女不认识，偏偏还能认出她。

我没有马上就走，因为剩下的航班都晚，下飞机后没有回家的火车。这让我觉得轻松，我不想这么快回去。我也不愿意赶早上六七点的飞机。上午的机票很贵，付款的时候我安慰自己，毕竟是你的奶奶死了。找主管请假的路上，我心中过意不去，埋怨奶奶死晚了，死在上周五就好了，这样可以少请两天假。主管和经理爽快地批了假，不过，只有一天算丧假，其他几天算事假。离开时，他们都说了节哀。

本来我没有期待去惠州，现在不能去了，我开始感到遗憾。我告诉乔光辉，没办法一起去惠州了，因为我的奶奶死了。

好悲伤的消息，节哀，小河，乔光辉说。他给我一个拥抱。

没事，我说，我早做好了心理准备。乔光辉问我什么时候回去，我告诉他明天上午十点半的飞机。

你是不是需要静一静，他说，今晚的聚会就不办了，我或者田尚佳都可以陪着你。

不用，我说，能和大家一起挺好的。

街道上有种激情过剩的气氛，太阳已经从南回归线往北走，我想象那会是一个弹簧一样的路径。天体在位移，仿佛一种义务。西边的晚霞变化越来越快，车时不时就要停下来，有一刻，路灯全都亮了，一群学生跑着过马路。

田尚佳说，生老病死，很无奈，你难过的话，不要憋着。

没有难过，我说，她不爱我，我也不爱她，我只是心里咯噔一下，没有别的。

你倒是坦诚，她说，我奶奶死的时候，我是最伤心的那个，墓地就在老家房子的后坡，送葬队伍往前走的时候，我突然受不了，拦在棺材前，大喊你们怎么能把奶奶埋了，怎么能让她一个人待在那儿，我妈妈抱住我，我浑身一点力气都没有了。

我阿爷死的时候我也很难过，好几年都不能吃笋，乔光辉说。他的手搭在方向盘上，很随意。我觉得好笑，好像我们正带着攀比的心思交换礼物。他说，他是捉笋的时候被蛇咬死的，发现的时候已经不行了，医生猜可能是五步蛇。

捉笋？田尚佳问。

对，他年轻的时候经常去山上采笋，他把采笋叫捉笋，因为他觉得笋灵气。乔光辉放慢车速，避让一个横穿马路的男人，然后重新加速。他说，他都多少年不做这种事了，立春没多久，不知道怎么，我突然说想吃笋，他来了劲头，非要去附近山上采，我奶奶不让去，两人吵了一架，要颈唔要命，他出去了，然后就死了。

有点宿命的味道，田尚佳说。

是啊，就像专门去撞见死，乔光辉说，现在那个山被修成公园了。

好久没下雨了，我说。

绿灯，车子顺着前面的车流滑过去。是啊，他说，这个季节广州不怎么落雨。

一个年轻女人在家，看起来像羞涩的大学生，她是乔光辉的妹妹，我在一档节目里见过。这就是我妹妹，乔慧云，乔光辉说，这是何小河，这是田尚佳，我的好朋友。我跟乔慧云说你好。你好，她说。比视频里还漂亮，田尚佳说，眼睛好好看，我很喜欢你的歌。两个人久别重逢似的拥抱。你也好漂亮，乔慧云说，我可以叫你佳佳姐吧。当然可以，田尚佳说，我就喊你云云。我喜欢你喊我云云，乔慧云说，佳佳姐，你比我哥夸得还好，他真应该早点介绍我们认识，小河哥也是。她看着我，双手仍拉着田尚佳的双手。她说，我哥一直说你是最懂他的人，好开心识到你们。

我看向乔光辉，似乎他预料到我的目光，提早回避了，刻意对乔慧云佯怒皱眉。让人坐下饮茶啦，得唔得，他说。

坐下后，两个女人在聊天。田尚佳说喜欢乔慧云的歌，报了几首，我不知道她什么时候查的。之后，乔慧云说了一些明星的私事。她和双胞胎妹妹乔慧雨有一个乐队，但现在乐队散了，因为乔慧雨在坐牢。我看过那个新闻，乔光辉说她只是被骗了。乔光辉和她们共享一个父亲，有不同的母亲，在他父母离婚之前，两个妹妹就出生了。乔光辉坐在乔慧云旁边点外卖，时不时问一下哪样东西吃不吃。

陆续又来了几个人。这是李立夫，乔光辉指着瘦高的年轻人说，雕塑艺术家，广美硕士。算不上什么艺术家，李立夫说，勉强算是个候补艺术家。和他同来的男人叫张同生，人很壮实，像个农民，在一家艺术品机构做策展助理。乔慧云的朋友来了一个，叫陈可雅，是个网红，主要拍骑行视频。乔慧云说她在网站上有一百多万粉丝。

有三个外卖员敲过门，其中一个同时送来两份。开斋，乔光辉说，整碗整筷。

大家围坐在餐桌旁，扮演一个快乐的人，谈一谈房价、房产政策、华南海鲜城与蝙蝠、健身餐、中美关系、班克斯"勉强合法"与拍卖现场碎纸机、婚姻、亲子关系……原来大家都在亲自生活，但经验并不多，仿佛一个盲人握着另一个盲人的手，用笔把那个东西在纸上画给对方。你没有生活，小港对我说，是的，可我要生活做什么呢。这里有威士忌、葡萄酒、可乐和气泡水，还有百利甜和君度，有冰块、橙子和柠檬。我不爱喝酒，但有时候，我也愿意喝一喝它们。奶奶的尸体应该正停在她的堂屋正中，那是一栋夯土墙的房子。那边已经是冬天了，应该不需要冷棺。

她珍藏十几年的寿衣,终于可以用上了。那里肯定也很热闹,只是没人喝酒。

草草结束关于生活的话题,开始摇骰子。乔慧云脸红红的,一说话就睁大眼睛,带有几分懵懂神色。她的酒量惊人,一开始我完全没想到。她的眼睛越喝越亮,咬着杯沿,一扬脖子,酒就下了肚。

吃饱后,我们转移到客厅,各自坐着或站着。

我在客厅尽头看了一会外面的楹树和龙血树,白色的台子上有几盆芙蓉菊,昏暗中叶片更泛白光。感谢小港让我认识了这么多植物。之后站在墙上的巨幅砂岩画下,感受它的气势,巨幅其巨,可以藏拙。另一边的油画很有意思,底子有花鸟画的意蕴,却是印象派的画法与用色,有些地方很立体,冲出了画纸,走近却不是。旁边的灰蓝色柜子上,站着铜铸的闭眼胖子,胖子阔腮短额,嘴唇凸起,金鸡独立。

有人来了,是乔慧云。她站在旁边,也看铜胖子,左手举着酒杯,有一下没一下地晃,右手搭在肱二头肌上,如果她有的话。你挺有意思的,她说。

是吗,我说,一个人身上实在找不到可夸的点时,这倒是个好办法。

哈哈,你真有意思,她说,我哥哥经常讲起你,他似乎很依赖你,要不是知道他喜欢女人,我都以为他爱上你了。

说不准,我说,也有可能他是双性恋呢。

你是什么恋?她的眉头挑上去,像八字。她说,如果他爱你,你会接受吗?

没想过这个问题，我说，目前来看，我对男人没兴趣。

她喝了一口酒，左手握着杯子，右手食指在杯底托着，杯子里应该是威士忌。好可惜，那你们只能做好朋友了，她说。

你还在做歌手吗？我问。

我不是歌手，我是做乐队的，她说，我是个搞 band 的。

现在还在做吗，我说，我以为现在做不成了。

现在确实没得做，她说，但我还在做音乐，你觉得我的音乐怎么样。

很抱歉，我说，我没有听过你的作品。

哈哈，你真诚实，她说，谢谢你不敷衍我。

不过，我说，明天我会听的。

她晃着酒杯，右手自然地落下去。你又不诚实了，她说，人们这么说的时候，都不会真去听的。

我会听的，我说，明天飞机上就听，然后告诉你我听完的感受。

我哥给我讲了，你奶奶的事。她摇了摇头。怎么这么像骂人，她说，你看起来不怎么难过。

对，我说，我不怎么难过，可能我比较冷血。

茶几周围响起大笑声。田尚佳正和李立夫说话。陈可雅双手整理头发，看着这边，张同生对她说了句话，她笑了一下。乔光辉正往杯子里倒威士忌。

那倒不至于，乔慧云说，我奶奶死了我也不会难过。

我思考了一下人物关系。我说，你和乔光辉是同一个奶奶，他对她很有感情。

对，她说，我们有同一个爸，我哥跟奶奶长大的，关系好，我不是。

我以为你跟你奶奶感情很深，我说，我看过你的视频，你好像讲过这件事。

对，那个采访，你看了这个，却没听过我的音乐。她笑了，歪着脑袋，看窗外，室内的光让远处更黑。她说，需要的时候，我可以跟奶奶感情很深。

你不该告诉我这些，我说，万一以后有这方面的传闻，我会很有嫌疑。

随便吧，她说，要是还有人关注这个，倒也不错。田尚佳站起来了，剩下的四个人在碰杯。饮胜。有时候我很不快乐，乔慧云说，你明白为什么吗？

我不明白，我说。我搞不懂她突然忧郁干什么。田尚佳端着红酒杯往这边走，目光从一个地方，跳到另一个地方。

你也没有我哥说的那么神嘛，乔慧云说。

这幅画真好看，田尚佳说。她走快几步，站在乔慧云的另一边，凑到那幅画前看，然后用端着酒杯的手指着画中央那片圆形天空。这一小片紫色像是莫奈的，她说，笔触和梵高也很像。

花朵又是文人花鸟画的意境，我说。

是吗，她说。她看那几朵大花。

稍微站远一点看，我说。

田尚佳退了几步，背往后仰。乔慧云转身，身体不再动，只移动脑袋，看我，又看田尚佳，一副深思模样，嘴角挂笑。田尚佳说，确实，但我觉得像工笔。

是色彩的缘故，我说，但你看花形和线条，是写意的。

你们怎么懂这个，乔慧云说，我听不懂你们在说什么，你们在搣草吗？

什么意思？田尚佳问。

搣草，乔慧云用普通话说一遍。晒月光，她用粤语。晒月光，她用普通话。她说，就是拍拖，谈恋爱，处对象。

没有，田尚佳说。她看我一眼。

乔慧云狐疑地打量我们。她说，我还以为你们在拍拖。

怎么看出来的，我说。

撑台脚，她说，撑台脚，你们浑身都散发着那种味道。

我准备问问撑台脚什么意思，但有人说话了，是李立夫，他已经离得很近。我认识这个作者，李立夫说，他很喜欢徐渭。他走到我们身边，继续说，他有一系列表现徐渭的作品。

他呢，田尚佳指了指李立夫问，他身上有那种味道吗？

缺少充分必要条件，乔慧云说。

什么味道？李立夫问。他狐疑地抬起胳膊，闻了闻。

恋爱的味道。我脑袋点一下乔慧云继续说，她说她能闻出恋爱的味道。

吓我一跳，他说，我刚洗了澡。李立夫放下胳膊，夸张地呼一口气。他晃了晃酒杯，眼睛看过每个人的脸，停在空处，眼神笃定，语速缓慢地开口，短期内我不会谈恋爱的。

乔慧云和田尚佳都开始喝酒,烟花的声音传进来,乔光辉和陈可雅正在讨论亚运会时做志愿者的事,张同生躺在沙发靠背上,看着厨房的方向。

非要找一个原因的话,李立夫说,有个词叫婚恋市场,目前我条件很不好,在婚恋市场上是一个劣质资源。

婚恋市场,田尚佳说,好有意思的一个词。她和我对视一眼,乔慧云一副逮到你们了的笑。

是,我也不认同这个词,李立夫说,但我要进入这个市场,就不能用我的标准去要求它。

所以你觉得,女人都很物质吗?乔慧云问。

李立夫说,钱很重要,你不否认吧?

是很重要,乔慧云说,但它不能代表一切。

对,李立夫说。他很开心,好像他的嘴巴就等着这句话。他说,但我不能说,我要找一个不爱钱的女孩。这句话如果一个很有钱的人说出来,也挺恶心的,但只是显得狭隘和愚蠢。可我说出来,就很鸡贼,很不对。

太好笑了,田尚佳说。

这种心思很坏,李立夫说,找一个不爱钱的女孩,它的目的性,它的绑架,它的不公平,我无法接受。

你无法接受,田尚佳说,你看,你们男的总想替女人做决定,还觉得自己有所牺牲,甚至还能自我感动。

哈哈,你说得对,李立夫说,不过,我做不到。我没有把女人分成爱钱和不爱钱这两类。在选择对象时,对钱的看重程度,我觉得是一个光谱,假如从零到一百,一个女人在一百这个位置，我也不觉得有什么不对。事实上，每个人有自己想在对方身上看到的，地位、事业、人品、才华、幽默、性格等等，它们按照一定的百分比混合在一起，影响着我们的爱。金钱是其中一项，一个人要的就是钱，我也觉得很坦荡，和另一些条件没什么区别。

所以像个公式一样，把几个条件列出来，就能推导出一个结果，你觉得爱情是这样？田尚佳说，像拌沙拉或者杂烩菜，这个爱吃丢一些，那个不爱吃就不放？

李立夫说，我先说之前的，就我而言，我的条件决定了，我要一个爱情，在物质条件这个层面，只能从光谱的一部分去选择，我认为，这对对方是不公平的，她只是我出于一个目的，缩小了范围去锁定的。

田尚佳说，你是不是太自大了，还要包装出一副为对方好的姿态。你是既想要那种好处，也要对方觉得是她心甘情愿，是她在承你的好。

或许吧，李立夫说，但我确实没办法说服自己。

有谁不是在做这样的选择吗？田尚佳说，按照你的逻辑，除了那些不再受金钱困扰的人，其他人的爱情全都不作数了吗？

我不是要讲这么极端，但终归这个范围可以更大一些，李立夫说。大概谈话没起到他预想的效果，眼神有些慌乱。

范围多大才是正确的？乔慧云问。说完她盯着自己的指甲。

谁不是只能选择光谱的一部分，田尚佳说，如果符合

40%不行，那多少行呢？这个分界线谁规定的？60%的范围就比30%的范围更好吗？

2%呢？1%呢？李立夫说。

我不知道，田尚佳说，我觉得你出发点就错了。当人去爱的时候，不应该先把这个光谱拿出来，对照一下对方在哪个位置，然后觉得对对方不公。你不能一方面满足自己那种虚假的清高，又觉得是为了对方牺牲。当然，两个人后来可能因为种种原因，无法在一起，但是，我们不能一开始就用这个光谱蒙住眼睛。

李立夫摇脑袋，杯子里的酒也跟着晃动。他说，你太理想主义了，可惜现实不是这样的，你自己愿意找一个穷光蛋吗？

好啦好啦，乔慧云一边说一边搂住田尚佳，贴了贴脑袋，看着李立夫。她说，我们不找穷光蛋。

你怎么看？李立夫问我。

我不知道，我说，好像很麻烦。

乔慧云脑袋还贴在田尚佳头上，田尚佳摇了摇头，乔慧云的脑袋也跟着动。田尚佳说，我算看明白了，你们男的特别喜欢面对一座大山，然后像愚公似的，开始一块石头一块石头地移它，心里又委屈又自豪，其实，那只是一颗小石子而已。田尚佳右脚在地面上做一个踢球动作，然后看着我。她说，轻轻一踢，就踢飞了，但你们就享受它是一座山的悲壮。

李立夫还有话要说，但乔光辉喊我们，嘿，你们过来，咱们一起玩个游戏。

是一个填词游戏，乔光辉拿来一叠便签和几支笔，每个人分别写时间、人物、地点、事件，组成一句话。怎么惩罚呢，陈可雅问。谁写的最不合理，谁就喝酒，李立夫说。乔光辉撕下来一张，就递给一个人，递给张同生的时候，张同生接过去，用粤语说多谢，然后右手捏着纸片，一直看它。可是我们有……乔慧云说。她接过纸片，用拿着纸片的手点了点人，仿佛真需要数一数。我们有七个人诶，她说，时间、人物、地点、事件，只有四个。田尚佳说，没关系，两个人写一种，不被选用的就喝酒。有一个人立于不败之地了，李立夫说。轮流就可以，陈可雅说。

开始吧，乔光辉说，我选人物。我也选人物，我说。那我选地点，陈可雅说，本来我想选人物的，想了个特别有意思的。田尚佳说，我选时间。李立夫说，我选地点。乔慧云说，我选事件吧。我也选事件，张同生说。

墨西哥人，我写。每个人都没有犹豫，互相看了看脸，把纸片摆在桌子中间。墨西哥人，卡拉瓦乔，在厕所里，上班时，打台球，在小蛮腰上，失眠。墨西哥人以4∶3的优势胜过卡拉瓦乔，在厕所里和失眠也赢了。墨西哥人上班时在厕所里失眠，张同生说，这种事情完全有动机，仔细琢磨还能脑补出现代人生存中难言的意味。李立夫、张同生和乔光辉碰杯，喝了他们的酒。

第二轮的句子是，林黛玉睡着后在树梢上骑马。乔慧云说，这里面有梦有浪漫，不能说不合理。李立夫说，这过度寻找合理性了吧，把可能性也视作合理性了，明显啃骨头更合理。田尚佳说，我的张震在里面完全有位置，你看，张震睡着后林黛玉在树梢上骑马，很合理，张震睡着了，梦到林黛玉在树梢上骑马。大家一致通过了田尚佳的说法，我和李立夫干杯喝酒。

上帝喝醉时潘金莲在羊群中念经，这一句出现时我又喝了酒，我写的是在灵堂。我和张同生碰了杯，我很喜欢他的眼神。他看上去是听别人抱怨时，不会给人生建议，也不讲鼓舞口号的人，只会看着对方，无限宽容，似乎明白你不得不如此的所有苦衷。

便签纸剩下五张，游戏结束了。干杯吧，一切都会糟糕起来的，李立夫大声说。所有人举杯，敬糟糕，敬糟糕，敬不那么糟糕……嘴上这么说着，像是身不由己，每个人都开始晃动身子。陈可雅突然像失控的拖拉机，但她不出声，紧闭嘴巴。乔慧云似乎听到了她脑子里正在燃烧的音符，唱起一首粤语歌。我没有听过，但其他人都跟着唱起来。乔慧云的声音很漂亮，像新鲜的桃子。

天呐，天呐，我脑子里回荡着这个声音。它的声调太过熟悉，我觉得马上就要想起来在哪里听过，坐下来，一直琢磨这件事。田尚佳拍我肩膀时，我突然意识到，原来是在模仿周舟的声调。此时想起她让我感觉奇怪，我几乎忘记她了，我猜她也是如此。我没有试图想象她过得好与不好，我喜欢这种彼此遗忘的感觉。

你的新微博怎么一句话都不说，田尚佳说。她的嘴唇离我耳朵很近。对,我说,不更新了。为什么,她说,炸伤心了?没,我说,也不是,有时候想说,但不说了。什么,她问。我凑到她右耳,她耳朵上飘着一根头发,耳朵孔入口处茸茸的,像大自然。我说,有时候想说,但不说了。说完我把耳朵给她,我担心自己的耳朵里有耳屎。为什么不说?她问。她给我耳朵。没用,我说,因为没用。怎么会没用呢,她说,说话本身就是最大的用途。是的,我说,说话本身有用,但是,嗯,然后没用。我担心我的声音会把她的耳朵吹掉。我不觉得没用,她说。说完她看着我的眼睛。我比较懦弱,我说。撑台脚,乔慧云说。她睁大眼睛面对我和田尚佳,眼珠子动来动去。她说,被我抓住了,你们两位,好似人群中只你共我。没等我们说话,陈可雅拉着她的胳膊,把她拉走了,她们开始跳双人舞,跳得很乱。张同生坐在沙发尽头,又在看厨房,水龙头、柜子、垃圾桶,也许他看到了别的东西。烟火声很不明显。

有些东西是可以改变的,田尚佳说。我觉得改变不了,我说,只能等。等什么,她说,等开恩?等腐烂,我说。眼睁睁等着?她说。眼睁睁等着,我说。得往前一步,她说,哪怕会被推回来,但很多东西都不一样了。可能是这样,我说,不过,这里的人很多,这里的人不想改变,只有彻底烂掉之后,才有可能前进一点点。你太悲观了,她说。我们应该沉默,我说,每一个人都彻底地沉默。说得轻巧,她说,人的一生不能都填进去。应该彻底沉默,我说,把我们全都埋葬进去。她摇摇头。我们开始沉默。

乔慧云和陈可雅还在跳舞，发出一些怪叫。乔光辉和李立夫坐在一起，我听他们说了一会贺建奎、基因编辑之类，两个人有争执。舞蹈停止时，乔慧云和陈可雅喘了一会气，别的声音都消失了，每个人坐在那儿，像声音的盆地。

张同生从旁边的小方桌上拿起一本书，喝一口酒，打开书，眯着眼睛看了一会，举起书。他问，大家知道这本书里写了什么吗？

乔光辉看了一眼目光就移开，停在对面的落地窗上。窗外飘着几盏灯，和植物重叠，那里也有一场聚会，那里的聚会像是在嘲笑这里。李立夫舒服地靠后，双手扒住后脖颈。书里写了什么，他说。陈可雅右手搭在乔光辉肩膀上，像狂风后的小树。她说，什么都没有，书里什么都没有。田尚佳手肘架在靠背上，拳头撑着下颌，看着书的位置，像是真有兴趣。可以拿起任何一本书问书里写了什么，乔慧云说。张同生又翻了几下，很随意地几下，让人好奇他看到了什么。他说，书里写了喝酒，你们听。

他一本正经地读，131页，好在他忘了那可可色头发的女人，但他没忘特兰西瓦尼亚酒馆。这儿迎接他的是失望。他原本期待看到躁动的人群。读到这里张同生打了一个巨大的酒嗝，几个人发出轻笑，他傻笑一下，然后又读下去。但酒馆夜晚的狂欢已经停歇，凌晨两三点钟，用晚餐的人已离开，而凌晨的醉客们还没到，馆子里空荡荡的，只有几位侍者四处晃荡，在新铺的桌布上放一把又一把刀叉。同道们没来，一个都没来。珀里脸色暗沉地环视四周，挥了挥手，对这群贱人，什么都不值得去做。

这人质素不好，没喝上酒就骂人，乔慧云说。她伸直胳膊去拿自己的酒杯，还差一个手掌的距离，她没有起身，像要把自己拉断。李立夫弯腰拿起杯子，递给她。多谢，她说。她放松下来，端详杯子。这是我的那杯吗，她问。我不知道，李立夫说。是你的，乔光辉说。冇所谓，乔慧云说，是酒就行。

张同生又喝一口酒，又随便打开一页。人生还真是无常，不是吗？不，我们真不能抱怨什么。只能说，人生不仅无常，还有一层深刻的含义。就是这样。咱们不再喝点儿吗？

喝点喝点，陈可雅说。她脸颊很红，几乎要滴落下来，她按住乔光辉肩膀，费很大力，身体从沙发靠背上弹起来，找自己的酒杯。

书里说的咱们不再喝点吗，不是我问的，张同生说。他给陈可雅一个你要明白的眼神，低下头饶有兴致地往后翻。精致得宛如地狱，他说。

像谁真去过地狱似的，李立夫说。

地狱要是特别精致，乔光辉说，人们该愿意去了。

不一定啊，田尚佳说。她拿起自己的酒杯，淡红色平面漾起细小纹路。残酷的东西也可以精致，她说，越精致越残酷。

李立夫哈哈大笑，依次指着每一个人。他说，你可以是地狱，你可以是地狱，你也可以是地狱，每个人都可以成为地狱。他的目光再次从每个人脸上扫过，仿佛这些人随时会下地狱。

要是咱们都是地狱，田尚佳说，大家一起把地狱建设得漂亮一点。

乔慧云说，只要还能一起喝酒，地狱就不算坏。

建设？李立夫说，轮不到我们建设，我们都会被烧得干干净净。

喝酒又持续了一段时间，有一会我像是掉进一个洞穴里，特别想做爱，但散场的时候，又不想了。曲终人散是突然的，不会提前有一个准确的时刻规定大家几点走，但那个时刻来临时，大家都有预感，杯盘狼藉，话语说尽，酒的激情消退，脸上凝固着欢乐褪去后疲惫的尾音。其中一个人突然开口说该走了，下次见。于是，大家都知道该走了，即使还不想走的个别人，也站起来要走，无法阻挡。谁也不知道下次是什么时候，不知道还能不能正好是这些人。

十

早上,阳光在对面楼上,我拉开窗户,头很痛。奶奶不需要再吃那个叫 APC 的白色药片了,我还帮她去诊所买过几次。她小心眼,爱生气,每个亲人都这样说。不干活的时候,她坐在板凳上,一天又一天。她的床头常年用布包着一袋冰糖。傍晚,她一圈圈解开裹脚布,露出畸形的小脚。脚的形状如同三棱锥,约十厘米长,五厘米宽,大脚趾斜向下,紧紧贴着肉,外表已经扁平,另外几个脚趾斜向下蜷在一起,完全成为一个整体。脚背每天都在浮肿,她用手指按压时,里面的液体荡来荡去。而这一切都不在了。我心中空落落的,感觉很不适。于是我不再想这件事,走到厨房,拿起一个不锈钢大碗接水,给金边吊兰浇浇水。

点完外卖,我查了查家乡的温度,已经零下了。羽绒服在行李箱中很占空间,我纠结拿一件还是两件。羽绒服都不厚,我怀疑它们不适应北方的温度。最终我拿了一件,我想老家应该有军大衣给我穿。刷牙的时候有人敲门,我漱了口,抹了抹嘴唇,穿过客厅,开了门,灯亮着。外卖员说，您的外卖。口音很熟悉。我说，谢谢，你老家也是豫东的吧。不是，他说，不是，我是河南的。河南哪里，我说。我是商丘的，他说。他很想走的样子，他说再见。再见，我说。

原来不是每个商丘人都知道商丘属于豫东，时隔将近两年，我不得不再次回到那里，那里的平原很大，小时候我以为人们都活在平原上。行李箱的轮子太灵活，坐地铁的时候，我用双腿夹住。上次去机场也是坐地铁，身边是一个南京来的女人，她一直说话，声音挺大，时不时有人侧目。我讨厌在地铁里聊天，想装作不是她的同伙，可是她的眼神和手让这一点无法实现。当时她来找我，我们在酒店过了夜，早上太阳照得所有人热腾腾，我们在一家肠粉店吃了肠粉和粥，还去附近公园里看菊花展。里面仿佛是在展览老人，各种各样的老人。她看起来兴致勃勃，我只想赶快回去睡觉。她好几次，都像要问我一个问题，幸好她自己回答了自己。算了，她说，不用问，我明白。我瞪大眼睛，装作不明白她在说什么。

我戴上耳机，搜出乔慧云的歌，听了几首。不激烈，但情绪很满，一种缓慢流淌的情绪，我能理解会有人沉浸在这种氛围里，被记忆提醒。我不喜欢，所以每一首都没听完。我想发微信告诉她，我确实听她的音乐了。你已添加了一只云，现在可以开始聊天了。这句话拦住了我，我不忍心破坏它。机场人很多，每个人脸上都有一种知道目的地的笃定。我换了登机牌，找了个座位坐一会。我的手机还有30%的电，我担心是不是能撑到家，决定不再看手机。上次来机场，没有这么多人，我和那个女人在最后一排椅子上待了几十分钟，她一直把脑袋靠在我肩膀，并且睡着了一会。她还在想那个问题，有一次差点问出来了。我一直找监控摄像头在哪里。出现在某个监控屏幕上的我们，肯定会被人误会成一对恩爱的情人。视频会保存一段时间，仿佛一种证据。下飞机后，她报了平安，之后我们默契地再没有联系。

有人起身离开，有人坐下，我一直盯着高处的摄像头看。出现在摄像头里的我，肯定有一部分不属于人了。我的奶奶死了，亲戚们等着我回去。那里并不可怕。田尚佳发微信问到机场了吗。我没有回。应该去过安检了，但我没去。后来机场广播喊我的名字，人这么多，没人知道那个名字是我。玻璃墙外面，有一块块白色的顶棚，阳光反射得厉害，没办法直视，前方的天空很蓝，有种病色。我拉着行李箱，走到最西边的自动扶梯，下去。后面有人同下，她一直在通电话，似乎是要跟谁会合。我在下面一层去了厕所，里面很宽敞，一位老年清洁工一直在擦同一个洗手池。镜子里的我又累又蠢，肌肉都有一种苦色，仿佛从来没笑过。清洁工嘴里嘟囔了好几句，我怀疑他在抱怨我，但我不知道我有什么值得抱怨。我穿过大厅，进了地铁站，和许多下飞机的人一样过安检。手持检测仪在我身上挥了两次，手机响了，是父亲打来的，我没有接。我在嘉禾望岗站转乘2号线，经过两个困意的时间，市二宫到了，我走出地铁站。

第二部

一

　　午觉睡到四点半，声音不知去了哪里，直到小港把水洒在花叶上。一个梦爬出我的手肘，不用眼睛观看，空气是大提琴声的质感。不远处，高大的树冠像染了奇怪发色的中年人，深绿、浅绿和嫩黄杂在一起。梦倏忽入绿色。

　　酱红色大缸只剩下半个侧身，里面爬着的植物，叶子特别像叶子，纹理如掌纹。我蹲下来，闻了闻，闻不出味道，伸出手，准备摸叶子。

　　慢住，小港说，可能会过敏，有毒。

　　它是什么？我问。

　　马缨丹，她说。

　　名字听着像是个好植物，我说。

　　有毒它也是个好植物，对它自己好，她说，我在路边挖了一棵，很快它就长满了这一缸，生命力好强。

　　阳光晒得背发烫。微博里到处都在下雪，年轻人不约而同地进行雪人大赛，这家美院堆一个大卫，那边视觉传达的学生堆十二生肖，还有普通人手心里发育不良的小雪人。

朋友圈里,一张雪地图片上写着字:代堆雪人,五元一个。一个高中同学发的。

以前我还能去山头或者野地里挖植物,现在没几处野地了,山都建成公园,再去显得很没有素质,小港说。她往一个红陶盆里浇水,里面的土板结了。之前这里面是乌毛蕨,也是从路边挖的,她说,夏天我去深圳几天,交代我妈帮我浇水,她没浇,就死了。

可惜这里不下雪,我说,那些北方人又开始炫耀了。

清远那边的山头会落雪的,小港说。水在土上集成汪,闪着光,她静静等水渗进土里。

可笑的南方人,我说,那也算雪吗,那点冰水混合物也值得大惊小怪。

你神气什么,她说,就像下雪是你的功劳似的,你只是见了见它而已。

你真没见过下大雪?我问。

真没见过,她说,我没有去过长江以北。

想让你去见见,我说,很好看,高二的冬天,考完试,我和两个朋友走在街上,雪下起来了,第二天早上,我们在河面上一直走,把周围的人都走光了,穿过一个桥洞,冰面上是没被破坏的雪,我们往前走,爬上一个河心小岛,上面都是一人多高的干草。

不危险吗,她说,在冰面上走。

很厚实,我说,像大马路一样,最后我们大喊大叫,用脚在雪面上写名字,朋友写他喜欢的女生。

你没写吗，她说，你钟意嘅女仔。

我没写，我说。

别讲你没有，她说。

有，我说，但是我们的关系比较复杂，我不想让人知道。

你把我讲好奇了，她说，是怎样的女生。

我摇了摇头。雪的画面我能想起来很多，我说，但最后都会定格在一个画面上，那画面有些怪。

我更好奇那个女生，她说。

大雪覆盖的田野上，凸起一座白色的坟头，我说，很寂静，很美，几排树落光了叶子，很淡，坟头上还有一些干草枝杵着，灰白色。

这一幕很有代表性，她说，我的定格画面是植物繁茂的秘境，底下有水，凝固的水，不动，有鸟声和虫声。看，这是芙蓉菊，我特别喜欢它的叶子，像新鲜的面包上那一层糖霜。她的食指指腹掠过那些叶子，仿佛马上会抬起来，用舌头舔一下。

我只会想到霜，我说，它真好看，有霜的早晨就长这样。

还有一个叫珍珠金合欢的，和它很像，小港说，但叶子更短，是一种小树，我养过，有次刮台风，我唔记得搬屋里，就断咗。

珍珠金合欢，我说，又珍珠又金，好阔气的名字。我拿出手机，点开谷歌浏览器，输入珍珠金合欢。

它开黄色的花，很浓烈，小港说。

出来的图片，花很明显，我放大一张图片，看见叶子。

有点像尤加利的叶子，我说。

我不知道尤加利的叶子，她说。

我在输入框输入尤加利。我念，迷宫不见了，一行行整齐的尤加利桔也消失了，剥去了夏天的华盖和镜子那永恒的不睡……页面出来了，最上面是京东的精油广告。我一直滑到下面的图片，选择第一张，一捧在白色背景中的尤加利枝条。我拿给她看。

这个我见过，她说，很好看，你刚刚念的什么。

一首诗，我说，博尔赫斯的。

很好听，她说。

很好听？我说。

对，她说，很好听，你很喜欢他？我看到你有不少他的书。

喜欢是喜欢，我说。

门罗同博尔赫斯你更加喜欢谁？她问。她拿起剪刀，开始剪金边吊兰最底下的叶子。

这种问题很坏，我说，想起了好几个经典问题，更爱爸爸还是更爱妈妈，救女朋友还是救妈妈，好像全天下的女朋友和妈妈都溺在一片水里，等着救。

哈哈……她盯着吊兰发出的长枝笑了挺久，手托着枝条上的新叶。所以，她说，门罗是阿妈，博尔赫斯是阿爸？

不是，我说。我蹲下来，和她看同一个地方。枝叶的影子落在鞋子和地面上。她戴着大大的遮阳帽，皮肤很透明。她总是戴着帽子，因为阳光会让脸颊里的雀斑浮出来。

我说，是朋友，很好的朋友，很多不同年龄的朋友。

这些枝条时不时会开小白花，她说。她把枝条挂在旁边的长春花树上，拍拍手，站起来，皱着眉头，闭着眼睛，静止。血液运动了一会，她睁开眼。她说，等一下要剪下来，插到空盆子里。她捡起旁边的洒水壶，我们一起在宜家买的。她进去房间，我听到流水的声音。她眯着眼睛走出来，开始浇一大簇五彩苏。水珠明亮，安静。

你再读首诗吧，她说，我想听你读。

好，我说，念首我脑子里经常默念的。

手杖一柄，钱币几枚，钥匙圈，温顺的门锁，被耽搁太久的笔记，我所剩不多的日子不会阅读它们，纸牌和棋盘，一本书和纸页之间那朵破碎的紫罗兰，一个不可遗忘却已被遗忘的黄昏的纪念，西方那面红色的镜子，燃烧着一个虚幻的黎明。那么多事物，锉刀、门槛、地图册、酒杯、钉子，像静默的奴隶一般侍候着我们，盲目而又奇怪地悄无声息！它们的留存必将远超我们的遗忘；它们永远不会知道我们已离去。

水在诗结束之前已经停了，小港只是站在那儿，静静摸一棵棕竹的长叶子。她说，我想起很多东西，很奇怪的感觉，但是我说不出来。你为什么那么喜欢它？

它是真相，我说，我经常走进一个房间，房间里的一切仍旧忠实地遵守着当时，门后的暗锁，木框旧彩电，红漆电视柜，浅黄浅绿格子床单，后墙高窗上的蜘蛛网，向阳的蓝玻璃，靠墙的两把红色中式扶手椅……

那是哪里？她问。

是卧室，我说，我父母的卧室，不必重新亲眼看到，只需要在回忆中看着它们，我就明白，它们不会消失，永远都不再消失，是我离开了。它们不等待，也不在意身边发生过什么，始终保持着静物的天真与残忍。而我用一种奇妙的方式，永远离开了那里，而又留下一部分的我永远在那儿。

老物件好像更自由了，不太搭理人，她说。她放下洒水壶，走到门旁边的架子上，拿起一把剪刀。我经常想一个很不好的事，她说，很有罪恶感，但又忍不住想。

想什么，我说。

还是不说了，很坏，她说。

OK，我说，可以，我求你。

其实也没什么，她说，我常常想，我妈妈可能要死了，而我似乎只是等待着那个时刻到来。她弯腰，剪掉一片发黄的叶子，两根指头捏着根部看。叶子上的纹路像一只眼睛。

这不坏，我说，我有时候也会想这件事，死亡就在那里，无法回避。她把叶子摆在地面上，又剪了一片。我说，我发现我很自私，常常忽略你小时候也经历过死亡。

不算自私，她说，因为我也忽略了。

肯定不止，我说，毕竟是死亡。

不一样，他死了我很开心，他不喜欢我，对我很坏，她说。她用指甲来回挪动叶子，确保两片在一条正确的直线上。她说，有一回我妈妈被他打疯了，在精神病院待了一个月才好。

我没想过这么严重,我说。

小港说,出院那天,我去接她回家,路上我妈问我系唔系真嘅,我讲系,我妈说真是连我女儿都唔认识了?我说是的,是真的,然后我妈就哭了,推着单车,哭得特别厉害,我也开始哭,边走边哭。

只有你去接她?我问。

是,小港说,好像我爸本来要去的,后来因为什么没去,我忘了原因,他不去挺好的。有五片叶子了,五彩苏的叶子,有两片泛红,另外三片有黑色的纹路。她又剪了一片,开始另起一行摆叶子。她让叶子对得很齐。她说,如果我像现在一样聪明,我可能会说,唔系,不是真的。

她知道的,我说。

是,小港说,那一个月的记忆她没有,就好像谁从她生命中抽走了一个月。放学后我去精神病院看她,她不理我,我就在旁边做功课。我问她,31加上8等于38对吗?如果是以前,她肯定会马上纠正,可当时她不理我,只是呆呆望。那时她眼中的我可能就是一件物品。所以我说,是的,是真的,整整一个月,你连我都不认识。

太,太令人难过了,我说。

我很惭愧,她说,我发现个别时候,开始忍不住怀念我爸了。我不喜欢这样,就像我背叛了。反正我还是希望他死,有些人死了比不死好。

我爸从来不家暴,我说。

这个时候,小港说,就不要拿来比较了。她看我一眼,眼神里有种无力。总共十片叶子，两支小队伍，远处突然响起重物砸在铁皮上的声音。

小时候过得很难，物质上是，更主要是精神上，我说，成年后，我从来不怪我父亲，不是他自己的问题，在那种环境下，他做不到更好了，但我也做不到和解，因为到现在也没有反思。人们喜欢用事后毫无反思的温情，去涂抹曾经的伤害，以一种过来人的心态，轻松地妥协了，似乎包上一层漂亮的糖纸，那种无奈就能被接受，甚至被夸奖，成为一种值得怀念的共同记忆，可是我做不到。这一切都很奇怪。

你不孝子，人们会这样讲，她说。她站起来，掏出手机，给叶子拍照。不远处，一扇巴掌大的木窗户，里面有人大声说话。绿色的鳞纹玻璃，有两条相交的裂缝，声音的高速公路。

是的，我说，我不介意这种骂名。

她给我看刚拍的照片，叶子在水泥上，很整齐。我照了很多这样的相片，她说。

怎么处理它们，我说。我努力站在两支队伍后面，保持整齐。

有些会夹在书里，她说，当书签，有些会丢进土里。她一枚枚捡叶子，放在右手手心。她抬头看我，然后说，我不知道阿妈要是不在了，我会是什么样，无法想象。

那时候，我和父亲总是很愤怒，没办法正常沟通，我说，好像非这样不可，不这样就显得太快乐了。

你们怕快乐？她问。叶子捏起来，厚厚一沓。我在她旁边蹲下。

快乐让我有负罪感，我说，毕竟我的妈妈死了，我相信我爸也有这种感觉，但他面临的压力更多，他还得养育我。我们找不到一种更好的方式，伴随死者活下去，所以就愤怒，保持不快乐。如果不这样，那妈妈的死算什么呢？或许互相伤害让我们更轻松，那种背叛我们承受不了。

太复杂了，她说。她掰开五彩苏，把叶子放在土上。我没有想过这些问题，她说，我有个疑惑，事情过去后，不再去深究是不是更好一些。

可能是，有些东西不应该记得太牢，遗忘让人更轻松，我说。我往土里摁了摁那些叶子。其实我不怎么想起来，我说，它们偶尔闯进我脑子里，我会马上驱赶出去，不要回忆。

在我看来，你没做到，她说，很明显你一直在乎它。她开始用剪刀剪金边吊兰的长茎，茎上竹节似的有几簇叶子。叶子底下，是白滚滚的短根。

可能死亡在生者这里，不是一种缺失，是一种渗透，我说。我站起来，脑袋胀痛，眼前一片黑暗。我等着血液重新顺畅。我说，那些年我和我爸都不提死去的这个人，那里少了一个人，我俩时刻意识到这一点，但都假装没有意识到。母亲以这种方式，清晰地站在那里。但她不是走进去的，她就在那里，她无处不在。仔细看，不是只有一个她，两个人身边都有一个她。

还是别说这个了,她说,你肯定好难过。吊兰的新枝在她手指间。

不不,我说。我笑了。我一点也不难过,我说,好像不是在说我自己的事,只是在对待一个实验对象。

这个很厉害,她说,我就做不到,有些记忆想起来还是好影响我情绪。她走到刚刚浇水的花盆处,用剪刀的尖戳了戳土,又从旁边檵木的大花盆里,拿起一个不锈钢勺子,挖小坑。你真能做到吗,她说,我怀疑它一直在伤害你。

可能是吧,我说,有些死亡不像种吊兰一样,剪下来一部分,栽到新土里,就可以活出一棵新的,更像南华路上的那些老树,树冠没了,树干上有黑色的大裂缝,树皮上生出白毛,然后,又长出几簇新枝。

白根浅浅埋进去,她用勺子压了压上面的土。放下勺子后,她拍了拍手,吩咐我再洒一些水。我洒好水,我们回到屋子里。

我们洗了手,坐在沙发上,分享我右手里的薯片。黄瓜味的薯片,吃完一片后,空空的口腔里,后味让舌头很舒服。我们的一只手里,始终捏着一张卫生纸。阳光倾斜着照进来,停在沙发扶手、地面和茶几上。茶几是墨绿色玻璃,一整块弯出来的,像个书钉,上面只放了一包纸和两个饮料瓶,仍然显得很乱。

外面一片苍翠,植物欢欣,楼下没有李芍药的动静。对面靠墙的棕黄色柜子上,蓝色瓷瓶旁边是雪莉玫和达菲熊,一个白色纸袋上面印着红色的 H&M。柜子老了,有一朵褪色的牡丹，旁边地面上，一只穿橘黄色衣服的Hello Kitty坐在木头小凳子上。它左耳的绿色蝴蝶结上有阳光。阳光照不到的角落里，一个高高的灰蓝色角柜，顶上摆着几个香水瓶和一个布满黑点的银锭。

昨天夜里做梦了，小港说。她往嘴巴里放薯片，细细吃完。她说，梦到我妈喝醉了，躺在沙发上，然后滑到地面。我把她挪上去，很费力，刚挪上去一点她又滑下来。一直重复这个过程，梦里的我好崩溃，后来我发现她是死了。

我嚼着薯片，小臂蹭了蹭她的头。

然后我就醒了，她说，醒来后有点难过，可这不是紧要的，我反而在担心，该怎么处理她的身后事。她伸手拿一片薯片吃了，举着手指，避免碰到什么，薯片的碎裂声和她的话混在一起。太冷漠了，她说，她死了，我忧心的只是这件事带来的麻烦。

我很理解你，我说，死亡发生的当下，人是很迟钝的，好像大脑在保护自己，刻意对死亡麻木。

但葬礼真的很麻烦，她说。她用纸巾擦了擦手指，又拿了一片。我都不知道该做什么，她说，也想不起来还有谁能操办这件事，真头大。

如果你能完全做主，我说，你希望举行一个怎样的葬礼。

她的脑袋往左后方歪，眼球向上，定在墙角，仿佛那里蹲着一个认真思考的表情。没有思路，她说，不办丧事就最好了。

有一篇上世纪90年代初的论文，我说，《儿童对葬礼仪式的理解》，里面有个问题，问那些父母去世两年后的孩子，希望为父母发明什么样的葬礼。

这你也看论文，她说。

我说，有些小孩说，在一个大房子里，有花，棺材在角落，有长凳，人们进来说些话，祈祷，神父也说些话，人们会很伤心，因为再也见不到她。很明显这是教堂嘛，这些小孩在重复见过的场面。

发明新葬礼，太难为人了，她说。

有个女孩说，如果能在爸爸喜欢的山里就好了，这会让人们更好地了解他是谁。这个女孩的爸爸是个环保主义者，我说。还有小孩希望妈妈的葬礼在沙滩上，各种花，精致的花，死去的妈妈喜欢海滩，小孩觉得每个人都会尊重并表示爱她妈妈，在海滩上会很好，不那么无聊。

有点像婚礼，小港说，好像婚礼才会花这种心思。

给我留下最深印象的一句话是，在新鲜空气中更容易哭泣，我说。

在新鲜空气中更容易哭泣，她说。

对，我说，一个小男孩说的，我经常想起这句话。我小指夹着纸巾，又捏了片薯片，没有放进口中。我说，如果我来决定我妈妈的葬礼，可能还是会选择那片麦田，那片麦田很好，有新鲜空气，有春天。围观的人就不需要了，那些表演一样的规则和仪式全都去掉，交还给死人和活人。不用放音乐，她没有机会去喜欢一种音乐，也许只是我对她的了解太过贫乏。但田野上会有风声，有鸟虫声。我不知道她过去如何倾听这些声音。现在，她可以再听一听了。也许是在晚上，一圈蜡烛环绕着她的棺材。我会带过去她夹在书里的鞋样子，她绣的枕套和绣球……

小港胳膊环过我的脖子，脑袋枕在我肩膀。

你能相信吗，我说，我妈葬礼的时候，我爸是不允许参加的，他只能待在家里等。

点解啊，她说。

外公外婆也是，奶奶也是，都不可以参加她的葬礼，我们那里都是这样。我说，我希望，我爸可以站在那里，外公外婆可以站在那里，每一个在乎她的亲人都可以站在那里。我可以拥抱，一切无需那么郑重。我不知道她有没有朋友，好像她结婚后，离开自己的村子，就不再有朋友了。不过，愿意怀念她的邻居们也可以过来。人们不用哭得那么用力，可以不哭，人们可以自如一点，甚至微笑。人们可以中途加入进来，随时离开。也许可以下一点雨，人们不躲。

停在空中的薯片，被我塞进嘴里，不等嚼完，我开始念另一首诗：那是一种温暖的绿雨，口袋里藏着爱，因为春天来了，春天不会梦见死亡。

意识到我不再念了，小港挪动一下耳朵。她说，很美好，虽然用美好形容一场葬礼不合适。

我希望葬礼能美好一点，我说，我们那里太喜欢在葬礼上表现撕心裂肺了。后来我又参加几次葬礼，一直很冷漠，一滴眼泪也没有。

我参加过的那些，都不怎么记得了，她说。

时不时会有一点新记忆，我说，我还以为我早就忘了，但它们还在，像一个水泡，从湖底浮上来。它们让我很不舒服，有些事情挺好玩的，也让我不舒服。还有一些我没做好的事，比如她农药中毒那一回。

乜嘢，她说，农药中毒？

对，我说，她去棉花地里打药，晕倒了。

小港脑袋离开我肩膀，张着嘴，舌头抵住上牙龈。

我说，别人把她送到了邻村诊所，放学后我和堂弟一起过去，我堂弟问她怎么了，还好吗。那时候我大概读二年级，我只是在旁边站着，没办法注视她，说不出一句关心的话。她有点失望，觉得我不关心她。我总能想起她的语气和表情。

是内疚吗？她问。

不是内疚，我说，说不清楚，一个人死了，那些开始变得重要的细节，可能是废墟上特有的植物，一种上瘾的蘑菇，我食用它，离不开它。它让我更真实。

不知道我妈不在了，有哪些细节回来害我，她说，我可能会后悔经常对她发脾气。

有可能，我说。一扇柜门的树脂圆把手掉了漆，开始透明，另一扇的把手缺了一半，剩下绿色半圆，绿色微微发白。也有可能不是，我说，很多时候，它不是某种特别显眼的存在，是之前你想不到，甚至以为早就遗忘的东西，某一个时刻它幽灵一样冒出来，从此越来越真实，越来越重要，你不得不和它共存。

是吗，她说，听起来会很累，希望我不要有这样的记忆，但我知道肯定会有。

它们没那么可怕，我说，它们伤害你，但那种被伤害的感觉，太清晰了，你再也没办法拒绝，你甚至觉得，自己在被爱。你能相信吗，我甚至都无法想象我妈妈不死。在她死去好些年后，她的死变得很有必要，它让我变得与众不同，我有点迷恋这种与众不同。我成了一个怪物，每天都吸食我妈妈死亡的汁液。

我理解不到，她说，不过我不觉得你是怪胎，可你是不是剖析得过深，这样剖析下去，我担心有一天你真的变成一个怪物。

那样很好，我说，怪物会很轻松。

对，她说，特别好，我是不是阻住你轻松了。

哈哈，我说，你不一样。

哪里不一样，她说。她擦了擦手指，折两下纸巾，丢在茶几上。她说，我唔系人？

你这个话，让我想起很久以前的一个事，我说。

小港不说话，手往薯片袋子里伸，快进去的时候又缩回去了。

我说，高一的时候，我经常和一个女生传纸条，我很喜欢她，但是我很别扭，不肯说出来，故意说一些丧气的话，我记得有一次，我在纸条上写没有人会爱我，纸条传回来，上面写着，我不是人，我是鬼。但当时我好像意识不到，也有可能是假装不知道。可能我就是想受伤害，或者，要通过伤害她来证明她爱我。

后来呢,她说,你们有没有走到一起?

没有,我说,或者不算在一起,可确实做过一些恋人的事,但是亲近的时刻结束后,我又表现得我们没在一起,甚至没在相爱,然后要重新去确认我们在相爱这件事。

我不理解,她说。她的八根手指抵着太阳穴附近。她说,代入一下好窒息。

是的,我说,很糟糕,但当时我确实没办法做得更好,但有时候我会觉得,认为自己给她很多伤害是我自恋了,事实上她没怎么受影响,她身边一直不缺逗她开心的男生。

小港摇几下头,嘴角有笑。是嗤笑。她问,她就是刚才你说的那个女孩子?

是的,我说,妈妈死了,不只是失去妈妈那么简单,是一系列的塌方,我家和外婆那边的关系变得很复杂,昨天我还深信爱着我的人,我没办法再相信仍然爱着我了。我的妈妈很爱我,但她死了,不是吗?可能我是在给自己找借口,这让我没办法相信人和人连接的牢固性。

现在也不相信?她问。

现在我不再想这个问题了,我说,我接受了一种不确定性,然后,坦诚。

坦诚?坦诚很不容易,她说。

坦诚会上瘾,让人很有勇气,我说。

我可能不会怪我妈,小港说,我不想用母亲的标准要求她。虽然她没经过我同意,就把我生出来了。当然,我未必总能做到，有时候还是忍不住怪，不过，相信等她死后，我就不再怪了。

有时候我很心疼你，我说，我又觉得，既然你已经承受了这一切，这种心疼显得很不尊重你。

是的，她说，我不想被心疼，那让我觉得很不好，听到这两个字，就像有两个刺猬跑到我脑子里。不过，可能我也是需要的，不适的感觉过去后，它又变得特别好。这就是爱吗？

可能是，我说，受过伤害的人，一开始会对爱感到不适，然后又拒绝不了。谢谢你，小港，谢谢你爱我。

你这样说，像是离别赠言，她说，我不想听你这样讲。她的耳朵放在我的胸口。

我爱你，我说，我很喜欢说我爱你。

现在允许你多讲几句，她说，以后要收一收啦。

我爱你，我说，我爱你，我爱你……

你讲大话，她说，你的心跳都没变化。

我的心不准的，我说，它常常骗人，连我都骗，现在我学会不相信它，我觉得这样我好了很多。

你的心跳像是一种疼，她说，好像有刀逼着它。

它被绑架了吗？我说。

我不知道，她说，我好累。

我的胳膊环过她的脑袋，手掌托着她的下巴。

我没事，她说，我妈妈会死。她转了下脑袋，脑门贴着我的胸部。有时候我觉得她早就死了，有时候我又觉得，她会永远活着，永远都在，哪怕烂醉如泥，我不得不帮她收尾，她说，但她会死。

我想我爸了，我说，我知道我很爱他，虽然表现得像是不爱。可能别人会觉得，你都没表现出来，怎么证明你爱他。我就是知道，我不愿意证明。我的心总是很疼。我好像就是要用疼痛来爱他。可他也怪不着我。

怪不着，她说。嘴里呼出的热气令我皮肤发痒，有两把水杀我的胸口。

都是从他那儿学来的，我说，从那儿的所有人身上学的，我真是个好学生。现在他心里会不满意，但是晚了，我学得太好了。

忠实于这样的塑造，她说。

真希望我是个差学生，我说。

她的脸从我衣服上离开，眼睛只是红。她用手捂住我衣服湿润的地方，假装什么都没有发生。一会我们去买菜，她说，你想食咩。

买点肉吧，我说，丧气的时候，吃点肉。

楼下的巷子里有人说起话，我听出李芍药的声音。她肯定喝酒了。

她肯定又饮多咗，小港说。她皱了眉，从我手中拿走薯片袋子，恶狠狠地抓了一片，恶狠狠地放进嘴里。

我拍了拍她的肩膀。她瞪大眼睛。她说，你是不是在我身上擦手呢。

怎么会，我说，我擦干净了好不好，你看。我伸出手让她看，她看了，仍旧狐疑地盯着我，缓缓转头，又晃了晃自己的肩膀。

你肯定是，她说，你太坏了。她又抽一张纸擦了擦手，伸到肩膀后面，回来的时候，食指和拇指间多出一根头发。她盯着头发看。她问，你看过月球吗？

天上的吗，还是个什么作品，我说。

天体，她说，月球的地面，清晰的，我翻过一本叫《登月》的摄影集，有好多月球地面的细节，月壤，小石块，大石头。

在电影里看过，我说，怎么了。

没什么，她说，突然想到，月球上一根头发都没有。说完，底下传来开门声，小港把头发扔在我身上。

二

我看到她了。

第二天晚上,我在笔记本上写下这句话。

这比苏铁容易得多。据苏铁笔记所写,他在路口守了一周才见到彭冬伞。在出发之前,他曾犹豫要不要告诉对方那只是一个玩笑。他不知道什么在阻止他拒绝这份邀请,此后很多天,他总忍不住想,她在等待吗?或者她只是开一个玩笑?而且怎么确定给他发消息的人是照片里的人?他认为更大可能是某个人随便找了张照片,胡诌一个姓名、地址,用来戏弄他。离奇一点,人和地址真实存在,但是个陷阱,某个人借助他跟踪这个女人达到某种目的。本人发的本人信息,这种可能性也存在,但目的是什么呢?一个类似的陷阱?或者仅仅是孤独狠了,想找人旁观自己活着的痕迹?

那么她在等待吗?

他觉得,信息到来那一刻,跟踪已经开始了。他没办法拒绝,开始收拾东西,望远镜,几套假发,几种不起眼的平面镜(墨镜肯定不行),折叠梯子,最普通款式的衣服,洗漱用品，充电器，等等，他让自己很专业，还买了一套通信公司维修人员的工作服。

他开车穿过大半座城市，感觉等待这一天很久了。他驶过海珠桥。

走上海珠桥，风开始提醒人们江是怎么回事。我望向东南那一片低矮的建筑，那里面我不知道的某处，李芍药曾开过皮具店。一角的建筑墙壁是白色，有雨水的灰渍。顶上四个金属字，环尹医美，但看上去没在营业。我还能看到，过去这栋房子是黄墙，白色招牌上写着六个黑字：法式越南料理。我和小港在桥下避雨的时候，讨论过《情人》和白西装的梁家辉，法国殖民，南越与北越，并因此进去吃了一顿晚饭，加了春卷的鹅肝酱和汤河粉很好吃。出来后，牛蛙叫声如鼓，小港提醒我走路要特别小心，避免踩碎搬家的蜗牛。但我还是踩到了。蜗牛有拳头那么大，但没什么硬度，脚踩上去，碎成一汪水。昏暗中那种清脆的碎裂声很好听，但是吓人。好长一段距离，我的足心有一个伤口，它在流血，但是不疼，小腿里面越来越空。以前走过，现在正在走，以后可能仍会走，我有种错觉，正在和过去的很多时刻同时走在上面。几个女孩子在拍照。从我的角度看过去，机动车道两侧的钢铁墙壁上空，露出远处两架黄色塔吊的长臂，两架塔吊中间，一辆自行车立在非机动车道边缘，旁边高出十几厘米的步行道上，穿迷彩裤的老人右手扶住后座的蓝色塑料筐，米白色的帆布鞋，绿色橡胶底，一只踩在桥面上，右脚从后面勾住左脚腕，只用脚尖触地，目光顺着车尾投向江南岸。蓝色塑料筐边缘，两个不锈钢夹子夹住垂下的黄纸，纸上是毛笔字，左侧写粘鼠胶，右侧写粘蝇胶，中间的字小几号，老鼠药蟑螂药蚂蚁药。两个自行车座放在他脚尖正前方半米远的位置，再往前是车锁。一束黄色尼龙绳，一把黄色松紧带，一捆红色绑扎带，都是摩托车或自行车后座常见的。他的身后，一把红色长柄伞仍竖在车把上，车篮里放着暖水壶，还是过去那一个，米白色的塑料壳几乎褪色成透明。绕过一个帆布折叠凳子，车篮前挂着的纸箱板上写着：修自行车、打气、换气门芯。他没有变得更老，但更瘦了。从侧面看，脸颊成了四川盆地，风在那儿分成几股，桥被站得很孤独。在我看不到的地方，一台收音机正在讲热闹的粤语。听觉更像视觉的陪衬，水波粼粼，江面上客轮缓缓驶来，一艘汽艇本来在后面，很快超过客轮，摆着白色的尾巴钻进桥下。客轮顶上有几排座椅，只有阳光坐在上面，栏杆处散落着几个人，正眺望北岸景色。一栋栋大楼中间，有一栋白色的建筑分外显眼，仿佛太阳的儿子。我走到大桥正中间时，一位红裙子短发女人正在上坡，一阵风紧紧抱住她，她弯腰压住裙摆。凭感觉认出了那根路灯柱子，我站在附近等一对情侣离开。男人取景的角度里，女人一定和广州塔站在一起。过去我和小港总是站在这里。它被重新粉刷过了，三个月前，我看到过海珠桥封闭施工的消息。情侣走后，我趴在栏杆上，看灯柱的另一侧。出乎意料，那些字还在，只是变淡了。云从海上来，此江不回头，龟龟和阿丘永远在一起。心形图案。这不是我们写的，我们只是发现了它们。我和小港讨论后认为，有一个人翻出去，背对珠江水面，一只手拉着护栏，一只手写下这些字。现在，字仿佛活在一个矩形的伤痕里，脱离字面的意思，变得长久。我揣摩刷漆工人看到它们时，怎么样停顿了一下，甚至大声念给附近的同事们听。但他决定留下来，或许那时龟龟和阿丘早已分手。小港喜欢背靠栏杆，眺望夕阳。我总是趴在栏杆上，任由金色江水流向珠江口。我一转头，能看到小港的耳朵，夕阳让她的耳垂近乎透明。因为长久没有佩戴耳钉，耳洞重新长在一起，只留下小小的凹点。躺在床上，闭着眼睛，不同时期的画面叠在一起，丧失时间里的方向感，我处于失重状态。我想找到一些情绪上的变化，但是没有。电视机里的声音突然变大，晚间新闻的播音员义正辞严。但电视机只是挂在墙上，守着物理的边界。桥上有天光墟，小港说。她给我解释天光墟是怎么回事。她逛过一次。四点多就起来了，她说，好闹热，全都揸住电筒，光特别刺眼，有些人真系好衰，专门晃女仔对眼，要盲啦。什么奇奇怪怪的东西都有，喝一半的酒瓶，捡的车牌，烂掉的公仔，锅碗瓢盆，上个世纪那种书面看起来好色情的故事书。她说，我买了一个银锭，一个 Hello Kitty，银锭上写明乾隆，其实是假的啦，好在不贵，那个 Hello Kitty 四脚朝天躺在黑木箱上，左耳朵上有个绿色蝴蝶结，很可怜。还有卖老诺基亚的，老收音机、老照相机、红木家俬，下了桥还有人卖泥鳅、黑鱼、水鳖，很便宜，十块钱可以带走三条黑鱼。天亮的时候城管来了，人就散了。过去说了好几次，每次都没有起来，或许今夜是个逛逛的好机会，我准备调闹钟，然后意识到手机早就自动关机了。这给了我一个充电的理由，但理由不够充分。我没有打电话到前台要叫早服务。我决定交给缘分，能醒来就去。脑子里江水还在流淌，记忆冒出来，越来越无法控制。我似乎失去了封堵记忆的能力，许多画面摆脱时间和空间限制，毫无顺序可言。像是有什么怪物在苏醒，随时会冲出来，吞噬我。但江水始终往东流，然后急转南下，过狮子洋，出珠江口，到伶仃洋。迷迷糊糊中，我老了几岁，只是活着，搞不懂发生了什么。昨天从市二宫地铁站上来，我没走小港路，沿着江南大道，看了一路婚纱。婚纱在橱窗里，仿佛走错片场的演员。离开海珠桥后，我沿着南华东路走。以前的招牌也丑，塑料似的喷绘布，饱和度奇怪的蓝色和红色。现在换成了更丑的防腐木做底，好似一小截死掉的木栈道，几个黄色或者红色的字，光秃秃的，冒着傻气。有些店铺不做了，门头上保留着招牌拆掉后的痕迹。但整条街看起来又没什么真正的变化。往前走，记忆识别出那家叫 IV salon 的理发店，它没变，黑底白字，黑色装修。门口骑街的榕树树冠不见了，光线好了很多，树边有几辆共享单车，蓝色和橙色。里面，两个年轻男人坐在椅子上玩手机，一个女人正对着镜子梳头，脸几乎要贴到镜子上。这些人我都不认识。我认识那五根密集的电线杆，它们像理过头发的中年人，变压器涂成了绿色。二楼窗户外凌乱的电线，一部分被收束在白色的 PVC 管里。海珠典当行的蓝招牌多了些流水渍，左边"中国供销合作社"几个字，像用墨涂掉的错字，花费很多眼力才能辨认。一个短发老人站在门口，左胳膊环过头顶，五指挠头。他看我的时候，毫无表情。骑廊底下自发的椅子似乎换过一批，不少地方支起脚手架，蒙上一层绿色安全网。空气中飘过来炒辣椒的气味，一辆平板推车的轮子犁着路面，麻将洗牌声裹着人声一团团打在街上。小港路到了，和过去一样，路口大邮筒顶端晾着一双鞋，这次是一双粉色布鞋。它们依旧给我不好的联想，好似上吊的人已经收尸，只留下一双鞋子。华港钟表店还在，墙上的时钟仍旧走着不同的时间，它也换了防腐木的招牌，在旧墙上维持岌岌可危的安全感。门边的配钥匙机器也在，一个穿红上衣的小男孩重复蹲下站起来，玩得很开心。另一角的永乐综合商店不在记忆中，但和过去一样，推拉门关闭，竖着几扇待售的铁门和木门。站的时间够久，有几个人我还能认出来。一切没有变得更老，那些更新的细节似乎都在证明一切如何不变。一切都很熟悉，我仍是一个外人。我在想念她，我意识到这一点，所以不敢走上那条路。或许小港路上仍活着一些能认出我的老人，老人们不该看到我。没有别的方向，我继续往前走，一棵径宽一米左右的榕树上，贴着白边蓝底的喷绘布，更近一点，看清上面写着，白蚁防治诱杀灭治点（请勿破坏）。走到跟前，螺丝钉固定四角，左上角的螺丝钉换过两次位置。防治时间和防治单位后面空着，现在是2020年了，我想。21世纪20年代，以后人们会这样写。上世纪的这个时候，第一次世界大战都结束了。太晚了，如今人们似乎越来越迫切，盼着一场战争。我们都很怕死，可那么多人渴望把更多死亡带到世上。但联系人后面有一串手机号码，我想不出谁会拨打这个号码。有时候我有种错觉，好像上个世纪 80% 时间世界一直在打仗。根本不是。大家生活一段时间，然后打几年仗，然后累了，歇一歇，重新打。不打仗的时间更多，不过战争的音量太大，体形太大，它的阴影笼罩着人们，只剩下一种见缝插针的生活。我手指在螺丝钉帽上，忍受上面的十字，我用很大力，似乎要把它摁到树心。我的手指一点也不疼。树会疼吗？它如何记忆身体上发生过的一切？如今人们又歇够了，可以好好杀人了。和这样恢弘的死亡相比，我妈妈死得太小，太不值一提。好像所有单独的死都不值一提了，只剩下一个大死，人们歌颂它，谴责它，为它感动。我很渴，之前我忽略了这种生理感受，这个念头一出来，渴就变得难以忍受。旁边的风行牛奶店没有变，两个老年女人坐在门外的椅子上聊天，的确良料子的衣服，是只需要在购物软件输入"老年""服装""女"，就一定会出现的花纹。这一点没有南北差别，我的外婆和奶奶也穿这样的衣服。哦，我的奶奶死了，我突然想起来这件事。是什么样的经历，让她们选择同样的衣服？但奶奶给自己准备的寿衣是丝绸的，黑色，绣着金色的线，精致盘扣。小时候我在她柜子里看到过叠起来的样子，觉得很不祥。现在她肯定穿上了，我很好奇那件衣服的全貌。如果不需要冷棺的话，她现在应该躺在桐木棺材里。她也早早给自己准备了桐木，她喜欢桐木棺材。不过，那些桐木不得不先给我妈妈用了。预期之外的死亡，就是这样麻烦，做棺材的人那里没有多余的棺材，每一口都已被人预订。妈妈下葬后，奶奶催我父亲尽快帮她准备新棺材。父亲弄来好些桐木板，堆在储物间里。桐木很温暖，我喜欢敲它，空空，空空，任何人都会喜欢那种声音。我听说家乡的老人开始用石棺了，石棺很方便，棺材商可以存货，放很多年，随死随买，不用算着日子准备。我买了一盒纯牛奶，250ml，挂着水珠。那些桐木板有两盒牛奶那么厚，没什么弹性，躺在上面很有安全感，耳朵贴着粗糙的表面，没有人敲，有木头自身的声音。我来过两次？还是三次？店主的脸却像昨天一样清晰。我说，几钱。我不确定她回答的是三还是十。三蚊？我问。她点点头，我不确定她是不是听出外地口音，掏出一百元给她。我发现和这样的陌生人相比，我不太能想起小港的脸了，但她并没有变得模糊，反而更加清晰，像是记忆诞生出的新生物，不需要靠脸来辨认。店主对着光抻了抻钞票，嘴上嘟囔了一句。我只听懂界张咁大嘅银纸。牛奶凉凉的，口感很好，空气中有香油和蒜的气味。她翻了好一会纸钞，一张张递给我，又数了七枚硬币。真的很香。不知道还会不会是那个厨子，那个瘦瘦的厨子在我妈葬礼上炖了特别好吃的猪肉粉条。还有酱肘子。我咽了口水，很想再吃一次。但父亲认为厨子弄了一些回扣，也不知道节省。北方下雪了，昨晚我听到这个消息。临时糊的炉子上面，可能得搭上一层防水布。尽头那栋高层建筑，白色和橘色的墙漆设计过，跟周围的建筑相比，恍若留过洋的年轻人。我又见到敬华发廊和鸿杰发廊，还有修理、翻新手表的海生商店。这条街上发廊和钟表店的寿命更长，但我只是经过它们。接近转弯处，那棵老榕树修剪了树冠，视野变得开阔，树后的金早绿点还在，小港会买萝卜糕和糯米鸡。她问我味道怎么样，我只是说很好吃。但我并不确定，这是她的家乡，不是我的，吃萝卜糕和糯米鸡的时候，我感觉自己在生硬地跟这方土地套近乎。现在也是，我假装跟这里很熟，都像在小港那里凿壁偷来的光。我有股淡淡的羞耻，没有到对面看看店里的人是不是没变。高层建筑一层，卷帘门蓝招牌的店铺们不见了，和第二层一起变成玻璃幕墙。中间玻璃门上方，矗立着咏声动漫四个大字。左下角的那家多来食杂店，横渡草芳围的巷子，来到路口另一边。左边居民楼的墙体没有更旧，有些窗户外加装的金属防护栏彻底黑了，锈进墙面的水泥里。巷子口蓝色保安亭还在，看起来很新，一个胖胖的小男孩坐在里面背诗。辛苦遭逢起一经，干戈寥落四周星，山河破碎，山河破碎，到底什么呀，烦死我啦，烦死我啦。多来食杂店门口，一米多高的白色泡沫板竖在桌子旁边，贴着几张纸。八宝粥，3.5元/碗；绿豆沙糖水，3.5元/碗；椰汁香芋西米露，4.5元/碗；药膳鸡脚汤，7元/碗；猪脚姜面，10元/碗。山河破碎什么呀，小男孩喊，烦死我啦，烦死我啦。小港喜欢椰汁西米露，我总是选择绿豆沙糖水。桌子上摆满了大电饭锅，前面贴了很多长方形的纸条，像庙里的符，一个打扮像艺术生的男青年正对着它们拍照。我不确定涨价了没有，店主的脸更黑了，窝在小凳子上，像根雕。我想苏铁肯定也见到了这些,只是他没有记录。身后仍传来小男孩山河破碎的声音,他几乎要哭了。他喊,没事写什么诗呀,烦死我啦。风飘絮,雨打萍,我默念。前面桃园美食外墙的雨篷底下,摆着两张桌子,其中一张不再是粗笨的实木桌,换成简易折叠桌,围着四个彩色塑料凳。没有人。桌子尽头多了一个食物推车,不锈钢盘子坐在热水上,里面有菜,有白切鸡和鱼块。不锈钢顶棚上放着支付宝和微信收款码,两瓶矿泉水,三盒打包好的米饭。车身贴的红色印刷涂层纸上写着:十元三荤一素。旁边停着三辆哈罗单车。Hello,我对街道说。草芳围82号,草芳社区党群服务中心,星光老年之家,学雷锋志愿服务站。一扇防盗门开着,红色木门上贴着A4纸:空调开放推门请进。苏铁的笔记中提到了这个。前面临街的雨篷下,晾着蓝条纹睡衣和几条松垮的内裤。冬青围着一平多的小院子,门的左右各停一辆自行车。橘色墙壁上贴着蓝色门牌,草芳围78号。里面没有声音,到处没有声音。空气中油香味若隐若现。我后退一步,看到草芳围80号,对开的铁栅门,或许一米宽,门上挂着铁信箱。门后,一条窄巷,通往几栋两三层的建筑。靠墙的地方,停着几辆电动车和自行车。我推门,门锁着。一个白衣服老头在尽头出现,并不看我,又消失在洞穴里。我没有尝试进去,苏铁进去了。

那是另一个周三,傍晚他从车里拿出折叠梯子,伪装成电信公司维修人员叫门,一位中年男人帮他打开。他在巷子里对着网线装模作样,有几个人经过,没在意他。他站在梯子上，目光透过缝隙，望见江北的大楼。一扇窗户开了，白发阿婆探头出来，对他点点头。他也点点头，有点紧张，因为不知道该对网线做点什么。但阿婆也不知道，只是问有咩事嘞。苏铁说例行检修。阿婆说寻晚个孙仔同佢讲网络唔好。然后她收了竹竿上的衣服，再次点头，关上窗户。天完全黑下来，彭冬伞还没有出现，苏铁不能再装下去，将梯子收好放进后备厢，重新换装束，站在阴影里。巷子里只有一盏小黄灯，过去几个人，都不是彭冬伞。一直等到凌晨两点四十七分也没有见到。苏铁不确定是自己错过了，还是目标没回来。当然还有一个更大的可能，有人在耍他，照片是假的，地址是假的。他回到车上，望着路灯下一张瘸腿的木椅。他想起以往卖弄，跟女朋友说自己看到一棵树，同时看到死亡，看到桌椅板凳，看到人类视角赋予椅子的意义，看到时间重叠，不同的人同时坐在椅子上。他的女朋友拍拍他的脑门，告诉他这样胡思乱想浪费了他的精力，使他既做不成什么事，又没能进行真正的思考。他觉得她是对的，其实他什么都看不到，什么都不懂，他更像是被露水打湿的叶子，紧贴在地面上，哀叹太阳升起。路灯的光在缩小，然后不见，重新出现时，黎明不是一点点到来，天色在改变，某个瞬间人一下子就知道是黎明了。没有任何属性，前一刻还在想着夜晚、昨天和薄雪般次第融化的梦，黎明降临那个瞬间，他知道现在是黎明了，没有征兆，没有疑问，没有答案，就是知道。先苏醒过来的是光，然后是声音，接着清洁工出现。他回想做的梦，佛祖从西天跑了，长出新头发新样貌,来到他外婆家的旧房子里,借住几天。虽然相貌变了,但梦里的人都知道这是佛祖。他想佛祖就是这样,看到佛祖,就知道是佛祖。梦中外公外婆也死了,院子里长草,屋子里发霉,有几棵茂盛的荔枝树。那几天他坐在荔枝树下,和朋友玩锄大地,喝酒。那些朋友他没见过,但梦里知道就是他的好朋友。佛祖在一旁看着,看了七天,扑克牌磨毛了。七天之后,佛祖说粤语,你副啤牌玩好烂。然后佛祖在他眼前重新剃度出家,从房子的后墙走出去,留下一个人形大洞,消失在黄昏的山上。有一大和尚远道而来,烂僧袍上有尘,闯进院门,问他借水洗洗手,别的都没问,就像不是为了佛祖来的,独自坐在荔枝树下念一会儿经,发出一声叹息,就要离去。苏铁的朋友都爬到荔枝树上,荔枝树疲惫地晃动,叶子一下子落光了,最顶上的几个枝头缀着几簇荔枝,有些果子烂了。苏铁喊住大和尚,问不说点什么。大和尚说不知道说什么。他问经念得怎么样了。大和尚脸红说没念明白,一直在瞎念。他说没念明白为什么走。大和尚羞涩地说他也不知道,就是觉得时间到了。苏铁点点头,他不知道什么时间到了,但没问。大和尚合了十,唱了佛号,跃出墙上的洞。朋友们在树上,看着墙上的洞,没人说话。梦到这里就醒了,醒来第一个念头,怎么称量梦的重量呢?用睡前意识的质量减去睡后意识的质量,这肯定不对,但顺着这个思路想,正值还是负值?意识的质量怎么称量?苏铁觉得梦里的那群朋友若是还在,真有意识,一定会疑惑,刚刚好好在眼前的人,怎么突然不见了。他觉得不止梦里如此,盯着一个人看,也会发现人总是突然消失不见。他认为佛祖说得对,他打牌手艺不行,牌有好坏,他总能打得稀烂。他的胃很难受,从包里掏出达喜,丢进嘴里两片,熟石灰一样,没有任何味道。他去旁边的公共卫生间洗脸,然后跑去纺织路口,在多口福要了蛋肉肠粉,几口吃完,再次回到草芳围路口。他在多来食杂店要了八宝粥和一颗卤蛋,坐在小桌子上吃。越来越多人路过,年轻人都皱着眉头。他坐在路对面棕黄色木椅上,直到围着安全网的高楼挡住太阳。他犹豫是不是冒点险,给巷子里某个老人看看照片。他没这么做。他已经接受被人戏耍的可能性,又等待好几天。

  我继续前行,植物的声音盖过世上的噪音,共享单车贴墙站着,雨篷下和楼缝间,飘扬着各色衣服。右边有几处围了白色的防尘布,后面也没有施工的动静。有一处脚手架外面挂着巨大的动漫图案,仰头看天时,像在万花筒里。我迫切地扭了一辆共享单车的铃铛,让行李箱的轮子更响。回忆中,挺长一段路我忘记行李箱存在,昨天的记忆叠着过去的记忆,有几处我也搞混了小港出现的时间。房间的窗户临街,此时,楼下的南华路不同浓度的光混杂,有些老年人坐在街边椅子上,偶尔交头说上几句闲话,好几间饭店的门外,悬浮几颗灯光,食客围拢。一个时刻,我在这种流动中,察觉到一缕永恒,随后发现只是错觉。这脆弱的一切,我曾置身其中。我闭上眼睛,耿耿余淮四个字在那棵榄仁树上发黑。我开始羡慕那种静止不动。昨天下午我在那间咖啡店坐到晚上,仍然不理解自己在做什么。有些东西让我的神经发痒,但仍在遥远的深处。现在它们大了许多,清晰了许多,听上去像是一种绝望,一份诘难,一股困意。从咖啡馆出来后,我丢失掉流落街头的决心,住进江谊酒店。那一整面绿色玻璃幕墙在世纪初一定很时髦,它的招牌是另一种绿色。灰白的地砖里有门外的树影,前台一角摆着青色的陶瓷葫芦。房间很便宜,两百多块。绿色的门,绿色家具,桌子上有一套白瓷茶具,两个白纸包里是茶叶。电视挂在墙上。床头上挂着两幅印刷品的画,一幅是夏加尔风格的蓝色画,一幅布满黑色线条和彩色色块。它们很拘谨。卫生间的淋浴头出水时,开关那儿也会漏水。角落里有股苔藓气味,却很干净。睡了一个奇怪的好觉,梦只留下浅印象,我是一棵树,旁边窗户里几个人聊天,商量砍枝的事,因为遮挡太多光线。看不到人,只有声音,说了整夜。醒来我忘记自己是谁,窗帘边缘有微弱白光,我想起自己是树,明显不对,我惊觉要迟到了,坐起来找手机,无法点亮。我反应过来,我在一家酒店的房间。感谢奶奶给的假期。好大一会,我充满虚惊后的虚弱。洗漱后,我先去纺织路口,经过金早绿点时,看到陌生店员。一个橙红色长门头,大字已经清除,留下胶的痕迹,多口福三个小字,竖在最左边,像幸存的小孩。店铺门边有个白色牌子,写着上海申花健康鞋体验店。LED条屏上飘过:适合肌肉劳损人群。旁边是正宗原味汤粉王,店里没几个人,老板正在看手机,手机发出一些奇怪的笑声。我要了牛腩粉,牛腩很好嚼,大块萝卜咬上去会爆汁。我去草芳围80号,铁门半开着,只剩下一辆大自行车。我没有进去，在外面待了一会，然后走到江边，往海珠桥走。

零点一过，苏铁马上回到车里，启动，脑子里都是脏话，但眼睛望着外面。快到海珠桥时，有几个醉汉大喊大叫。桥下的江水依旧流淌，开车经过用了一分钟。下了桥，右边是一团黑暗的树木，他继续向前，在路口掉头。又一个早上，平平常常，七点四十三分，苏铁走到草芳围 80 号门外，看到一个女人，白色宽松 T 恤，浅蓝牛仔半裙，站在灰色电动车旁边，拿起白色头盔，戴在头上。过了几秒，他快速退几步，慢慢往回走。后面响起铁门移动声，几秒钟后，电动车经过他。不能确定她之前一直在家里，还是他的监视如断齿的篦子漏了过去。苏铁加速往前走，女人向左转，他跑到车边时，电动车正转到南华东路上。好几分钟后，她才重新出现在苏铁视线中，很快，她向右滑上海珠桥。在桥上，前方两朵大云，他觉得马上会撞进去。下了辅桥，他看到电动车掉头沿着小路去了桥下。他不得不顺着转盘右去。他花费好几个小时，确认桥下的道路。傍晚六点三十五分，他看到女人回到草芳围 80 号。女人摘下头盔，望向门外，马上向里去了。苏铁确认是彭冬伞，他担心有没有被怀疑。晚上，他又转了一遍海珠桥北侧的道路。第二天早上，他坐在车里，看到彭冬伞出来，马上加速，提前来到东江海鲜酒楼附近。两分钟后，他看到彭冬伞钻出行人步梯，冲进桥洞。他马上顺着沿江中路向前，出桥洞后，他看到彭冬伞正顺着栏杆向右，于是也转向右边。但马上，他看到彭冬伞在路中绿岛北边人行处过马路。他驶过绿岛时,地面上没有标志,他不确定允不允许左转,但还是转了。此后,彭冬伞一直没有离开他的视线,经过解放大桥时也没出岔子。在长堤大马路行驶了一会,彭冬伞转到靖海路,苏铁转过去,远远看到她进了右边的门。经过时他看到门边标牌,3号门,广州医科大学附属第一医院。他继续向前,几十米后看到6号门,但车辆驶入那一侧被三角锥挡住,他只能继续向前,在万菱广场附近找到停车位。他猜测她的身份,医生,护士,财务人员,不像是看病或者探望病人。又花了一天,苏铁看到她在药房。

我来回侧身快速前进,水流般避开一个个身体,在医院人们理解这种着急。挂号处在排队,缴费处在排队,门诊西药房在排队。人们又吵闹又呆滞。门诊楼没有死亡的味道,死亡在急诊、住院部、手术室。门诊忐忑中夹杂希望,流淌着迟缓笨重的味道。一位中年女人波澜不惊地走出去,阳光接住她,在台阶上微不可察地晃动。一位微胖的女人扶着木偶般的男人坐下,然后独自去排队取药。一排取药口,透过玻璃看到药师们在药架前来回走动、核对。女人在三号口一点点靠前,时不时回头看一眼丈夫,丈夫坐在那儿,脸上泛出脆弱的柔情。这是白天刚发生的事,此时回想起来,有种秋天早晨麻雀扑腾在柿子树上的味道。我看到她了。写下这五个字,我把笔记本推到一边。笔记本很普通,无聊的米白色封皮,有几道棕绿色线条。昨天经过草芳士多时,那位微胖的店主,头顶仍旧盘着凌乱的发髻,她从后面的架子底部抽出它,随手丢在玻璃柜台上。我和她只有单向的认识。我在药房附近转了转,看到彭冬伞在二号取药口,我在旁边窗口排队,隐蔽地观察她,快到队首时离开。她一直很忙,认真地比对、审核。临近中午,有个橡胶味的老年男人对她说,你这个药不对。彭冬伞又看了一遍。没错,她说,是盐酸倍他司汀。药没错,男人说,但药厂不对,我一直吃信谊的,你这个是中杰。抱歉先生,彭冬伞说,我们这里只有中杰的,这个效果是一样的。男人说,我一直吃的是信谊的,只有那个有用。我们真只有这个,彭冬伞说。你胡说,男人说,我都是在这儿买,怎么就你没有,你换一个人。换人也没用,先生,彭冬伞说,我们医院只有这个。男人开始用力拍玻璃。男人大吼,你是不是想害死我,我说了我只能吃信谊的,你是不是想害死我。彭冬伞退到架子中间去,几个药师围在了里面。有保安过来,拉扯了一会,男人被拉走了。走廊里有人说话,听着是今晚在前台见到的那个北方男人。你咋订了这么烂的酒店,他说。爱住不住,女人说,不愿住你睡大街去,我费死扒活类……后面的话太远了。北方下雪了,我又想起这个事。昨天父亲没有提起这个,有可能他被我打懵了,顾不上提。家乡那儿下雪了吗,虽然知道了也没什么用,但我还挺想知道。这倒给我一个为手机充电的理由,准备从床上起来去翻行李箱,又忍住了。今天晚上回来的时候,这对男女在办入住。女的说,咱家那边下雪了。口音很熟悉,但也有可能是皖北和鲁西南,甚至苏东北。下雪真好,我好几年没见过雪了。不知道小港现在见过大雪没有。我躺在床上，想了我们聊过雪的事，以及雪中的坟墓和死亡。记忆开始变得美好起来，那时候我们有奇怪的坦诚。但我怀疑，相同的记忆对她来说，是不是友好。甚至，我怀疑记忆在她那里，完全另一副样子。刚才我去吃了金如烧腊，白切鸡不如记忆中好吃，但叉烧炒河粉仍旧很好吃。店主更胖了，我很担心他认识我，幸好虚惊一场。门前的两棵榕树，年纪较小的那棵，只剩下几米高的树干，上面的部分又有新枝，远看像一个弯曲的鸡毛掸子。树下有折叠桌，红色的塑料凳。我坐在那儿，路的尽头落日刚刚不见，留下几条晚霞，海运大厦的玻璃幕墙流淌着莫奈的色彩。同桌是一对三十岁出头的男女，长着两张婚姻的脸，两个人语速很快地聊天，我间或听懂乜嘢、边度、冻、寻日之类的词。有个外卖员等餐时，一直在打电话。我和过去同时看着这些。我拿起手机，再次克制充电的欲望。昨天，我终于接通父亲的电话，告诉他不回去了。他大概是没理解，什么，他说。我不回去了，我说。他有一会没说话，大概在憋着怒气。发生啥事了吗，他说。我不想找什么理由。没有，我说，不想回去了。后来他接受了这个事实，没有发火，挂断了电话。这让我不舒服，他要是发火，我肯定很生气，但他不发火，我忍不住更生气。成年之后，不管我做什么，他最终都接受了，并且表现得没有什么怨言的样子，搞得我是一个十恶不赦的坏儿子。后面的二十多天里，他大概都不会联系我了。如果不是要过年，这个时间还会更久。我想了一会过年不回家的可能性，觉得他有点可怜，但这个念头还是越来越强烈。田尚佳、乔光辉可能会联系我，得不到我的回复，大概会认为我顾不上。我想不起来还有别的谁会出于私人原因联系我。会是邱白云吗？大概率不会。我想不出为什么这样做。在记忆中，看着前面走路的彭冬伞，我意识到这种跟随很坏。她一米六五左右，头发简单扎起来了，穿一件上窄下阔的灰格子西装，一条水洗蓝牛仔裤，她走路很轻，脚不会抬很高，但步频挺快，像阴影下的一条小船。她没有去医院食堂，走出三号门，走进对面的味然香，我在下面，树影移动几厘米，她出来，没有马上回医院，往南，绕过儿童图书馆那座老气的楼，到达江边。旁边的省总码头正停着一艘黄色客轮，栈道上无人走动。码头旁边竖着巨大的广告牌，红色背景，写着热烈庆祝中华人民共和国成立70周年。几米外的下游，石头护栏外面，一个皮肤黝黑的老人放弃保护，站着钓鱼。几个男人趴在栏杆上旁观，其中一个还骑在共享单车上。彭冬伞在更下游的地方站着，双手搭住栏杆，眺望对面。太阳晒得人发懒，一对老年男女，男的背着迷彩色背包，两人正坐在榕树边吃盒饭。有一个斑秃的男人，正在倒着走路，在码头入口，差点撞上一位妇女。我盯着他直到消失，树影下的街道影影绰绰，巴士和行人都缥缈起来。远处停着一辆宝蓝色玛莎拉蒂，一个精瘦的男人戴着墨镜，站在旁边抽烟。另一个方向，假槟榔树延伸到两栋暗蓝色玻璃大楼底下。过去这两栋楼不在，可以一眼望到那栋包豪斯风格的白楼。那儿离小港工作的征信分中心不远。

我想了一会小港的事，后来睡着了。

三

醒来后,灰色窗帘绣了一层金线,空气中爬着咄咄咄的声音。天光墟肯定错过了,我伸手划拉枕边,抓住手机,没能点亮。又是出奇的好觉,连梦也没有。但父亲没有好觉可睡,如今轮到他的妈妈死了,他应该不会太难过。预期中的死亡降临,好似石头落地,难免有几丝不好承认的轻松。下雪的时候,奔丧的人们或许安静一些。不知父亲如何替我解释,但应该不会有谁在他面前编排我不孝。右臂搭在眼睛上,墙壁里隐约传来叫床声。我昨天太多情绪,有浪漫化记忆的倾向。我不喜欢这样。记忆对我是种负担,它们还会让我尴尬、窘迫、坐立难安,或者突然冒出冷汗。我需要用很多东西填满脑子,避免有太多回忆。我坐起来,耳朵贴住墙壁,所有声音像个寻找出口的瀑布,准备找到落点,我几乎被冲散。是的,叫床声,离得很近,可能床头挨着床头。谢谢墙壁,我安全地听了一会。

不管发生什么,人们还是会做爱。我得到一点力量,站起来,走到窗户边,手指碰到窗帘。我突然想苏铁到哪里去了。于是，我拉开一厘米的小缝，窥探窗外。成片蓝色彩钢屋顶中间，偶尔有石头一样的黑瓦屋顶。它们很矮，像一群死掉的海洋生物。为了它们，我多花三十块钱，选择了有窗的房间。选择南边而不是北边，是为了早晨的阳光，但一层薄云正好过来，把阳光弄得很差。凑近玻璃，额头抵住窗帘，布料带给皮肤的感觉很糟。路对面骑楼一层理发店的三色灯还在旋转，店铺都关着门。广州榄雕的店铺是个两层小楼，天台上有几个光秃秃的花盆，一个小矮人正往空气中搭深蓝色床单。路边围了一小堆沙子和一小堆石子，掀开的路面有水。旁边的榕树失去树冠，像个正在蹲马步的弹弓。我想不出若是有人跟踪我，会躲在哪里。彭冬伞应该到医院了，我找不到去见她的理由，更何况我讨厌跟警察打交道。或许应该选择朝北的窗户，能看到广州塔和珠江新城的大楼。我诧异这个念头，毕竟我早已厌倦它们代表的一切。

外面有风，底下的树木让我意识到这一点。在公司，我最喜欢的事情，就是看遥远的楼下树在风中摇晃。那里的树是南洋楹，风过时，叶子像海蜇一样移动。那种时刻，仿佛世界上没有坏事发生，没有一些人杀死另一些人。但明显不是，在这样稍显麻木的时刻，一些人仍在给另一些人灌苦水。好像非这样不可，好像建造这个世界的强大意志，喜欢开这种玩笑。有几个人坐在路边椅子上，久久不动，好像椅子析出来的杂质。路上有人走动，很缓慢，仿佛没有目的地。你没有生活，小港说。我怀疑生活在这里，属于在这座城市有历史的人。在这里，苦难变得很不明显，只像岁月里的些许杂质。有个身上有汽油味和肥皂味的中年女人曾说，我上了几年大学，时间之长，足以了解你们这些家伙关注的都是些坏东西——战争、饥荒和独裁者，你们被它们搞得一团糟，认为这就是世界的全部。我的奶奶太爱吃甜了，每天用仅剩的几颗牙齿孵冰糖，我总担心有什么东西被孵出来，咬烂她薄薄的嘴唇。她太爱吃甜了，吃出了糖尿病。但她愿意为甜而死，她每天把冰糖丢进嘴里，孵啊孵，她的阴部每天都结一层厚厚的糖霜。若是被这三样中任何一样摧残过，怎么才能不被搞得一团糟呢。我讨厌饭桌上父亲一遍遍说，哪能想到可以顿顿吃白面馒头。我怀疑下次和他一起吃饭，他还是会忍不住说出来。但我不敢说我不会变成这样，我才勉强活了不到三十年。这些坏东西，我们有什么好办法呢。我打算下去之后吃一碗云吞面。如果下雪的话，奶奶会在雪中下葬，我的亲戚们，认识的不认识的，还有那些同宗的男人，以前互相仇视后来和好的，虚与委蛇的，全都要在雪中行走，随着鞭炮声和哀乐，一遍遍下跪和起立。地面白色，雪落在白孝服上，落在孝帽上，小麦大概有一指高，这一幕美感十足，像那些艺术大导演精心布置的电影场景。人们会说我不孝，因为我不在那里。仅仅出现在那里，就能给孝裹上一层厚厚的糖霜。下雪和出殡更配，我想，更寂静了。可惜母亲死在暮春，若是她在大雪天下葬，和人聊起来的时候，我就能描绘这副美景。我开始默背一首诗，后来出声了。下雪，更密更密，昨日般的鸽灰色，下雪，仿佛甚至此刻你也在睡着。白色，堆入远方。它上面，无穷尽，消失者的雪橇痕迹。下面，隐藏着的是如此刺眼地隆起的东西，一座座土丘，看不见。在每座土丘上都有一个被接回家踏进今天的我，滑入喑哑：木质的，一根桩。那里：一阵感觉，被冷风刮过，那冷风把它的鸽灰——它的雪白——色的布匹凝固成一面旗。

　　回家。保罗·策兰叫它这个名字。不管怎样，有一天我也会回家。我陪小港去过新塘公墓，她把一束菊花放在那里，对着墓碑说，就系嚟讲畀你知，我阿妈死咗。墓碑上没有照片，死人在那里很吵。我不想自己死后待在那种地方，会不宁。我只能想到那片麦地。但既然我死了，这件事还会那么重要吗？一个人死后，归宿与生时有关，走过的路，居住的房子，触摸过的物品，一些人，但不会在骨灰那里。小港没有把李芍药葬在墓里。回小港的家，我站在电梯里，电梯门缓缓关闭。有人跑过来，用手挡住，是个男人。他朝后喊，快点来，人家等着呢。我认出他的声音，第一次看清他的脸。应该三十多岁，脸上洋溢着一种从不深思的轻松。我想在我隔壁做爱的是不是他呢。女人来了，肩膀上挂着棕色挎包，包上有个很大的银色金属牌子，黑色毛线裙不少地方起了球。她气喘吁吁，用手在额头扇风。电梯往下走，她的内眼角微微下垂，自带一股笑意。男人看我两次，眼球跳动。他说，没想到广州恁热，我们那类都下雪啦。他的表情和语气都带着熟悉的热情，口音变了形，我不适应地点点头。你也是来旅游类吗？他问，你是哪儿来类？我看着他，准备张嘴，突然发现不知该如何回答。我该告诉他什么，我就在广州，还是说出我的家乡。女人捣了他一下。女人说，你咋恁多问题。然后她带着歉意看我。她说，你别管他。我没有说话，笑着摇摇头。这有啥，男人说。他不以为意，但不再跟我说话了。两个人说起昨天吃的饭，觉得没味。女人点了点手机，播放了另一个女人的语音。不和我说话时，声音更有乡音味道，我好大一会没听懂说了什么。男人说了武汉、蝙蝠之类，又说了澳洲的大火。使劲烧吧，他说。我脑子里一直重复家这个字，搞得很虚弱。我任由这两人走出几米，才慢慢出电梯。前台站着的是陌生工作人员，正在帮一个胖男人退房。后面墙上的时钟显示9：43，我发现适应了没有手机的生活。

我没有吃云吞面。我意识到自己走得太快，然后放慢脚步。我想起苏铁笔记本里写的一首诗，叫《双缝干涉实验》。

  一家店旁边是另一家店
  出售食物、五金、药材、寿衣
  等等。它们任意组合
  出于随机的缘分而非道理
  客人从四面八方来然后回去

  一棵树旁边是另一棵树
  有的老于街区，有的细如春风
  总的来说，树木是一种印象

譬如树荫、桌椅、果实、火苗
但冬天会回到冬天，枝桠从容

一个人旁边是另一个人
两道呼吸犹如双缝
火光窥视它们
在墙面上明暗交替
但生命不是彼此咬合的齿轮

我的旁边应该是那一个人
那个人我曾深夜冒雨去见
也曾在烈日下张望却久等不至
一定是这样，某个下午我在十字路口站着
用等待敲击这座城市的孤独

不知道他是走在哪条街上时，写出了这首诗。为什么是冬天会回到冬天呢。有个东西让他很痛苦，让他无所适从，他觉得这个他出生的城市很孤独。我理解，一个物质条件优渥的人也有权利痛苦。但我仍然忍不住嘲讽，他做这整件事，都像一个有钱公子哥心血来潮找刺激，用粤语说，挖肉罗疮生。他随时可以抽身出去。

但走在街上，这种感觉不差，没有人认识我，不知道我来自哪里，不知道我都干过什么。肉体的任务只剩下走，眼睛接管大脑，成为思考的器官。我会觉得我不在了，成为一种视角，一个流经这里的风一样的事物。我喜欢这种感觉，我不喜欢凡事找一个源头，可仍然会想起第一次突然掉落进陌生街道的经历。

那次经历不算好，父亲不敢骑摩托车了，所以大姑妈让她的小儿子送我们过去。当时天还没亮，我被晃醒，父亲肯定喊我一会了，因为他抱怨说，你妈妈那边不让你去了，今天这是正事，你不能再闹脾气不去。但我确实是刚醒，我没有解释，压着心中的恐慌，马上爬起来。大姑妈考虑是不是先让我吃点东西，最终还是决定回来再吃。出门时父亲往腰带上挂刀子。大姑父问，刀哪里来的？

父亲右手捏着刀把，连续拍在左手心，说是昨天晚上跟认识的肉摊摊主借的。在楼下，大姑妈又叮嘱父亲，带把刀吓唬吓唬人行，要是碰见了不能真动手。父亲答应了，大姑妈还是拉住我。她说，看着点你爸，别让他乱来。我点头时，父亲很不耐烦。他说，乱来不了，我心里有数。

我们在肇事者村口下车，父亲让我表哥先回去，表哥愿意等，但父亲坚持让他回去，表哥表示留下摩托车，父亲又没同意，表哥骑着摩托车走了。

村子的主街是条土路，还算干净，可能是东南、西北向，因为记忆中太阳是从我左前方升起的。我们走上去的时候，太阳还没出来，路上没有人，所有的门都关着，大多都贴着门画，有些褪色了，有些还很鲜艳。先是走了一段距离，父亲教我喊话的内容，你杀死我妈妈、把我妈妈还给我之类。我心里抗拒，同时感到害怕。

终于在一个时刻，他说现在开始喊吧。

他肯定喊了肇事者的名字，我想不起来这个名字了，其实，想起妈妈的死，我总是忘记有一个肇事者存在，好像死是一个单独的存在，妈妈遇见了它。父亲喊，你杀死我娄人。每喊一次，手臂高高扬起，刀子在空中划过。

狗吠声一开始就此起彼伏，我期望每一扇门都不要打开。我揪住父亲的衣服后摆，跟跄跟着。父亲催了一次，让我也喊。我喊了，大概是把我妈妈还我之类。怎么可能呢。声音肯定不够大，而且很快停了，因为父亲又催了一次。

还是有人出来，站在门口远远看两眼，有些又进去了。有狗跟在后面，冲我们叫。也有几只在前面，我还在担心，等我们走近它们却先跑了。

有人喊住了父亲，当时太阳或许露头了，红瓦屋顶后面的天空是黄色或者红色。一位女性，样子忘记了，体形偏胖。她问，你们这是咋啦？

父亲认出她，稍显惊讶，称呼她时名字后面带了姐。应该是上一辈表亲的女儿，这样的表亲们散落在不同的村落里，大多数不再联系。

你怎么在这里？父亲问。她说，我外头人是这个庄上的。父亲说，我还真不知道你嫁到这边来了。她看我一眼，又转回去。你们这是怎么啦？她问。父亲说了我妈妈的事。她说，听说他撞了人，怎么也想不到会是你这边。父亲向她打听肇事者的房子是哪一幢。她只是说了肇事者家里的情况。几年前二胎的儿子罚了款，家里的东西卖光了，如今刚盖了房子，不少钱是借来的。最后她说，人不是真跑啦，什么都不管了，他媳妇正到处张罗着借钱呢，现在哪有脸见你，也怕你真把他怎么了。他家刚盖的房子，不会丢下不要，再说两个小孩还都在上学，还能都跑走？学不上了？以后日子都不过啦？

肇事者家里有两个孩子，和我年龄相仿。我记住了这个。我从来不知道这两个孩子后来怎么样了。她离开后，我和父亲又在那条路上走了一段时间。太阳似乎已经跃上屋顶，杨树稀疏的枝干在空气中很清晰，父亲盯着某幢房子观察一会。他说，那个应该就是他家。我不知道是哪一幢。走着走着就走不下去了，父亲好长时间不再喊话，后来突然停下，回头看一眼那条土路。他说，差不多了吧。声音很小，像在问我，也像自语。我说，差不多了。

差不多了吧。听到这句话，我心中是马上要离开的轻松。后来我逐渐明白，这个被我牵着上衣后摆的男人，也是在勉强自己。

太阳已经跃到树梢，人们走出家门开始一天的操劳。人们的目光提醒我，原来那时身上穿着白色孝服。在目光的检阅中，一个男人领着一个孩子，身着孝衣，穿过村庄、树林、田野，走上镇子的街道。也许人们会从这一幕里看到悲伤，可当时我的心中没有悲伤，从可能的暴力带来的恐惧中解脱出来，我甚至轻松。前一天晚上，大人们谈话时提过，会不会有村里人跑出来打我们。父亲大声回答，撞死人还要打人，那就真无法无天了。但从村子里出来前，这种可能性一直恐吓我，而让我更害怕的是，万一父亲和肇事者相遇。我要是见到他，非得一刀子攮死他，父亲连说好几遍。这句话只是一句泄愤的狠话，我知道，可当时话一出来，就重重压在我的心上。

镇子的街道上，店铺都开门了，水煎包一锅锅熟了，炸好的肉盒在油锅上方的笊篱中控油。人们从店铺里走出来，注视着我们，和相邻的人小声议论。还会有认识父亲的人走上来拦住我们，向父亲表达关切。我站在旁边低头等待，前方几百米，妈妈的尸体躺在路边。

在这里很安全，没有人看我。我可以尽情停下来，观察每一个招牌和树木。那之后我经常带着这种安全感到陌生地方走走。沿着一条小河，走到铁路桥，转入没有去过的村庄。这时候会遇到一些危险的同龄人，他们像狼群一样盯着我，似乎随时要扑上来吃我。

小港路到了，我避免一种情怯的情绪，但它还是出现了。门窗店铺，瓷砖店铺，卫浴店铺，水暖五金，铝材家居，刚刚拉开的铺门一副惺忪神色，一扇紧闭的卷帘门前放着粉红色婴儿车和黄色挖掘机模型。孖宝发屋到了，比印象中离路口近。看到它我生出安全感。右侧玻璃门上贴着红色价目表，从上到下渐变为白色，下面看不清字。左侧玻璃门上仍旧贴着冷气开放和两只灰色小猫。两边墙壁上，贴了一样风格的新价目表，黑底黄字。洗吹二十元，洗剪吹三十五元，括号内小字写着本店不设净剪，营业时间中午12∶00到晚上9∶30。本店不设净剪，我琢磨了一会这几个字，店主肯定厌烦了街坊们的要求。哪里不对。门外的晾衣绳上还没挂上整排毛巾。不是这个。不对，怎么都不对。我转身四顾，一个女人把扫帚放在陶瓷店门口，斜对面一个男人往门外搬一扇木门，对面的三楼顶棚里，一个老年女人正往窗外挂红色秋裤。对，树不见了。过去两边的树会在路中间握手，现在整条路躺在露天的病床上，天空直白，强烈，地上没有斑驳的树影。

树不见了，我承受对记忆的损失，继续往前走。这么快，巷子口笼子还在，一个小男孩用脚旋转白色瓷碗。笼子让我安心，只是变小了，里面卧着一条大黑狗。我猜它是过去那只小狗，但缺少可以确认的特征。它的喉咙发出呜呜声，我靠近，却没有真叫。小男孩不再踢狗的餐具，开始看我。

意识到自己停了下来，我鼓起勇气走进去，担心会踩碎脚下的石板。两株植物贴墙生长，仍然影响人的动线。头顶交织的电线，似乎是墙壁长出的乱枝，让人想不起里面流动着致命的东西。巷子口两边的墙壁，还保持发白的黄色，上面有纸张撕去的遗迹，一个宣传社会主义核心价值观的广告牌，上半部分已脱离墙面。再往里，全都裸露黑色墙砖。砖的颜色让巷子更暗，墙壁活着，有皮毛和潮湿的呼吸。经过的窗户闭得很紧，菱格纹玻璃，一团光正在变化亮度和颜色，两个演员的粤语对话传出来，分外幽静。一个立方体，灰白色，在一扇门前的台阶上放着。尽头是一栋更高的楼，上面几层的砖保持着红色。上面的窗户很小，正方形，像瞭望塔，有些玻璃碎了。轻微的改变不影响记忆严丝合缝地漫过，我回头看，那个男孩站在巷子口正中间看我，腆着肚子，像大将军。

门边贴墙砌的水泥条形槽里，那棵马醉木已经两根手指粗，它开淡白绿花，在四月，在五月。我和小港一起栽的，之前那里是一棵更大的马醉木，死了。它有毒，小港说，马吃了它的叶子会昏睡，所以叫马醉木。那时候它只岔出两三根枝条，不到一米高。我还没见到它开花，就和小港分手了。花很漂亮，小港说，像一串铃铛。如今它的枝叶已经伸进旁边的窗户。窗户大开，玻璃已经不透明，涂满灰蓝色的灰尘，但没有破。钢筋锈出不同色号，其中一根绑着一条毛巾，已不辨颜色。蛛网很小，似乎蜘蛛织了一点就另寻他处。窗内的空气中凝固着什么有毒的东西，鼻子凑上去就会生病。地面上似乎漂浮着一些纸，墙上挂着画框，我知道框内是徐渭《墨葡萄图》，印刷品，小港父亲在这座房子里不多的遗留物。我猜它发霉了，没有人时，玻璃和木框隔绝不了日子的侵袭。楼梯似乎朽了，看不见的灰尘在上面走。旁边墙壁站着冰箱，冰箱门大开，我猜那个铜盉形状的冰箱贴还在。我做主在广东博物馆买的，三十块钱，小港不怎么喜欢。我揪下一片马醉木的叶子，看纹路，然后鼻子闻断口处，猜测它的毒性。我把叶子摆着窗台上，又揪了一片摆上，揪到第五片，放弃了。巷子口男孩还在原地，好像一个看守，我很想笑。对面的木门重新刷了暗红漆，台阶上的立方体是个灰白棋盘格的筐，底下的黑绿门毯上写着出入平安。筐上有个布面海绵盖，没有盖严，盖子上叠着一条白色毛巾。门把手里塞了一沓报纸，南方日报，一次银……没跑……贷下来了。我站在台阶上，看二楼露台，有一个枣红色的大花盆，里面没有植物。我记得过去里面种着一棵发财树。

往巷子口走，男孩跑了。走出去后，看到他一只脚站在店铺内，仍旧看我。我对他眨了一下眼睛，继续往前走。有一根血管断了，很细的血管，它没有流血。流出一股奇怪的胶质物，一遇到空气，变成固体小颗粒，随后，越来越稀疏，但不是扩散，是湮灭。

一条过去没走过的小路，却不新鲜，一种复制。深处，有林深处的空冥，空气中悬浮透明孢子。原住民看到我，马上不动，一种眼神，中和鹿与蛇。我看到我的肉体格格不入。后来挤出去了，有拆除一半的灰屋子，灰被晒干了，几处空灯座。对面围墙内是一片晴朗的建筑，白色马赛克组成墙面，直角的地方都是海蓝色。它是学校，听起来有一种课堂上的声音。蓝与白的配色，让一切显得很干净，一个人都看不到，我怀疑被打扫了。小港曾在这里上学吗？一栋楼的楼顶有金属字，实验小学。小港没说过她在哪里上的小学，她只说那里有一个她喜欢的女老师，四十岁了，爱打扮，化妆技术却不好，脸上的妆容总不均匀。她没有结过婚，有些男老师会拍她的屁股。所有学生私下里喊她一枝花。小港说有一次上课，这位老师批评一个揪她辫子的男生，结果那个男生直接把平时嘲笑一枝花的话说出来了，一枝花，癞蛤蟆，男人都不要她。我还记得小港复述时这句话节奏很好，三字一组，最后一组力道十足。小港说这位老师脸憋得通红，同学们哄堂大笑。我听到笑声在膨胀，笑声比人头轻得多。然后是刹车声。

倒在地上的是男人，我猜他也有一位和我年龄相仿的孩子。秃顶，黑上衣灰裤子，看不出哪里在流血。林肯车上下来一位年轻人，脚步微微踉跄，像演技做作的演员，双手抱住脑袋，走到男人身边，来回踱步，弯腰，起来，弯腰，起来。这么做的时候，他一直在小声说话。他跳到车上后，我反应过来，他在说唔系我。我想笑，人们总爱徒劳地否认显而易见的事实。车子向后猛退一下，向前一拱，擦着血液边缘，一个轮子冲上人行道，一边高一边低地拐过，声音逐渐小了去。

原来人被撞后是这个样子，躺在那儿，看起来特别柔软。有一摊血，面积不大，不像脑袋流出来的，似乎正从地下涌上来。眉骨上有个口子，血只是往外渗。他还睁着眼睛，左眼内眼角有颗米粒大的眼屎。

我要死了，他说。不是广东口音。蓝天白云倒映在他的瞳孔里，似乎那上面真有什么注视着他。不会的，我说，你会好起来的。但他看上去真要死了，就是这样，人总爱徒劳地否认显而易见的事实，尽管目的不同。他笑了。他说，告诉我闺女，冰箱里的牛肉是我上午刚煮的，让她吃了就行。

血在另一处地面也冒出来，好似飞速生长的植物，要把他举到天上。他抽搐了几下，呼哧呼哧喘了几口气，马上停了。有一朵云凝固在他的瞳孔里，像琥珀。我站起来，四下张望，想看到有人出现。但世界上只剩下我和他。他的裤子中间湿了一大块，我想那是尿，但没有闻到屎味。血活了，向周围不规则地侵略。他的脖子仿佛快速卤了一遍，一点点变深。

应该做点什么，比如嘴唇贴在他的嘴唇上，往里吐几口气，或者压断他几根肋骨。还有更轻松的方式，找人报警或者拨打急救电话。这样的事会让我更轻松。或许心脏按压会让血流得更快。但他死了，我想。我知道这一点，我闻到了死亡的味道。他的鼻毛泛白，挂着一点干鼻屎。刚才我看到他的牙齿偏黄，猜他可能会有口臭味，这让我没了人工呼吸的念头。人死起来是很快的。血液在地面变懒，反射阳光，天空的蓝在红色中涮了一遍，灰扑扑的。母亲的死亡，在我记忆中没有血。她面容平静，皮肤完好，浑身赤裸地躺在那儿。站在周围的，除了医生，还有几个她认识的人。可那几个人是谁呢？肯定有二姑妈。从县城回来的二姑妈站着跟几个人讲述，人看起来好好的。她比画了一下大腿。她继续说，从大腿到脖子，干干净净，一点血都没有，看着好好的，人怎么就死了？她不会期待一个答案，她只是困惑。有位妇女接了一句，你亲眼见了？对，二姑妈说，身上一件衣服也没穿，看得清清楚楚。

一个人看上去好好的，但是已经死了。死亡给我的印象就是这样干净。眼前的男人提醒我，不会太干净。血是何时消失的？会是在镇卫生院吗？可能性不大，那里发生的是，医生简单检查后让送到县医院去。那时候她死了吗？农机三轮车厢底部薄薄一层铁，会震得人骨头疼，我在里面坐过许多年。它叫巨力，蓝色的，当时很新，是一位表哥新买的。母亲躺在里面，应该垫了棉被，有几层呢？会好一点吗？三轮车朝着县医院奔驰，我坐在教室里，还不知道这件事。路上父亲应该有一遍遍喊她的名字吧，她睁开眼睛了吗？到县医院的时候，她还活着吗？血应该是在县医院不见的，医生和护士认真地对待了，处理干净她身上的血迹，宣布她死亡。几个小时之后，她的死亡跑回镇子，跑回村子，跑到教室门口，从同宗的一位叔叔口中，把我叫了出来。

一场车祸很难有壮观的东西，也不大能让人感动。母亲车祸现场我没看到，但肯定更简陋。父亲讲述时，我正好在旁边坐着。妈妈蹲在路边挑菜，菜的品种我忘了，可能是豆角，但春天是豆角的季节吗？一辆拉砖的拖拉机撞了她，司机跑了。父亲把她送到镇医院，医生让送到县医院去。于是妈妈躺在那辆农机三轮里，去往四十公里外的县城。我想应该不是父亲开车，但没跟他确认过。

这样新鲜的尸体，瞳孔溢出眼眶，那片云不见了，天空在里面浑浊。世界终于吐出一个女人，骑白色电动车，篮子里有芹菜。她左脚撑住地面。她问，这是怎么啦？

出车祸了，我说。我猜她是要包芹菜馅的饺子，或者做芹菜炒肉。

人还活着吗？她问。她下车，踢了两次脚撑，摘下头盔，挂在车把上。

应该是死了，我说，你打120吧。

你还没打吗，她说。她从兜里掏出手机。

我没带手机，我说。

你没带手机？她说，现在还有人不带手机，这么多血。她耳朵贴着手机，开始讲述眼前的事。

世界醒过来，吐出更多人，但看上去仍然显得简陋，围成一个稀疏的圆环，兴奋地惋惜、感叹。有几部手机一直开着摄像头。我退在外围，大地似乎弹了受害者一下。鸣笛声远远地大过来，是救护车的，我想交警肯定也会过来，还会找我做笔录，于是快步离开了。

四

端午节下午，逛完锦绣中华民俗村，我和小港去欢乐海岸吃了椰子鸡火锅，出来天空像海，幽深而蓝，云在经过。月亮浅浅一弯，有月亮的日子我会望望月亮。小港在前面走，散发不愿说话的气息。通往深圳湾的地下通道里，她走得更快，我在后面缀着，像两个敌人。穿过树林，海在这一角很脏，像乡下刚摸过鱼的水塘，近看是很厚的灰绿，往远看黏糊糊一片。看更远才行，雾蒙蒙，弥散性的蓝，有跨海长桥，桥上应该有车，但看不清。

人们在防波堤下面的石头上跳来跳去，有家庭、情侣、朋友和独身人士。海风灌进心里，感到自己有点咸，不那么普通了。我坐在防波墙上，小港也上来坐下。她先表达失望，这样的海也值得看吗？我说太膨胀了，海也敢嫌弃。她说有什么不敢，海而已。她不在乎这个。一个小男孩观察她，她对着小孩做鬼脸，直到一位瘦女人走过来抱起男孩。

她不说话，不说话的时候便看海。海已经开始黑，先黑眼前的部分，天边还微亮。她看着远处，鼻子把天捅破了。路灯的光托着她的后背，后面有姑娘拍跳舞视频，穿着短裙，蹦蹦跳跳，衬得小港像雕像。她只是坐着，一言不发，就安静到这种程度，让人心惊，连海浪，连后面嘭嘭嚓嚓的音乐声，听起来都安静。

很多人路过，在说明天，明天如何如何。我问她明天要做什么。她说不知道。语气不好。她扬起手臂，双手在头顶交叉，伸个懒腰。海风快速地抱紧她，显出腰肢。她说，早知道不来了。不喜欢这儿？我问。她说，不是，更大。那我知道了，我说。她说，嗯。

她从包里掏出一只海螺。左手抓住海螺，海螺比手掌大两倍，衬得手指脆生生的。放在耳边听，听了五秒钟，然后放在我耳朵边，问我听到了什么。因为没对准，什么也没听到，我想移动海螺对准耳朵眼，握住了她的手，温的，脆生生是假象。我说，刚才没对好。她说，现在呢，现在听到什么。风呼啸而来，没有起点，脑海里出现遥远、幽深，出现一个高高的秋天，那让人感觉更真实，眼前的城市像脆生生的假象。我故作高深有趣，说听到了一条鱼。她问什么样的鱼。我说酸菜鱼、水煮鱼、糖醋鱼、红烧鱼。她往天上吐一口气，笑骂我神经。她再问我还听到什么，我认真对她说，还听到了我爱你。她只说能不能有点新意。我问她听见了什么，她回答也听见了一条鱼。学我哦，我说，能不能有点新意。真的，她说，听见一条在车辙里看到大海的鱼。是看到了还是当做了，我说。她说当做也太惨了吧。我说瞎说，当做了就很好。

她笑，能听出笑声的源头在口腔底部和嗓子之间那个位置。我用同样的源头笑，发现笑声不经过心房和心室，便不会累。拍跳舞视频的姑娘已经离开，旁边是一对情侣，小小个子装不下此时的甜蜜，冲昏了头，额头蹭来蹭去。我凑近小港耳朵，有头发飘在上面。有时候别人的幸福挺讨厌的，我说。

她头往另一边歪。被讨厌挺好，她说，不讨厌的时候，也许会被人可怜。

小港那一侧，几米外的路灯下，一个连衣裙女人跟一个男人挥手，然后转过身走，挂在肩膀上的包慢了一步，打她的腰。男人枯站了十秒，一下子跳到防波墙上站着，风吹得他很瘦。连衣裙女人经过我们身后，走上台阶，没有回头，海浪声跟到她身后，被一刀斩断，一干二净，消失于一棵木榄。

好看吗，小港说。

好吧，我说，现在解释显得是在狡辩。

狡辩给我听听，她说。

我说，我在想她和那个男人的关系。我看向小港右边站在防波墙上的男人，小港也看。男人低下头，手揣在兜里，转身向远处走。他身体开始晃动，手一下子冲出裤兜，摆在身体两边。我说，刚才想确认一下那个女人会不会回头看一眼，结果没有，我就想分别是治不好的，分别是一种绝症。

小港目光越过我，看那棵木榄。她说，秋天这里的红树林很漂亮，到时候我们可以再来一次。

对面有陆地轮廓，几点稀疏的光，听不到声音。应该是香港。风一阵一阵大，浪涛声一层层涌来。我们静止很久。身后有小孩在哭，有男人粗大的嗓门，有女人用调笑的语气念几句诗，有短视频里的音乐和笑声，声音交织在一起，跟海对峙。后来海占了上风，身后的人被海里的声音冲走了。小港转过去，跳下墙。我在墙上站起来，脚尖抵着脚跟走。小港在底下，背着手前行。有水落在我眼皮上，用手去摸，却没有。

我说，我有时候会疑惑，自己为什么是如今的样子。

什么，她说。她的声音在远离，而不是抵达。我重复了一遍。她说，你不满意吗。

没有不满意，我说，就是觉得，这一切都很神奇，好的不好的，很多时候，我很难将眼前的生活当真。

不要怀疑你的食物，你的日子，还有你养的花花草草，她说。

还有你，我说。我跳下来，足弓里有道韧带疼了一下。

对唔住，她说，刚才吃完火锅，我突然好难过，一直没怎么缓过来。

永远不用因为难过跟我道歉，我说，是想起什么了吗？

她摇摇头。可能是离家太远了，她说。

好吧，我说，世界这么大对你来说有点浪费。

说不清我在烦躁什么，小港说，最近总是有股怒气涌出来，想真正往前走。

真正？我说。

是，她说，但我也不知道什么是真正，也不知道我到底要告别什么。

我不知道说什么。这一段距离旁边没有树，有人影在远处。路灯的光生硬地打在混凝土上，很丑。

不说这些了，她说，开心，开心。

我们牵着手，在防波墙消失的地方，走到海边的大石头上。海把我们吞没了，我们接了一会吻。我又生出不真实的感觉，吻结束后，拥抱在一起，有点难过。回酒店的路上，我们都好了起来，开始玩踩影子的游戏。路灯距离不同，影子变得很复杂，甚至可以同时踩到对方的头。

进了酒店房间，我们马上抱在一起。左脚关上门，世界真实了许多。我们做爱，换了很多姿势。她叫的声音很大，我担心房子的隔音。但世界只剩下这一个空间，我的耳朵没有捕捉到别的声音。我射精后，她躺在那儿一动不动，身体仿佛冒着水蒸气。避孕套在阴茎上很不舒服，我小心地扯下来，避免精液滴落，捏着口走进卫生间，丢入垃圾桶。在那里，精液和避孕套看起来很不堪。身体的分泌物，有种无需怀疑的真实。我手持淋浴头，蹲下，冲洗阴茎，水凉，后来温了，烫的时候我关上开关，走出来，足弓很拖沓，那根防波墙上跳下来的韧带隐隐作痛。我拿起浴巾，胡乱擦了几下，丢在架子上，一下子变凌乱了。我跪在床上，小港还闭着眼。

她睁开眼，左手拍拍床单。她说，别这么急，陪我待一会。我躺下，她翻身抱住我。她的呼吸声有股煮红薯的红色香气。还没有跟我妈通电话，她说，不知她是不是又饮多。

应该没有吧，我说，咱们出门的时候她说了不喝。

小港鼻子里哼哼两声。你信她？她说，你还说要节食呢。她的手拍两下我的肚子。以前还有肌肉，现在是彻底放弃了，她说。她捏我的肚皮，一个疼没有弹性，直直贯通。我努力吸肚子，她咯咯笑。别吸了，她说，自欺欺人。

吸下去轮廓还是在的，我说。

还不承认，她说。她从我身边翻下去，手划拉一下，手机到了手里，屏幕亮了。她说，跟她通个电话吧。

我们盯着手机屏幕，一直到那个女声告诉我们，您拨打的电话暂时……手指在屏幕上点出一声脆响。小港嘟囔，一定是喝醉了。她右手向外一摆，手机掉在床单上。

别太担心，我说，可能她已经睡了。

她摇摇头。顺着她的目光，我也看了一会天花板。暗处有机器正在工作，微不可察的声音渗透到空气中，化为细腻的颗粒，耳朵听到一层磨砂的世界。小港偏头看窗外，我又跟过去。一个光的方块，悬浮在黑色里，我怀疑现在过去看下面的海，也只能看到更深沉的黑色。

其实她以前不这样，小港说，她也有过很好的时候。

小港开始跟我讲，她爸死了后，李芍药打起精神，在旁边的市场里租了个档口，经营皮具批发。有一伙人找到李芍药，交代平时配送货物必须使用他们的托运才行，李芍药没有当回事，但听说曾有几家店使用了别家的托运，店被砸了。李芍药不敢再大意，尽管他们托运比别家贵得多，也只得使用他们。但是没多久，几个男人又过来，告诉她每月还要交一笔卫生费。李芍药说没听过这个费，她交着管理费呢。最后一个光头男人打了她一巴掌，还想再打，被一个路过的男人拦住了。他们认识，那个男人帮李芍药说了话，这事过去了。一两个月后，李芍药和那个男人恋爱了。小港只知道那个男人是搞贸易的，具体都做些什么，不太清楚。有时候那个男人会在李芍药那里过夜，偶尔给小港送礼物。几个月后，那个男人给李芍药介绍一笔生意，说一个朋友有军区后勤部门的关系，现在对方需要两万条皮带。请吃饭，拉关系，这件事绸缪了一周，那个男人又带来消息，对方还需要水壶，怂恿李芍药从一个仓库全款拉来几万个水壶，准备和皮带一起交货。过了几天，那个男人联系不上，李芍药跑去提水壶的仓库，跟人打听，已经退租走人了。又去军区单位打听，根本没有这回事。

小港说，那段时间，水壶堆满屋子，油漆味好大，我都要中毒了。

你妈妈肯定很难过，我说。

是，小港说，好长时间她都不能接受，她还觉得，那个男的并不是为了骗她才跟她在一起，可能后面撞到什么难处才骗她，我讲就是为了骗她，她就发火。她一直嘟囔，证件印章我都看了，跟真的一样。

最后就这样了吗，我说，没有去追查？

没法查，小港说，其实能找到他，但都讲他是地主伟的亲戚，我妈能有什么办法。

地主伟是谁？我问。

芳村的一个黑道大佬，小港说，现在好像被抓起来了。她的肚子咕咕叫了两声。饿了，她说。

去吃点东西，我说。

不想出去，她说，点个外卖吧。她拿起手机，点亮，先拨了电话。我摸到我的手机，点开美团外卖。想吃什么，我说。她的手机仍然传来远方的嘟嘟声。真不放心她啊，她说。她挂断电话。看看有什么，她说。我们一起看我的手机屏幕。她说，过了几个月，那些水壶卖给收破烂的了，她每天都要喝点酒才能睡着，但还没这么严重。尚未打烊的店铺不太多，快餐店、烧烤、烧腊、隆江猪脚饭、日料，我们点了烧烤，提示四十七分钟后送到。她说，后来我妈又跟一个中学老师在一起过，比她大几岁，很会做菜，有个在珠海上大学的儿子，但有一天晚上，我妈回来抱着我哭，之后就再也没见过他。

预计四十四分钟后到达。小港坐起来。她说，去冲个凉，等一会美美地吃一顿。

睡前我们说了一些话，都是小事。她中学的那棵大榕树，午睡时候她爬上去。放学回家，忘记带钥匙，坐在门口的旧椅子上，附近的植物一直开花，开白花，开紫花，香气让她昏昏欲睡。说话的时候她睡着了，嘴唇微微翘起，呼吸稍重。她有几根眉毛更粗，翘起来，很桀骜，我轻轻压了压，她抽动一下。我挪下床，站在窗边试图看海。不好看见，玻璃模拟同一个世界，黑暗中的我，不远处躺着小港。玻璃里的场面有种熟悉的气质，我想了一会，发现特别像回忆。我在心中模拟海的声音，小港在床上，翻了身。

第二天早上，她又打了电话，没人接。吃早饭时她再打，没人接。我说，让邻居帮忙看一下。她丢手机在一旁。她说，唔好理佢，佢想点就点啦！我说，咱们回广州吧。

我买了连号的座位，到了列车上才发现中间隔着过道。我们没有找人换位。列车经过街道，深圳看起来又热又工整。疼痛突然降临到我的心里，很难受。我不知道它来自哪里。或许痛苦不会消失，它永远留了下来。散落在人的身体里，散落在人的灵魂里，没办法摆脱它。可我怎么也说不清它是什么。小港紧贴靠背，闭着眼睛。她睁开眼，头偏向窗户那一侧，空气中流淌着过期的奶油。列车像是行驶在时光隧道里，外面飞快变幻假象。在小小版图上前进，前方是火车站，后来坐地铁，在市二宫站上去，富基广场一副空旷与生涩神态，灰色石板地面光秃秃地反射阳光，令人心烦。路上小港跟一位老人聊了几句，老人向上翻着眼球看我。聊完她继续沉默，走在一小块移动的阴影下。你确定不进来，她说，太阳伤皮肤。我摇摇头。

巷子狭窄，小狗不在，小港在入口处收伞。门边新栽的马醉木下有一摊呕吐物。小港绝望地嗷一声，紧闭嘴巴，双腮如鼓。门上有新贴的通下水道小广告，白底蓝字，很新，衬得门上的漆如同污染的沙漠。

房间里没有人的迹象，有蒜和豉油的臭味，发馊的鸡肉味,还有一股重重的屎味。一部分气味的源头在餐桌上,或许是金如的切鸡。厕所没冲吗,小港说,都不知道收拾一下,好食懒飞。她往前走,我走到餐桌前,开始收拾。九江双蒸和红米酒只剩浅底,除了切鸡,还有半碟猪耳。窗户开着,小推车的轮子声轻轻闯入。李芍药的卧室门半开,小港停在门口,粗鲁地喊了声妈。声音落进吸音的窟窿。她走进去,我端着盘子进了厨房,白色垃圾桶没有套袋,我把盘子放下,白切鸡闻起来新鲜了些。我在水槽底下的柜子里,找到一个红色塑料袋,套在垃圾桶上,袋子不够大,有一侧绷紧,切在圆上。白切鸡倒进红塑料袋,我拧开水龙头,冲洗盛着蒜泥的蓝色小碟。水珠迸在我的眼角,我用手腕背部抹,看到小港站在餐桌前,一副受伤的马的表情,木木看我。小河,你进去帮我看看,她说。

怎么了,我说。

你进去帮我看看,她说,你去,你去看看。

于是我去看看,经过小港身边,她没有转身。卧室里屎味更浓,我屏住呼吸,房间里很暗,一扇小窗正对着邻家的砖墙,一束薄光漏进来,床上没人。窗边小沙发上有个人影,像搭在上面的一件衣服。我喊了声阿姨,没有回应。我犹豫要不要开灯,没有开,我小换一口气,像在屎里游泳。我轻声喊着阿姨,走到沙发旁边。我推了推她肩膀,没有任何动静。我手指放在她颈动脉上,又僵又凉,又放在鼻子底下,已经死了。我害怕,但马上又不怕了,我蹲下来,看她的脸,眼睛睁开不大的缝,面色如纸,嘴唇青紫,微微张开，能看到两颗门牙。皱纹都变浅，仿佛有两个力量在抻这张脸。几条旧疤痕凸显出来，过去我一直忽略了它们。她死在那儿，姿势像死在单人沙发上的马拉。我第一次这样清晰地看死人的脸，妈妈死后我没看到。十里八村的赶集人，像同时注水放水的水池一样，保持围观的厚度。在许许多多声音中，我仍然能听到白布撕裂的声音。妈妈躺在旁边的三轮车厢中，车厢上盖着白色塑料布。孝服初次往我身上套的时候，洞口剪小了，卡在脑门上。我想拉下去，有人对我说，等会儿，等会儿，别硬拽，我再剪一刀就好啦。第二次成功了。一个人让我抬起胳膊，然后跟另一个人商量是不是太大了。随后两人在左右两边蹲下，从我腋下走针，她们很麻利，手上动作很快。原来孝服也需要考虑合身。当时我不会想起里约热内卢那尊站在山顶的巨大基督像，只是站在那儿，张开双臂，在围观人群的嘈杂声中，倾听针在白布间穿梭的声音。孝袍合身后，父亲出现了一次。似乎是大姑妈问他，让不让我看一眼妈妈。父亲问我，你要看看你妈妈吗？我没有回答，只是低头。别让他看了，父亲说，他还太小，别吓住了。

看或者不看，对我意味着什么？妈妈在我脑海中的样子，永远是那天早上她走出门时的样子。借来的摩托车已经启动，兜里揣着粮站的白条，她坐在后座，最后一次对我说，中午肯定回来，不耽误你吃饭，钥匙放在老地方。她望着我，越来越远，她转过头去，留给我背影，消失在路尽头。

如果我看了她死后的脸，我想起的会是另一副模样吗？

会更理解她的死亡吗？原来人死后并不可怕，有股烂木头的神色。我忍不住伸出手指，点在李芍药的腮上。有什么咬破皮肤，钻进我的骨头。或许是死亡。它让我很空。窗户是一样的格窗，只推开一半，有新磨损的铁锈落在窗台，窗户上那些起皮的颜料，像晒干的鱼鳞。我试图推窗，可窗扇死死钉在这个角度。

我走出卧室，小港站在离门不远处。我悄悄大换一口气，她的眼球扇动一下。她说，死了是吗。我尝试寻找更委婉的方式，可是没有找到，仓促地点头。她问，真死了？

真的，我说。我去抱她，她躲开了。她望着卧室的门。她说，死了挺好，对不对。我说不出什么节哀的话。她问，你觉得她是怎么死的？

可能是心脏骤停之类，我说。

是吗，心脏骤停，她说，不是醉死的吗？

医生大概能看出来，我说，但具体原因可能需要解剖。

解剖，她说。她可能是想笑，但被肌肉拦住了，像个半死的讽刺。她说，有必要吗，反正她是要死的，她自己也知道，要这个具体原因还有什么意思，有些时候我真的好烦她，真的，我好累。我从没听过她用这么快的语速说话，空气中的屎味已经不太明显，我猜测屎臭的粒子已经进入体内，麻痹嗅觉。小港说，在今天之前，虽然想过死的事，但还是以为会这样下去，她喝醉，招人讨厌，她永远醉下去，永远让我讨厌下去。我感觉她是这个空间的一部分，她会永远永远存在，哪怕醉得像一摊烂泥。她说，她以前只是生病了,看不见的病,其实她是个病人,但也没办法,我也不能对她更好一点了。小河,我冇办法,我都睇唔住自己。

别责怪自己,我说,小港,你做得很好了。

小港摇头。她说,她也没办法,她只能这样,她有什么办法呢。她重重叹一口气,声音从鼻腔里出来。她一直说冇办法冇办法,停止后她看我。我一点主意都没有,她说,现在该怎么办?

我也不太清楚,我说,我搜一下。我在搜索框输入:亲人在家中死亡,应该做什么。页面刷新之前,小港往前走,随后被门洞框在那里。为什么会这么臭,她说,她拉裤子里了吗?

我在搜出来的结果里翻找怎么办。我说,这个我知道,大脑死去时,括约肌之类的会失去控制,排泄物有可能会出来。

死了还要给人找麻烦,她说,活着的时候帮她清理吐的,死了还得帮她擦屎。

一个搜索结果提醒我。我说,你要不要先通知一下亲戚朋友。她目光移到我脸上,摇摇头。寿衣这些东西也不必着急吧,我说。

为什么我一点都不想哭,她说,好像也没觉得悲伤,只有一种很奇怪的感觉,我是不是太过冷漠。

这是大脑在保护你,我说,人没办法一下子接受死亡的。

很奇怪,她说。她微张着嘴,望望墙壁和我,也望望房间里的一切。她问,她死了是吗?真死了?

一个北京公墓的网页打开了。我看她。是的，小港说，不用回答我，我知道，好奇怪，太奇怪了。

第一条，办理《居民死亡医学证明书》。1. 在医院内或者去医院途中死亡者，由该医院开具并由负责救助的执业医生填写《居民死亡医学证明书》。2. 在家里、养老院或其它场所正常死亡者，由申办人携带材料前往死者暂住地或户籍地社区卫生服务中心/乡镇卫生院开具《居民死亡医学证明书》，由负责调查的执业医生填写。3. 未经救治的非正常死亡者，由申办人携带材料前往死亡事件发生所在地公安局派出所，待法医鉴定书确认后，凭公安司法部门相关证明到死亡发生地社区卫生服务中心/乡镇卫生院办理《居民死亡医学证明书》。

我念"2"的内容给她听，又提了"3"，我们讨论了一下，不能确定是正常死亡者，还是未经救治的非正常死亡者。小港说，真奇怪，人死了，还得证明死了。最后我们决定，先按照"2"来处理。小港说，先帮她换身裤子吧，我不想。她没有说下去。我说，会不会影响医生判断。我不管，她说。

打开卧室的灯，光冲淡屎味，李芍药不似昏暗中那般安静，脸皮白得像要飘起来。好像没怎么挣扎，小港说，死的时候应该没多痛苦。她站在李芍药身边，黑色垃圾袋飘在手中。你先出去吧，她说。于是我出去，站在生活的遗迹中。很快，小港走出来，径自走到厨房，我跟到餐桌旁，她取下墙上挂着的剪刀，重新走进卧室。

我又看了几个网页。其中一个新华网的新闻：办理身后事，竟要跑十几个部门，各界呼唤有关部门简政放权。我替小港感到麻烦。有一个大学生的父亲死了，他写如果亲人在家中去世，首先看一眼时间，要记住亲人逝世的时间，打开门窗，让遗体慢点腐坏。家里备了寿衣的要马上给他穿上，如果没有要马上去买，不然等遗体僵硬就穿不上了。我看时间，10：37，可怎么确定死亡时间呢。过去的这个夜晚，她可能死在任何时间点，而那时，我和小港无知无觉，或许在聊天、做爱、吃东西。发帖人说三个人勉强帮他父亲穿上了寿衣。我担心小港怎么给李芍药穿衣服，毕竟，李芍药现在硬得像个人台，而且是那样一个弯曲姿势。

满屋都是布的声音，我想象一个死者的尊严。有一阵子动静消失，我贴着门边的墙。我问，小港，你还好吗？

好大一会，没有回应。我探头看一眼，小港背对我，坐在地上，旁边塑料袋已经扎上口，地上还有一包湿巾和纸巾。屎味散得没那么快。床上堆满衣服，床或许有一米五那么宽。李芍药只穿一条内裤，保持着马拉的姿势，尸斑遍布皮肤，无比艳丽。小港十指扎在地上，脆生生的，仿佛被李芍药脸上的白传染了。你还好吗？我问。她转过头，满面泪痕。我不知道给她穿什么衣服，她说，阿妈的衣服都旧了。

五

醒来，我听了一会心跳。缓下来后，冒出刚刚的梦。有人坐在路边椅子上，等我经过时突然站起来，才换成他。他笑着问我，牛肉我闺女吃了吗？然后跳到下一个场景，有人从对面走过来，到跟前又变成他，再次问同样问题。

我想他肯定是死了。我想了一会死亡。李芍药，我的妈妈，别的亲人们。还有魏友伦，我几乎忘了这个人。死亡大阅兵。后来又想起我的奶奶。不知道那里是不是在下雪。后来想到，我的妈妈死了，其实也有一个妻子死了，一个女儿死了。好像死掉之后，人就只能分成几份，分别在几个人那里扮演死去的角色。我的妈妈，她到底是谁呢。我从来没有梦到过她，从来没有。

外面的声音是没有声音。窗帘彻底融在两块黑暗里，看不见。我闭着眼，新鲜的死亡和生锈的死亡都在我身边跳舞。黑暗变幻斑斓色彩，像污水油膜的反光。黑暗中站着马蒂斯，死亡们一会像《舞蹈》那样手拉手，一会像《生活的欢乐》那样各自散落。好像它们不满我对死亡轻慢的态度，对我喊,我们是死亡,我们是死亡……

好,死亡。这样热情十足,难道谁能不爱它们吗,这些漂亮的死亡。但它们有点吵。我掀开被子,坐在床边,脚踩地面。很凉。我还活着,好像会永远活下去,这一点让人绝望。我没有渴望死亡的意思,我不想死,但活着让人很不好受。我盯着黑暗,黑暗的呼吸惊起我的汗毛。眼睛适应黑暗之后,浓度会变淡,有几个红色的光点,物品像一团团黑色的气体。我往前走,拉开窗帘,那种连续的响声,给世界装上一个拉链。外面在睡觉,但路灯在工作,整条街道寂静地茫然。理发店门前柱子上,黑白条纹灯也在工作。我希望它们能在工作时偷偷打一会盹。事实上还有人,鬼一样走着,脸上长出夜晚的腮。

于是,我也任由夜晚在我脸上长出腮。前台后面坐着一个方脸年轻人,正在手机上打字。他对我说晚上好。墙上的钟告诉我,11:41。外面很凉,毕竟是一月了。经过草芳围80号,我想起苏铁。过去三天了,我花了点脑力算出来这个。不可思议,我总忘记他是引导我来到这里的诱因,就好像我一直在这里,从那年一直到此时,而在北岸的工作和生活,只是一场午梦。

珠珠士多的招牌把一小块夜染成红色,里面响着视频声音。咋的二哥,弟弟的酒不好喝?是不是弟弟的酒不好喝?一个男人坐在收银台后面,像个举着手机的家具。我往里走,停在两台大冷藏柜前,隔着玻璃寻找。老弟,说啥话呢,哥哥啥样人你能不知道,哥哥能是那样的人吗?我今天真是不行了，再喝就失控了。我蹲下来，在最底下的角落里找到啤酒，只有青岛和珠江。这两种我都不太喜欢。二哥……这一声二哥情深义重，托着长长的尾音。我吸着冷藏柜的冷气，犹豫拿两瓶一样的，还是一样拿一瓶。一种不喜欢的双倍，两种不喜欢，想不出哪种更好一点。别人的酒能喝，弟弟的酒不能喝？我选择一样一瓶，把两瓶酒摆在柜台上，老板望了一眼，用粤语说十一，然后又盯手机屏幕。老弟，老弟，听我说。这两声老弟同样情深义重。我递过去二十，他扫了一眼，没有站起来，用一只手翻出零钱，丢在桌子上。咱俩这关系，那是靠酒的吗？我走出去，救护车的嘀嘟声飘过建筑，店里传出最后一句对话。这是酒的事吗？二哥，这能是酒的事吗？

绕到纺织路，红色横幅，食靓鸡到百足食府，已经打烊，我趴在玻璃上往里看，所有桌椅都噤声，像教室里突然看到班主任的学生。食只靓鸡，我念叨几遍，往海珠桥方向走。在桥上喝喝酒很舒服，这样的夜有过不少，我和小港走到桥上浪费它。我们喝酒，她一口，我一口。北岸一栋栋高楼凸出夜幕，有一栋始终灯火通明。我们给它起名字，火把。这火为谁而烧，这大火为我们而烧，我们隔岸观火。树丛后那一排酒吧如同水中波动的光影，年轻人热闹和呕吐，飘飘荡荡，而我们永远在江风里。

从纺织路拐上滨江中路，巨大的火把还在燃烧，酒吧仍旧波动。我知道，在当时我对另一些时刻缺乏想象。另一些时刻我们陌生、疏离、怨恨，怀疑幸福的真实性。两种时刻互相观望，在这一个时刻，怀疑另一个时刻。那些心思很难说是假的，它们暂时被掩盖，幸福是真的，那些不快乐的部分也是真的。爱让我们有这项遮掩的能力，幸福的沙尘暴，会覆满沙丘。等这项能力逐渐消失，只留下一片荒漠。过往的幸福像是舌尖上的疼，它一直在人的舌尖上，每一次说话，每一次吞咽，都隐隐作怪，仿佛一种不断吞咽下去的食物。

水声袭人。我对小港说，所有金属里，我最喜欢铜。铜给人的感觉很温柔，铁有点冷，铝没骨气，金银盛气凌人。而且铜的声音也好，像是有个大肚腩。如果可能，我想当个打铜匠，打铜的人好像不会老，仿佛长在苔藓上。

小港说，我喜欢听锯木头的声音，锯木头的动作很残忍，可是我好像知道木头不会疼，所以它的声音不是惨叫，是种软硬适中的哼唧，躺在那儿哼哼唧唧，不愿搭理我的那种赌气。我懂木头，我给它们起名字，我想做一个木匠，不是做家俬的那种木匠。

喝到兴起，小港开始轻轻哼唱《漫步人生路》。她说那是李芍药喜欢的歌。哼着哼着就跳起舞来。她的身体不算柔软，跳起来显得僵硬，两条胳膊重复着由外向内画弧线，屁股左右摇摆，时不时转一个大圈。

小港拉着我的手，招呼我一起跳起来。我模仿她的动作，和她面对面跳。我们跳呀，如同珠江上的两个音符，伸长脖子，嘴唇吻在一起。时间总是忽快忽慢。有时突然下雨，我们跑到桥下。

桥下有很大的人声，膨胀得厉害。我撞上去的时候，正撞在几位年轻人醉醺醺的雄心壮志上。其中一个冲我喊，那个傻逼，过来，给爷们跳个舞。精神上的刺激，结结实实传达给肉体，我脑袋发热，皮肤紧绷，拳头清晰地提醒我它的存在。我对着他们喊，滚吧。很奇怪，这样的勇气并不属于我。他们可受不了这个，围过来揍我一顿。挨揍时我没觉得疼，等他们一哄而散，我躺在地面，慢慢恢复痛觉。

疼痛带来一种畅快，趴在那儿，肉体没有缝隙地往下掉，很舒服。过了一会，我翻身躺着，长出一口气，忍不住笑出声。我一直躺着，仿佛期待有谁看到。上面时不时有车经过，我担心会有灰尘掉进眼睛，其实没有。这躺着成为一种表演，表演一种反抗，这种反抗让我获得胜利。寒意从后背升起来，空气中弥漫啤酒香，我侧过脸，那瓶珠江碎在我旁边，青岛不知跑哪里去了，我侧脸到另一边，也没有找到。珠江的瓶碴子里还余着一小汪液体，像尿。我特别想喝一口，比任何时候都想喝一口，即使我没那么喜欢这个啤酒，即使像尿。我伸出手臂，疼痛纷纷热情工作，我小心地捏着锋利的断口，还是洒了不少，喝到嘴里的只能论滴。很难喝，我闭着眼睛，舌头在口腔里搅了几圈。

江面驶过一艘汽艇的时候，我还是不愿意起来，我感受到一种自由，一种反抗的自由，我可以躺在这儿，牢牢躺着。但同时，这种自由越来越让我慌张，因为没有旁观者。假如我的反抗是种表演，那在此时，它的意义在哪里呢。我真的很想这样躺下去，直到成为谁也无法劝服的景观。但我做不到，开始无聊。脑袋飘飘荡荡，气体似的上升，撞到冷的云，站在那儿有种解脱感。仿佛现在的自由才是真的，刚刚躺在那儿的反抗，只是自我营造的尴尬困境。我稍稍脸红，然后激昂的情绪占据上风，仿佛那些醉汉不值一提，全都不是我的对手。

走在回酒店的路上，情绪低落下来，我甚至开始自怜，仿佛受了天大的委屈。路上没有遇到药店，我想可以问问前台有没有医用酒精之类。但前台没有人，我在门口踟蹰时，方脸年轻人在柜台后面缓缓升起来。他的困意消失得很快。他问，你怎么啦，还好吗？

很好，没事，我说。我突然不想再问酒精的事，快速走进电梯。

镜子里的人赤裸上身，左腮处有脚印，是几个套在一起的半圆。我猜是一只滑板鞋。右耳朵底下有小口子，很小，洗掉一点砂砾才看到。胸部、背部、大腿都有挫伤，有些地方渗出细密的血，如同冷玻璃上的水珠。疼痛更明显了，像是急速降低的温度，在肉体里结冰。我还是洗了热水澡，有伤的地方开始着火，在火中不知过了多久，我睡着了。睡着也像没睡，声音、画面、人，一直在思维的表面扑腾。过了一小会就醒来，但窗帘已经变薄，映出微亮的方块。疼痛凝固成小一号的铠甲，紧紧攥着我。我的肉体失去弹性，稍微一动，就要碎裂。

梦遵循的逻辑太过理所当然，显得不够灵动。先是重现我的脸被一只脚踩着，看到许多鞋子和脚腕。之后场景切换，眼前是一双皮鞋，保养不好，有些地方蜕皮了，整个鞋面附了薄薄一层灰尘。我听到父亲的哭喊声，有一个瞬间还听到他小声叱责我，让我抱住交警的腿。但我没有，我甚至没有哭泣，只是跪着，深深低头，指甲抓住水泥地面。

有人拉我，让我起来，我仍旧跪着。交警在跟父亲做承诺。吵闹既在近处，也在远处，世界由噪音组成，我清晰地意识到自己存在。印象中听到人群中议论另一处吵闹的原因，一个人的牛丢了，天天来派出所闹。无法准确判断我跪了多久。我被拉起来了，父亲又挣扎了一会终于站起来。时间向前跳了。三轮车厢周围围了几层人，父亲挤进来，拎我出去，丢到面包车上。县里的交警到派出所了，我们去见他们。车里的人全都不认识了，但我知道他们是谁。我们挤作一团，摇摇晃晃。一见到公安就跪下哭，父亲说。我沉默接受了这一点，这不是添乱的时候。没有回应让父亲焦躁，他本来已经足够焦躁了。他大声说，听见了吗。我点了头。面包车驶进派出所大院时，院子里有人正在吵架。车子继续向前，穿过拱门到达第二进院子。车门拉开，我流淌下去，前边一群人涌来了。穿浅蓝色常服的中年人，圆脸，没有戴帽子，额头上有几绺被压扁的刘海。体形偏胖，人看起来疲惫，眉眼始终皱着。有人介绍他时，谁从后面推了我一下，我跪倒在地，膝盖重重磕了一下。

窗外有小轮子摩擦路面的声音，我感到饿，身体冒出一股热气，仿佛在化冻。下跪，哭泣，用悲惨求取恻隐，这是我们祖传的智慧。回去的面包车里，父亲抱怨我跪得不够及时，也不够久，哭得不够伤心。我一直在想离开时交警说的那句话，赶快拉走吧，人都臭了。天真那么热吗？假如有心，我倒是可以确认日期，查一查历史气温。但没必要这么做。记忆中确实热，可不该那么热，那是春天，麦子的高度我记得清清楚楚。直到如今，我也无法想象母亲的尸体变臭。和火化无关。站在母亲坟墓周围时，母亲总是以完整的肉身形象躺在底下，像河底的水草一样新鲜，随时可能出来吓唬吓唬我。

我很饿。我不想再下跪了，也不想再跟他们打交道。我的身体很疼。我忍着痛去撒了尿，挪回被窝。被子很敬业，快速治愈皮肤的凉。疼痛像固体，分布在肉体内部。不知道奶奶下葬了没有。我很久没淋过大雪了。我想吃鲜虾肠粉和胡辣汤。我睡着了，醒来听到窗外一阵狗吠。听上去只有一条，我猜想它只是路过。我想点外卖，犹豫要不要给手机充电。最后还是没有。这种坚持给我一种不能打破的虚荣。坚持到中午，我下楼，走路时身体里住着一个僵尸。我在宝记路边鸡要了腊味煲仔饭，米粒太硬，嚼一口半边身体都在地震。不过红薯叶很好吃。临走时，我打包白切鸡和叉烧，又去牛奶店买了牛奶，旁边巷子口有水果摊子，两筐水灵的草莓特别显眼。我买了香蕉和苹果，又去买了一些面包零食一类的东西。我想这可以支撑我两三天不用出来。

塑料袋提手勒得很细，仿佛和疼痛连在一起。电梯里出来那对北方情侣，男人诶一声，一脸老友重逢的表情。我微笑着点点头，很奇怪两个人为什么还在这里，就好像广州真有值得两人爱的地方。一整天我无所事事，有些时刻很想打开手机，但忍住了。电视机里的内容都很无聊，晚上看了一场足球赛。两个我不知道的球队，穿蓝色衣服的那队，三号球员在一次带球时越走越慢，最后停下来，仿佛刚刚从另一个空间掉落在那里，丢失了记忆，在思考自己是谁。白色队服的七号来抢他，差一点就抢走。三号的记忆又像回来了，加速两步，把球传了出去。零点过后的电视节目不那么严肃了，那些重播的节目也有了迥异于黄金时段的气质。电视剧还是很无聊，打仗，飞着打架，一些人住在一栋房子里互相折磨。睡睡醒醒间，好几次看到动物世界。一次是狮子和角马，一匹角马浑身羊水，颤抖着找奶头，大角马一直转圈，看起来很不安。镜头给到一条鬣狗，很快，角马和斑马开始奔跑，狮子出现在画面中。我知道那匹小角马肯定要死了，结果它颤颤巍巍地跟一只母狮子对峙，似乎还想从母狮子腹下寻找奶头。母狮子抬起右爪按了按小角马的头，然后趴下来跟它亲近。但后来，一只小狮子在水边咬死一匹小角马，小狮子圆滚滚的脑袋，很可爱，嘴里叼着小角马尸体，蹒跚向前。我想这是另一匹角马了。远处一群大象，正在扮演敦厚的好动物。另一次是海岛，叫加拉帕戈斯，有黑色石头和黑色沙滩，一只海龟掉入浪里，在白水中荡来荡去。那种脊上长尖刺的蜥蜴，像发福的狼牙棒，苍蝇落在其中一只脑袋上，那只蜥蜴开始漫长的赶苍蝇时刻。我理解它的苦恼。但我想，它不理解我的苦恼。它都不知道人类是怎么回事。但它们的宁静里，也藏着剑拔弩张。

更多时候任由电视响着,我翻看苏铁的笔记,有时候也想写点什么,但最后还是只有五个字,我看到她了。

苏铁习惯了她的节奏,提前在一个地方等她出现,或者爬到某栋楼天台上,用望远镜咬住她。她经常有一些小动作,苏铁无法确认本来如此,还是因为意识到被观察所以如此。比如在海珠桥上敲击护栏,在江边捡一些叶子和果子。比如走着走着站住,靠近江边,上游下游眺望一会,突然回头。

有一段他跟随彭冬伞去新塘公墓的记录,我又看了很多遍。

他往东北方向行驶,最后几公里路,前面的白车从西南方向进火炉山森林公园,消失在他眼中。他沿着半山公路往东开,路上经过一处豁口,空气质量还可以,能看到小蛮腰和东塔西塔。车往前开,树,树树,上坡下坡上坡,人造溪流,人造小广场,树树树,很小的湖。爬上一个高坡时,苏铁重新看到那辆白车。道路起伏连绵,两辆车像两颗做布朗运动的粒子,苏铁心情颇为轻快。

从山里出来是一段窄路,两边是二三十米高的大树,树冠交叠,留下一些明亮的小窟窿,光芒虚化,往上看,像望着一片廉价星空。再往前,经过一片废弃的工厂,有一座葫芦形水库。白色汽车偏离道路,停在水库边的草地上。彭冬伞走下来,有撮头发很有脾气,在风中翘起。苏铁在远处停下,看着彭冬伞沿着草滩上一条小路往下走,一直走到水边,低头照水。远处的水边,有一些褪色的伞,有人坐在下面钓鱼。彭冬伞对着水面整理翘起的头发，然后站着，水面揉碎许多光斑，身上一件风衣。十几分钟后，她原路返回车上，继续往前。

苏铁看着白车拐进新塘公墓，等他进去，眼睛已经丢失目标。他在停车场停下，戴上帽子，换了件外套，取出望远镜放进小包里，坐在车里观察一会，连绵的丘陵，一排排墓碑如同梯田，三五个人在墓田中行走。他下车，在一个视野开阔的地方，用望远镜找彭冬伞。他绕过一座坟山，站在水边，几十秒后，在山坡中间偏左的步梯上找到目标。圆形的视框里，彭冬伞怀抱一捧黄花，开始沿着一排墓碑走，透过墓碑缝隙，看到风衣下摆被撑开。彭冬伞停在一座墓碑前，弯腰，起身时花已经不在手中。前排墓碑挡住视线，苏铁只能看到墓碑顶部的挑檐。

彭冬伞那么站着，给苏铁一个背影。苏铁知道不该在此时向前，但还是压低帽子，沿着山坡往上走。一个人死了，烧了，剩下一个墓碑上的名字，乖乖排队。一个叫万生明的墓前放着一束还算新鲜的雏菊，苏铁随手捡起来。他走动的时候，彭冬伞远远回头看了一眼，随即转过头去。整座坟山只有寥寥几个活人，苏铁停在彭冬伞左下方不远处的一座墓前，放下花，打量眼前的墓碑。上面写着：爱女路安宁之墓。左边：生于一九九零年一月二十四日，故于二零一二年十一月十五日。右边：父路有德，母张凤华，泣立。他在心里算一下年龄，有所感触，站在墓碑前，几乎让人渴望宗教。彭冬伞依旧站在右上方，很近的地方。一股想要跟彭冬伞说话的冲动，让苏铁晃了晃身体。他忍住了。彭冬伞一直没再回头，没发出一点动静，过了一会，径自离开。苏铁看着她的背影，直到消失。那座墓还散发着花香，但不仅仅是花香了，里面夹着水泥地和灰尘的味道，他想这就是死亡的气味。墓上的字如此简单，连死者的生卒年都没有：陈家贝之墓，李芍药立。

这次之后，笔记上的记录越来越少，经常一页纸只有诸如抽烟、看水之类的词。再次出现完整记录的页面，记录了他和彭冬伞的会面。那天他跟随彭冬伞坐上地铁。彭冬伞的视线没有停在手机屏幕上，她会低头，然后迅速抬头，稍显迷茫地望几眼周围的人。不像在寻找，像是忘记自己在什么地方，重新确认周围的一切。地铁上人不少，有一回苏铁低头躲避彭冬伞的视线，看到一位中年男人光秃秃的头顶和手机屏幕。对话列表里，老婆置顶，一个叫微笑的在老婆下面。男人点开，苏铁看到对话框：你今天来吗？今天会很晚。多晚都行，你很久没上岸了，我好想你。我也是。还是那家酒店。

苏铁猜测这个男人在船上工作，他想到自己一个在船上工作的朋友。苏铁还在等待对话继续下去，彭冬伞要出去了。彭冬伞在越秀公园地铁口的奶茶店买奶茶，一直望着出口，苏铁怀疑自己是不是被发现了。他换了副眼镜。彭冬伞拿着奶茶走进越秀公园，先在五羊石像附近转转，然后走小路穿过林子，在一个流水的地方下到湖边。湖的一角铺满鸭子船，船顶落了许多树叶。彭冬伞绕到另一边，走下灰褐色的台阶,到有座小房子的水边平台上,看了看一堆废弃的救生圈。旁边立着两张金属牌,蓝色的写着此处水深禁止游泳,橙色的写着当心落水。她先将奶茶放在木板上,拿出一张纸,仔细擦一块石头。坐下去的时候,有种孩子般的温柔。她很郑重地开始喝第一口,像只好奇的鸟,喝完抬起头,对着湖面点了一圈头。接着她从包里掏出一包小饼干,喝一口奶茶,吃一个小饼干。苏铁在斜上方的路边,坐在一棵树下,享受阳光。有一阵子,他盯着一辆黑色的奥迪驶进不远处的院子,他猜测谁住在里面,出了神。有人在旁边落座,他回过神,发现彭冬伞正对他微笑。

留在纸上的只有四个字,和她谈话。

六

疼痛一点点缩小体积,在肌肉里留下一种笨拙。房间里日夜不分明,东西都吃完了,清洁工来过两次,或者三次。

我走出栖身的洞穴,走廊里一股甜丝丝的霉味,很难闻。我希望外面发生点天翻地覆的事。结果酒店外面流淌着粉色的黄昏,和过去一样美好。我心里骂了两句脏话,往前晃悠。我像一个练习走路的人。有一个时刻我停下,突然感到,难过。是难过。很不适应。我想小港了。人们都在行路,归家或赴约,灰蓝色的天空中,浅月依旧如钩。没有人看它,好像独属于我了。我知道自己成了那个刻舟求剑的人。我在船上,没在河里。剑掉下去了,河越行越远,谁都使不上力气。抗拒不了那条河,只能在船舷上刻下一竖。我和小港在河里打捞过月亮,捞起的是一网网水声。我可以听上很多年。不管她怎么想,水声在我这里留下来了,有月亮的夜晚都隐隐作痛。

我讨厌这种情绪,我能闻到自己正在散发腐味,它让我很不祥。好在,我早就不再嘲笑那个楚人了。嘟,嘟嘟。

哨子很响。一个光头小男孩噙着不锈钢哨子，没有人管他。他吹得很来劲，像拉屎一样撅着屁股，嘟，嘟，嘟嘟嘟……我从声音的暴力中逃离，想起那块牛肉。它变质了吗？我不懂这件事对那个死去的人为何这样重要。他要死了，他说让闺女记得吃掉那块牛肉，这有点滑稽。那个闺女会希望听到这个吗？你爸临死时让我告诉你，记得吃掉冰箱里的牛肉，它是刚煮的。

牛肉，我的唾液腺分泌口水。我走进一家川渝饭店，要了水煮牛肉，还有回锅肉和清炒时蔬。不耽误你吃午饭，钥匙还在老地方，我耳朵里妈妈声音最后的证据。没有人告诉我，她在流血的时候，有没有什么别的话想对我说。奶奶死了，我感觉很不真实，她好像死去很久了，结果几天前才死。清炒时蔬上来时，我突然想起来，我还有一个班要上。盘子里是菜心，蚝油味很重。这些日子我忘记了这件事，忘记了我还有另一种生活。这片老街区，仿佛一个经验老到的猎人，将我俘虏成一种属于它的生物。它的网分泌一种麻醉剂，让我丢失。我怀疑还有另一个我，正在北岸扮演我。我开始期待那个我，马上又抗拒他，一切很不真实。服务员上菜时，我问她今天几号。啊，几号，她说。她把盘子放下。你不知道几号，她说，6号了。我说，谢谢。她摆摆手，转过身，又转回来，看着我的脸。你看起来好面熟，她说。我看她，她的眉尾断得很滑稽。她说，就觉得刚见过，又想不起来。是吗，我说，可能我长得比较百搭。一扇门后有人喊她，她晃晃头，进了厨房。

回到酒店时，前台有人在办入住，旁边的沙发上坐着几个男人。刚出电梯，我又碰见那对北方情侣。男人拉着黑色箱子，女人抱着一个粉色的熊。男人说，我说就是他，你还不信，看看是不是？男人给女人看手机屏幕。还真是，女人说。男人手机对准我。他说，何小河，是吗，何小河。我不明白他为何知道我的名字。女人扯了他一下，说，你拍人家弄啥。捏个影，男人说，捏个影。我适应了一下这熟悉的乡音，一只手挡住眼睛，想要发火。女人拉着他走，说，快走吧，要晚点了。他从我身边错身过去，进了电梯，手机摄像头还在对准我。你火啦，他说，这一回你火大啦。电梯门合上了。

是的，我火很大，我受过的教育让我的四肢麻木，默默咽下脾气。好些年里我以此为傲，给自己安上情绪管理或者理智一类的词汇。我刷开门，房卡插进取电口，电流温顺地带来光明。电视机打开，一个男人坐在演播台后面说特朗普，他的嘴唇很薄，说话时，向前努成一朵花的形状，像一只发情的章鱼。我躺在床上，想起此时在北岸的朋友们，有一种怯于见到这些朋友的情绪。仿佛连通我们的信号失踪了，我必须重新创造一种信号，才能站在熟悉的人身边。彭冬伞为什么会去小港父亲的坟前，我猜想了一会，毫无头绪。我没有非知道不可的好奇，这一切本就和我无关，连同这些街道，这些建筑，这里的每一棵树，每一次想起它们，都像在拙劣地拍马屁。说起那些食物和细节，我都怀着可笑的半个主人的心思，这种自欺的热情，让我在这座城市有了一层虚假的身份,以此区分开我和另一片土地上的另一群人。但,它是假的,对吧?小港家空空的房子,让我的记忆变成布满灰尘的空房间。

我睡着了,做了梦。梦里是个没见过的女人,看不清脸,房间昏暗,但这不是看不清脸的原因,她的存在本身就不清晰,只是一种形象。她坐在餐桌边喝酒,喝着喝着停在那里,任由酒杯在手心生根。后来她站起来,打开冰箱门,一个明亮的洞口,连着另一个空间。在那里,有一块会动的肉,仿佛肉在呼吸。我靠近一些,原来不是肉在动,上面爬满乳白色的蛆。

我翻个身,唤醒肉体里休眠的隐痛。隐痛逐渐变淡,我闭着眼,看到人太多太吵,像大风天的麦浪,一拨又一拨,没个尽头。最里面一圈是眼巴巴的小孩,中间的大人不动,最外面的人尽可能踮起脚尖。我坐在车头踏板上,低下头,看到身上的白孝衣。人群有一线骚动,一个男人挤到前排,脸上很得意。他看了我一会,不满地摇晃脑袋。他说,你看这小孩,妈妈死啦都不知道哭。旁边是位女士。女士说,哭好大一会的啦,刚才上气不接下气,都快喘不过气啦。似乎为错过我哭泣的画面遗憾,男人咂巴两下嘴。男人说,那我进来晚啦。

孩子,许许多多孩子,看起来比我更小。孩子们让我难以承受,因为孩子们天真。男孩,女孩,每一个都眼巴巴望着我,尽力往身后大人身上缩。一个女孩指向蒙着防雨布的车厢。她问,他妈妈在那里面?女人说,是啊。她在那里面干吗？她死啦。死啦是什么？死啦就是不要他啦，他再也见不到他妈妈啦。

我觉得热，几乎睁不开眼，很多背着书包的学生涌上来。好大一会，我左右扭脸，试图甩掉扎羊角辫女孩的注视。她的身后站着一位清瘦的女人。一块鸡蛋糕，圆形的鸡蛋糕，从女人手中传递到女孩手中。握着这块鸡蛋糕，她抬头看了女人几次，才在一句句鼓励下，伸出了胳膊。我感到羞耻，并且愤怒。我摇头，努力向后靠，紧贴着车把下的矩形钢柱。女孩的手马上缩回去了，同时抬头向女人求助。女人从女孩手中拿过鸡蛋糕，尝试塞进我握紧的手里。僵持了一会，她果断掰开我的手塞了进去。吃吧，快吃吧，她说。握着鸡蛋糕，我躲无可躲，像握着悲伤的事，坐在那里生闷气，开不了口说一声谢谢。一位妇人闯进人群，看上去很凶，她手中拿着一袋汽水，袋子上挂着水珠。这种汽水一毛钱一袋。给，她说，喝。没有迁就我的退缩，她直接拿起我的手，塞了进去，然后冲撞着出了人群。一开始，我确实感到不适，可是很快，我的真实感受是，和上一个善意相比，它没有那么难以接受。我想喝它。我哭了很久，又感觉热，所以嗓子很干。我把它握在手中伪装一会，终于转过身去，咬破一角，小口地吮。我的父亲闯进来，拎起我，县里的交警来了。

很渴，我抓过来矿泉水瓶，灌了两口，有水从嘴角流出，一直流进枕头里。很奇怪，有将近十年时间，和妈妈死亡有关的画面，完全消失在记忆中，只留给我一个事实。然后有一天，它们突然出现，就像赶了很长时间路，终于追上我。我诧异它们的保鲜技术，所有细节都带着一层新鲜的茸毛。

是因为生理上的原因，所以两次善意得到不同待遇吗？我很渴，但不饿。或者是别的。汽水，来自一个高高大大的女性，有力量，不容置疑。鸡蛋糕，试图通过一个小女孩的手施予我。她比我更小，她甚至在怕我，是这一点更伤害我的自尊吗？很容易得出结论，我屈服于强大者的善意，而对弱小者的善意充满憎恨。

那个男人，我用了几个主观的词：得意、不满、遗憾。它们是准确的吗？神态、眼神、脖子转动的速度，下巴抬起放下的角度，语气、语调，回忆提供清晰无比的细节，都在向我证明这几个词的准确性。但我没有责备他的意思。他是一个普通人，没有比旁人更好，也不比旁人坏到哪里去，他只是希望看到一位尸体旁边的孩子是正在哭泣的。人们同情符合自己期待的可怜对象。妈妈死了，一个孩子哭得很伤心，其中有符合人们期待的部分，那样他也能够很好地同情这个孩子，可怜这个孩子。是这样吧？

敲门声。我以为听错了。几秒钟后又响起。谁呀？我问。没有回应，不响了。我猜测是提供特殊服务的人，准备置之不理。但敲门声又起，连续并且急促。我站起来，脖子僵硬。谁呀，我说。我站在门后，外面没有回应，但还在敲门。我打开门，几个年轻男人围成半圆，举着云台和手机。

他们都在说话，但不是对我说。朋友们，看看，就是他。他们对着手机说话。你们要干吗，我说。干吗？正中间的人说。他的鼻子很尖，手机靠我更近了一点。他说，曝光你的嘴脸，你这种见死不救的人，冷血。其他人也说些类似意思的话。随后尖鼻子重新对着手机说话。朋友们点点关注啊，这个夜熬值了。他的手机扫过旁边也在对手机说话的人。看看，他说，都是来曝光这个人渣的英雄，大家牺牲了睡觉的时间，就为了让大家看看这冷血的人到底是谁。

我关上门，依旧听到他们的叫嚣和调笑。我打电话到前台，对面是男人。你还不知道吗，他说，你在车祸现场的视频，在网上火了，所有人都在议论。我不明白它为什么火了。我说，那就放任他们在你们酒店骚扰客人？他说，肯定不会，我们会跟他们交涉一下，别堵在你的门口，不过他们都订了房间。

几分钟后，我站在床尾，听到门外有人交涉，后来人似乎散了。电话里的男人隔着门说，何先生，我处理好了，您好好休息。我说，谢谢。不用谢，他说，不打扰了，晚安。

静立片刻，我从行李箱中找到充电器，充电线插进手机时，我感到很失败，不过马上用借口抹去了。手机亮了，像一个正在膨胀的宇宙。很陌生，我放过那些微信提醒和来电提醒，打开微博。热搜第七条：男子车祸现场见死不救。

点开。世风日下，太冷血了（配图，我的工作证照片）；妈呀，怎么会有这种人；乐于助人是中华民族的传统美德，遇到别人遭难时，中国人都乐于伸出援手，善源自人心深处，不造作，不企求，像水一样向前流淌，无取舍心，无私奉献，这才是真正的上善若水；不得不说看面相还是有些道理的（配图，我的工作证照片，一张不清晰的脸部放大照）……

一条带视频的微博，发布时间01-05 13∶15。点开视频，来自某个监控摄像头。弧形转角，街边出现一个穿黑色卫衣、深蓝牛仔裤的男人，我没认出那是我，但我马上想起来，那应该是我。人在监控镜头里，看上去剥离了人的属性，成了一截会动的木头。另一个人出现在镜头范围内，动作挺快，似乎很开心。黑色林肯从另一个方向飞速冲进来。事实上，我没有马上看清发生了什么，只是看到车停下，人消失，人躺在另一处。我往回拉进度条，人再次出现，车子再次冲进来，撞在一起。人飘了一会，事实上很快，只是大脑兴起的念头是飘了一会。人落在地面上。视频里那个我走向受害者，车门打开，肇事者出现，开始无声表演，然后他回到车上，驾车离开。我走到受害者身边，蹲下。没多大一会，我站起来，一动不动。看着视频，我也期待视频里那个我做点什么。但我知道他什么都没做。仿佛静止了，画面出现几个红色大字：注意，非静止画面！我盯着非静止画面，看我静止在那里。时间生成一个沙漠。终于有人来了，骑电车的女人，看到她，我有种被解救的感觉。画面开始活跃，然后切换到近景，画面晃动，是手机镜头拍的，开始有声音。有粤语声音说，撞死人啦，撞死人啦。随后我看到，我从人群中出来，看了手机镜头一眼，眼神冷漠，还有厌烦。画面中，有个红色圆圈，圈住我的脸，并且暂停放大。我有点不高兴，因为把我拍得很丑。画面再切换，来自另一个角度，我的侧身也被圈在一个红色框里，走出人群，停在外围，站了一会，然后走出镜头。

我重新播放。人出现，车辆出现，再次撞在一起，仿佛又有人死了一次。人在监控里，看上去是种可以随意摆弄的小玩意。我站在受害者身边，监控视频上方，2020-01-03 10：41：10，我蹲下，我又听见他说，我要死了。我知道他说的是真的。但，是真的吗？他说牛肉。在人们看不到的地方，我看到他瞳孔里的天空。我盯着非静止画面，几个时刻我感觉几栋房子要跳起来。女人骑着电动车出现，2020-01-03 10：45：47。

四分三十七秒，一份无法抹除的罪证。

一条评论：真可恨，就没有法律能惩罚这种人吗？

一条回复：一般情况下，见死不救只是道德谴责的对象，不属于刑法评价的范畴；但在特殊情况下，见死不救也会成为刑法评价的对象，见死不救者亦要承担刑事责任。特殊情况指的是，当"见死"者负有法律上防止他人死亡的义务时，有能力防止他人死亡结果的发生，却不采取措施防止他人死亡结果的发生，以致他人死亡的

同一个人的回复：（接上条）应当承担刑事责任，其实质就是刑法理论上的不作为犯罪。很遗憾，视频里这个人不属于特殊情况。所以，法律拿他没办法。所以，靠大家了，大家加油哦。

另一个人回复：真想枪毙他！！冚家铲！（愤怒表情）

真希望他那么做，枪毙我，我觉得自己值得被枪毙一

次。很快,我看到另一条视频,来自微博账号中原本善–3善。配文:(热搜词条)活捉见死不救男人!!!在江谊酒店605房间!!

视频里,我站在酒店走廊,身后是电梯。男人声音:何小河,是吗,何小河。女人声音:你拍人家弄啥。男人声音:捏个影,捏个影。我一只手挡住眼睛。女人声音:快走吧,要晚点了。画面晃过旁边的墙壁,出现我的背影,然后我侧身。男人声音:你火啦,这一回你火大啦。电梯门合上。视频黑了一下,然后出现那个北方男人的脸,摄像头让他的脸很大。他说,我来广州旅游,这些天这个男的一直跟我住在同一家酒店,真是没想到。女人声:别喳喳了。他扭头。他喊,你怎么那么多废话。视频结束。

很快翻到一条文字微博。疑似见死不救男子同事爆料:这是我同事,重点是,他说请假回家参加葬礼,好像是他奶奶去世了。另外再说个秘密,他好像还和人一起盗窃公司商业机密,被压下来了。

配图是一张评论截图,写着上面的内容。我搜索截图里的微博名,蛙蛙乱蹦跳蛙蛙。头像是一个戴墨镜的男人,简介:精彩人生,115关注,23粉丝。他的第一条微博:怕了怕了,我什么都不知道,别问我。第二条是官方生日动态,生日8月15号。往下是转发的抽奖微博,奖品是iPhone 11 Pro暗夜绿。再下一条转发爱国护港配图微博。相册里没有他的照片。

我的足心很痒,太痒了,还有一点疼。我很想踩在硬的东西上。硬的，凸起的，有刺的，我想重重踩在上面。我发现另一条热搜词条：见死不救男子祖母去世未参加葬礼。这句话主语有歧义，我尝试修正，祖母去世见死不救男子未参加葬礼，但也不对，很容易误会成需要救的是祖母，见死不救男子未参加祖母葬礼，这个更准确。我有点担心，然后也就无需担心了，已经有人跑到我家门前。

视频里银色大铁门生了更多锈，两扇门都贴了矩形白纸，门上有几个泥脚印，一些不认识的男人围在门外。调笑声。画面缓缓移动。男声：我现在正在何小河家门口，他爸爸在家，但是不开门，给大家看看周围的老乡。我听出他的口音并不算远。

远处站着我能认出脸的人。我看到何继宗也站在那里，胖得像一个草垛，单臂夹着一个男孩，男孩双手抱着一根什么东西在咬。房子的屋顶有雪，很干净。路边和树林里也有，不过生了疮。路面被踩碎了，都是稀泥。空地上停着几辆汽车。人开始变大，离镜头越来越近，村民们往旁边躲了躲。男声：你们都认识何小河吧。那能不认识，众人说。一个异姓男人，比我大几岁，指了指我同宗的一位堂叔。他说，他们有亲戚。镜头对准同宗堂叔。男声：你了解何小河吗？他摆摆手，手指间夹着一根点燃的香烟。他说，我也不知道他弄啥类，都没回家过年。你跟他是同学吧？镜头跟着他的目光移到何继宗身上。何继宗那张胖脸笑了，原来孩子手中是一根果丹皮。那都是十几年前类事啦，何继宗说，我都多少年没见过他啦。

镜头外面人声突然盛了。画面快速转移，隔着几个外乡人，我看到我的父亲，手持一把大扫帚，竹枝做的扫帚，已经用秃了。他挥舞扫帚，像一只年迈的大猩猩在跳舞。磨稀的竹枝打在空气中，溅起无形液体，那些直播或者拍摄的外乡人纷纷后撤，避免无形的液体溅到身上。滚，父亲说，滚，滚……每说出一个滚字，扫帚就出击一下，一顿一顿的，像个傻子。他胖了一些，脸上的皮肤更松弛了，眼皮浮肿，头发突然白了。脚上那一双黑色棉鞋，系着白布条，每出击一下，就跺上一脚。

周围的人看着他的表演，哄堂大笑，嘴上说着生了个冷血儿子之类的话。门后走出来我的两位姑妈，架着他的胳膊进了门。然后我永春姐出现，扶着门，身穿蓝色长羽绒服，双颊皮肤透红。她说，在这类骚扰一个老人算啥本事，他有啥办法，有本事你们去广州找何小河去。然后门重新关上了。

一条高赞评论：有其子必有其……（狗头）

另一条视频，麦田里有条黑色的泥路，远处的雪地上有些脚印，像死麻雀。两座坟，有雪的那座是妈妈的。新坟是新鲜的黄土，飘着白纸，东南角烧黑了一块。看看，镜头后面的人说，这就是何小河奶奶的坟，听村里人说，旁边这个就是他妈妈的坟，在他小时候出车祸死啦。画面在两座坟之间移动，然后移向别处，村庄的轮廓，雪原，几排杨树的剪影，一片缓坡，青色天空。风景还挺美的，他说，心旷神怡。

一条高赞评论：妈呀，他是不是因为小时候的遭遇，成了反社会人格。

我喜欢这条视频,清冷的空气像细盐落在皮肤上,有股冻柿子的味道。我挺想马上在那里站一站。脚底下,化冻后的泥像沼泽。雪高高低低地覆盖一切。

一条长文字微博,提到记者采访救护车里的医生。医生表示到达现场时,死者已经没有生命体征。记者问如果及时救治会不会好。医生表示,只能说不乐观,因为死者有重度颅脑损伤、主动脉破裂和心包填塞症状。记者说救不回来是吗。医生表示不排除有救回来的可能性,只是可能性很小。

一条评论:出现这种情况,没有专业背景的人,好像也做不了什么。要是我遇到,说实话我也不怎么敢下手。

一条回复:做不了什么是无奈,什么都不做是冷血。对回复的回复:跪求丸子老师出书,我一定买!

一条回复:呵呵,打电话也需要专业知识吗?

一条回复:呵呵,喊人也需要专业知识吗?

另一条微博:匿了,我见过他,就在南华东路,很奇怪,也不知道他在干吗,前几天半夜,我看到他满身是伤回来。

一条高赞评论:我在南华东路旁边的草芳围,看到他转悠好几回了,不知道在干吗。

一条回复:想到了什么不得了的东西……听说死者就住在草芳围,是给女儿帮忙看孩子的,当时他去接外孙放学。

一位粉丝178.2万的博主,转发上一条微博并配文:感觉不简单啊(歪头思考表情),商业机密,不去葬礼,车祸,行踪神秘。

一条高赞评论：同一家公司，不便细说，只能说我们公司可是有核心技术的哦。

一条高赞评论：细思极恐，我现在怀疑他和司机的关系……

一条高赞评论：嗅到了阴谋的味道（手指头推墨镜表情）。

司机。对，我忘记还有一个司机。很快看到有关他的新闻，当天他就被抓获了。很奇怪，我总是忽略有肇事者存在，仿佛死亡都是必然发生的独立事件，不需要追问原因。关于肇事司机的微博很少，很惭愧，在这场车祸中，我夺走了他主角的身份。

弹出一个电话，田尚佳。我停了几秒，看着她的名字上下晃动。我挂断。

一条微博：（热搜词条）（热搜词条）好吓人，我之前和他谈过恋爱。（心裂表情）（心裂表情）（白胶带封嘴表情）

评论里都在安慰她。点开头像，点开相册，是那个南京女人，虚惊一场，我长舒一口气。我诧异她用了恋爱这个词。她的第一条微博：谢谢大家关心，只在一起很短时间，发觉不对劲，果断分了，现在想想很后怕，以后会擦亮眼睛。

微信弹窗：知道你能看到。我点开。又一行：我和乔光辉正在过去。又一行：不管发生了什么，我们都站在你身边。

我翻下床，汗从耳后流下。我穿上鞋，穿上薄羽绒服，小心地开门，走廊里没有人。感谢地毯，踩在上面没什么声音，几扇门后传出说话声。走出酒店时，我看到前台的男人站起来。我快速走，十几米后，看到那个男子在路边望我。等到看不见他时，我发现已经走过小港路。我继续往前，很快到海珠桥。我想走到桥上，但那样太显眼，于是我绕到桥下，继续往前。我忍不住又想看看人们如何说我，手伸进兜里，没有摸到手机，又摸了别的兜，都没有。肯定忘在酒店房间里了，我有点麻木，很快又感到不安和难过。他死了吗？我忍不住问这个问题。我离开车祸现场时，他好像真的动了一下。我不想见到任何一个认识的人，但我也想不出我在躲避什么。或许是我不喜欢鸡蛋糕。不远处的解放大桥上，时不时有车经过。

走在解放大桥上，车灯大过来，我紧张盯着，它们快速扫过去，留下路灯的光。我要去哪里呢。我不知道。这座桥离海珠桥这么近，我却第一次走在上面。

到底是一月，广州的夜也寒下来，我很希望这样冻一冻。别人窝在混凝土盒子里，享受安全感和放松的氛围，睡觉或者看视频，仿佛牢不可破，而我走在这深夜的桥上，和两岸沉默的巨兽对峙。这种特殊带来一份虚荣的兴奋。要是我带了手机，我会忍不住拍一拍这清寂的街道，假寐的城市，然后发到朋友圈，或者那个一言不发的新微博账号。我甚至会拍一张自拍放上去，让人知道那是我。我想让人们受到挑衅，涌上来骂我。一直以来，我的问题是，我太怕疼了。我活得太不疼了，好像只要我逃避得足够狠，那些巨大的阴影就不会落在我身上。

这份激情持续到解放大桥北岸的辅桥，一股阻力让我停下，有人在前方生活。我回头看，夜空下起伏的轮廓，有种大提琴的音色，那里也有人生活。这座城市有一两千年的历史，而我所能想象的不过一个世纪。皇帝，军阀，战争，政权替换，一个时代接着一个时代，有些人从水中到陆地，而时代与时代之间，会留下一个虚假的界限麻痹人们。

我没有问过陈小港或乔光辉，广州是什么。在她和他那里，广州是理所当然的，无需怀疑的，连续的，沉浸其中的。对我而言，广州是月球一样的庞然大物，每当我在街头停驻，都提醒我它的轮廓，它的圆与缺，它属于异乡的证据。但广州对我们来说，仍然有相同的东西。

有人走来了，两个，我的身体唤醒它的记忆，绷得很紧。我靠近栏杆，面朝海珠桥。两个男人说着粤语，语速很快。他们在我身后走过去。几点了，我想。我抬头寻找月亮，没有找到，夜空浓淡不均，并且流动。我重新往南岸走，在正中间停下，继续望向海珠桥方向，一辆车过去了，又一辆。不知道那座桥上天光墟还开不开市。

又有人走来，从南边。脚步在我附近放缓，我回头，看到一位老人，面目模糊，脖颈微驼，他正在审视我，表情仿佛受到鬼魂惊吓。缓缓地，他停在我身后。他说了一句粤语。

不好意思，我说，我听不懂粤语。我指指耳朵。

这里吹下风好舒服，他说。他的普通话音色像受潮的鞭炮。

对，我说，挺舒服的。

他朝我走两步，背着手。他说，05年的时候呢，我个仔死咗，当时我站在这里，很想跳下去，但不行啊，我太太还在屋企度，我再死了她怎么活。

他的话让我不知所措。

事情都会过去的，他说，你懂我的意思吗？

我懂，我说，请放心。

他点点头。返去啦，他说。他开始往前走，仍旧背着手，坡度让他有点踉跄，正在走向的不似某个地点，像是去往某个时间。我意识到，我挺大一会没有想起网上的议论声了。我总有这种选择性遗忘的能力。李芍药死后一个多月，小港告诉我，她找到几包老鼠药，她猜测是李芍药在海珠桥那位老人那里买的。或许李芍药是吃老鼠药死的，小港放不下这种可能性，尽管她一再说怎么死的不重要。

或许小港不曾站在这个位置，我有点得意，不管这里怎么属于她，也有她不曾抵达的角落。水声浩荡，这水中流淌着陈家贝的死亡，但仍旧不值得相信。水声漫上两岸，城市的轮廓荡漾在幽暗的水光中。白天，那些高大的建筑，炫目的玻璃，提供一个值得相信的场景。此时，在水声中看过去，那些建筑的影子也在流淌，人们都在水面上构建自己的生活，如同活在一场漂浮的梦中。但人们仍旧在生活，以不太有想象力的方式，用祖传手艺，在水面上构建新的水面，在废墟上建造新的废墟。可那是人们仅有的生活，人们爱它。

你没有生活，小港说。对正在发生的一切，我既缺乏洞见，也缺乏勇气。或许时代对人的要求大大降低了，不用动荡不安、朝不保夕，安心追求物质，就能换取可观的日子。生命的危险，生存的威胁，仿佛都消失了。可它是否已经换了一张面孔，变幻种种形态，扎根到时代中，肆意驱赶着我们？

我讨厌正在我身上泛滥的情绪，它们毫无价值。但此时，我没有力气摆脱它们，我总是毫无羞耻地接受了自己的懦弱，许许多多的时间，许许多多的云，漫过我的身体，带着巨大的破坏性。我的残破，阻止我过上一种勇敢的生活，只能用浮光掠影的生活状态遮掩与生俱来的绝望。

现在，那个正在对我口诛笔伐的世界仿佛不存在。我没有什么可辩驳，人们希望看到符合期待的善行，人们正在这么做。人们爱这种事，但他们不是我的敌人，哪怕他们想要枪毙我，我知道人们真愿意做这件事。但我们不是敌人，我们从来不是敌人。我不爱他们，但我们不是敌人。

不过，很多时候，我也想把辛苦搭建的积木一把推倒，那样会轻松一小会。此时要是有人将我推入水中，我绝不会有一丝一毫抵抗。

七

天在远处的江水上先亮，一艘小船驶着一位老人，老人手持网兜，如矛，一下下杀水。水腥味升上来，空气沉甸甸的，我驱赶身体里的冷睡意，原地跳了几下，然后转着圈跑步。几分钟后，皮肤里的霜没有融化，抱成团，散布在身体里，就像在洗衣机里脱水后的羽绒服。

对面，那些建筑没什么神色，其中一栋像一块胃里消化不动的骨头。我想起一件荒唐事，有一天临近中午，我告诉小港我要去找她。为什么，她问。强烈的愿想，我说。半小时后，我在她的那栋楼下等她。一个个人走出，都不是她，这些人都和她在同一栋楼里工作，于是变得亲切。后来，她走出来，刘海在额头上无精打采，她没有打招呼，一步步走下两级台阶，令人失落。她穿绿色短裤，有丝绸光泽，靛蓝牛仔布无袖上衣，几十朵白色小花在蓝色中很不真实。你怎么啦，她问。没事，我说。我感到伤感，牵她的手，她的手指很直很硬，几十米后软了。我们在一棵大叶紫薇树下站了一会。草地上有落花，像废纸，树冠里的花闻不到香气。后来，我们走进旁边的华厦大酒店，我问前台可不可以订钟点房。钟点房，前台说，可以呀。她瞄一眼小港，见怪不怪的样子，她说普通话有种说唱节奏。她说，上午十点到下午两点之间，可以订其中的三个小时休息，标准房259元，高级江景房369元，但现在可不够三个小时了哦。我没有为江景花费110元。做爱的时候，我始终怀有一种激烈情绪，好像地球马上就要毁灭。送她回到办公楼下，她抱了抱我。她说，开心点哦，爱你。

过去，这次翘班的性爱，在记忆中充当爱情富有生命力的证据。现在，江水流淌，闪着冷冰冰的白光，我突然看到悲观的另一面。或许它只是单方面的证据，在记忆的另一边，它是不得不做的迁就。就像那省下来的110块钱，这个数字让我脸红，我窘迫得无法直视华厦大酒店。低头看江水，似乎江水也在笑我。

转过身，背靠栏杆，双肘压在上面。我安慰自己，在感情中误解和理解同样重要。一个瘦高的老人摆动双臂，目不斜视地前行。路面上，车与车之间还有很大空隙。我抬头，看榕树和榕树间漏下的天空。这里的树总是这样充满生机，我突然很想看看父亲种的石榴树。我想象清晨的石榴枝上挂满麻雀。想了一会，越来越迫切，想瞬移到那里。我决定去收拾东西，订最早的机票回到父亲的院子。

回江谊酒店的路上，我一直在考虑要给父亲买什么礼物，还有我的长辈亲戚们。想到要见亲戚们，我生出轻微的怯意。一场葬礼让我们成为距离更远的两类人。

经过海珠桥下，我专门望了望，没有天光墟的影子，那个老人也不在。有些杀死我们的，我们没得选，还有一些可以选择。小时候我的父亲也买老鼠药，拌在馍片上，声色俱厉地告诫我不要吃它。那时候，经常听说有小孩误食老鼠药死掉。也有些不是误食，主要是女人，不过女人们更多选择农药。她们状若疯魔，不管不顾地拿起一瓶甲胺磷或者氧乐果，像现在我在夏天喝冰可乐一样扬起脖子，咕咚咕咚灌进肚子里。吵她或者打他的男人急了，开始大喊大叫着找人拉去医院。她们中的很多人只是被逼到这个份上，想用死证明那种伤害多疼，但大多数没能救回来。寻死的老人们是真要死，不吵不闹，时间选在深夜，一根绳子拴在房梁或者树枝上，把肉体挂上去，天亮就风干了，像过年时挂在房梁上的鱼和肉。第一个发现尸体的人一直跟人炫耀，如何天蒙蒙亮起来撒尿，看到空中有东西在晃悠，走近一看，是人，吓一大跳。真坏，死了还要吓人一跳。

旁边的建筑里传出煎鸡蛋的香气，我饿，等我收拾好行李箱，要吃许许多多东西。虾饺、豉汁排骨、金钱肚、肠粉、牛肉球、牛仔骨，我要作为一个外地人，把本地人看不上的几家品牌早茶店的菜单吃进胃里。舌根生出津液，我咽了几大口，看到宾馆门口停着警车和持镜头的人。我停住，再也无法往前一步。几十秒后，两个穿警服的人走出宾馆大门，站在路边，和围观的人说话。

为什么天底下的警察都有相似的神色。我马上转入旁边的楼缝。一个老头竟然光着膀子站在门外，手持一根褪色的蓝塑料棍，审视我一眼，又继续往一根粗电线上挂衣服。好像他的皮足够干燥，不怕冷空气。我继续走，迷宫一样，很多地方眼看无路可走，又可以在楼缝间挤过去。我能闻到干苔藓的气味。头顶上线缆杂乱，切割天空，有些窗户往外伸出一根竹竿，上面挂着睡衣、松垮的蓝色白色内裤、婴儿服装、外套、裤子。它们柔软，落在精神上的印象却坚固，仿佛那些霉变的黑竹竿又生新叶子。我很想偷一根这样的竹竿，等着它长出衣服。

一扇不锈钢小门开着，里面很暗，仔细看，有个人在里面盯我。他已足够老，光线照不到，目光没有情绪，一手搭扶手，一手搁腿上，和椅子和昏暗浑然一体，很容易被路过的眼睛忽略。他没话要讲，只是望，望着每个路过的人，望着一个人经过之后另一个人到来之前的空隙。空间的空隙，时间的空隙。望是他跟世界残存的沟通方式。走了很远后，我还是忘不掉他的眼睛，我希望我只剩下这种望。

太阳出来了，尽头开阔明亮，我有点不敢继续，担心走出去又有人害我，故意死在我面前。我放慢脚步，一点点挪，担心吵醒死神。结果只是一片拆除后的工地。我松口气，一下子勇敢起来，思考死神和阎王的编制问题，这两个肯定不在一个系统，不知道会不会为管辖权和业绩打架。

碎混凝土堆出一小片高原，一辆挖掘机掉进了自己挖的墓穴。另一边的临时围挡上铺满绿色的网，伪装另一种绿色、庄严、枯燥、厌倦。很奇怪，碎混凝土高原上残留着一段五六米长的山墙，正中保留一扇生锈的铁门。

四下无垠，一堵墙，就像有人在荒野中建造了它。想象不到它还有什么意义，可能正是脱离了本来的意义，反而透露一重神性的隐喻。我往墙边走，路上避开两坨黑色的干屎。门上有一把黑色的大锁，几层锈，锁着，但门鼻子没在门框上，木材上暴力拔出后的伤口已经结痂，螺丝钉的螺纹已经融化，像墓里出土的铁。门前有两级台阶，阶面还平整，没被砖石覆盖，印象中在哪里见过这种花砖，纹饰是辐射状黄色花瓣和深灰色描边。门的左边是一扇铁窗，横条残破，残存几块彩色玻璃，玻璃表面不光滑，分布着细密的竖条，不同深浅的黄与蓝，无辜地保留着不知哪里来的天真，被黑色线分割成块。窗下砖石上有一些真正碎裂的玻璃碎片，穿窗过来的阳光在上面五光十色。墙边有几块摞在一起的砖头，最上面铺着一张超市的宣传单，食用油59元，5L，数字都放大加粗，加黑加惊叹号。

　　整片高原上，只有这一处拉长的影子，边缘处几栋拆光窗户的建筑，看起来很干净。高原底下的老建筑群仿佛一层枯叶，远处稀疏的大楼像大人，正在俯瞰这群低洼的孩子。这种感觉很怪，按照年龄来算，这些老房子才是大人。到处都很像，城市像不断增殖的癌细胞。肚子咕噜一声，我推开那扇门，这个动作带出一种仪式感，合页发出难听的呻吟，门被吵醒了，风从哪儿跑来，墙壁显得单薄。光从门洞出来，固定在那儿。我走上去，光明的轮廓里，我的影子被拉长，曲折地贴合混凝土碎块。

　　墙后，靠墙放着一把黄色椅子，表面的漆磨掉不少，露出深灰色的涂层，磨得更狠的地方，木材裸露。我坐上去，吐了口气。阳光在衣服上流淌，积在褶皱里，像雪，但摸上去很暖。我抱着这些暖意，脑子一片空白。

一个人走进来，又走了几步，影子打在我身上，我才察觉。

酒红色平底皮鞋，藏青色束腰风衣，头发还残留睡意。她的背影没什么表情，我能猜到她目光穿过一条空白的视线通道，看到江湾大桥以及北岸的建筑。阳光临摹她的左耳，看上去像秋天的喇叭。广州塔在远处，模糊地站在她的头顶，让她很不真实，但她站得笔直，完全没有低下头。安静不是没有声音，安静是一种感觉，这种感觉在这个没有墙壁的房间里流淌。我们泡在这种安静里，保持沉默。

终于，她转过头，脸颊不像第一次见到时那样死板。太阳底下，她的皮肤很白，左眼下有小片雀斑，仿佛一群麻雀在雪地上啄食。不知道墓地的雪又下了多厚。她踢走脚下的一块碎木板。

我在这里有记忆，她说。

我没有回话，努力理解她到底什么意思。

她说，这里是木材厂最早的一批家属院，我小时候在这里长大，后来搬出去了。零几年就听说要拆迁，年轻人巴不得住新房子，但是这里老人多呀，在一起久了，不愿意分开，一直拆不动，去年能拆了。

应该说点什么，但我没说，只是看她。

她走近墙壁，巡视脱落的墙面。她双手插兜，表情悠远凝重，仿佛打量一块凝固的时间。她突然弯腰，双手仍在兜里，好像要伸进肚子里抓住什么。她右脚撑地，左脚脚尖翘起，左手拿出来，指尖抚那块白色。

我走到她附近，几个简笔画小人在她手指底下。小人有辫子，大概是女孩，她们手牵手，跳、蹲、坐、走、站，各式各样。她的食指指腹抚摸那些代表肢体的细小线段，好像摸到了过去的时光。她双脚抓住地面，掏出手机，瞄准那些小人拍照。

你怎么找到我的，我说。

她仍旧对着那些小人摁快门，小人在手机屏幕里，更有活力。她说，有人告诉我的。

我想问是谁。但问题走到舌根，答案已经出现，于是问题变成一团含混的气体，像打不出来的嗝。东边传来模糊的汽笛声。为什么，我问，你们到底想干什么？

别误会，她说，我和他不是一伙的，但……她站直，手机握在手心，望墙的顶部。好吧，她说，一开始确实是我开了头，我妈跟他妈年轻时候是朋友，我见过她们年轻时候的照片，他妈葬礼的时候，我跟着去参加，记住他了，但他肯定不记得我，后来我看到他微博上发了个跟踪侦探的消息，就让他跟踪我，想让他帮我查点事情，不过后面跟我就没有关系了，他自己沉迷到这件事上，说是有种野心，要做普通人的史官，用眼睛写下普通人的起居注。

我说，把人当景观，打发无聊的工具。

我不知道，她说，我已经猜不到他的想法，现在我也找不到他。

所以呢，我说，他让你找我做什么。

她关上手机，顺手放进兜里。她说，那天你跟着我时，我没想到会发生后来的事。

你发现了？我问。

她笑。你和他一开始的跟踪技术一样拙劣，她说。

为什么？我问。我看她，然后看周围，似乎要把苏铁从周围看出来。

我不知道，她说，我根本没见到他，他给我发了条信息，上面写的就是这个位置，我就来了，来了之后我才发现你在这儿。她望望周围，然后盯着我。她说，可能是他想让我劝劝你，也没有别的理由吧，但好奇怪，我劝不了你什么，对吧。她盯着我，把我盯虚弱了，我点点头。她说，其实我早知道你了，不过我去你们公司拿我弟弟的东西那回，才见到你。

你早就知道我了？我说。

是，她说，别这样看着我，其实陈小港是我妹妹。

小港是你妹妹？我问。

对，她说，我们是同父异母的妹妹。

没听她说过，我说。

她不知道，她说，我们的关系比较复杂。

她现在也不知道？我问。

不知道，她说，你觉得我该告诉她吗？

我不知道，我说。

是啊，她说，我也不知道。

有一个问题，像一块石头沉在胃和肠子之间，我很想问，但使唤不动，可能需要用锥子使劲捅我的喉咙，才能把它呕出来。或许它就是我没有坐上元旦那架飞机的原因。我挪动左腿，听到膝盖处的骨头重重摩擦了一下。她重新掏出手机，笔直站着，右手食指在屏幕上悬着，偶尔划一下。我只能问一些无关紧要的问题。

她和魏友伦什么关系？我问。

没有关系，她说，我和陈小港同父异母，和魏友伦同母异父，所以，关系都在我这儿。

我盯着她的食指，脑子换算人物关系。她没有涂指甲，第一关节处有块微微鼓起的增生。换成中指了，食指在上面拱起，无名指和小指蜷着。随后，左手离开屏幕，四根手指整齐地伸展、折起。确实没有关系。她看我。她问，能问问发生什么了吗？

我不知道发生了什么，我说，它就是，发生了。

有一个坏消息，她说，你们公司刚刚发了个公告，说你被，被开除了，但你目前处于失联状态，等联系到你再对具体情况进行沟通。然后还希望你看到后联系公司处理。

随便吧，我说，我无所谓。

昨天夜里你在解放大桥上？她问。

对，我说，苏铁又告诉你了。

不是，她说，有个老人，接受了采访，你没看到那个视频吗？

我没带手机，我说。

你想看看吗？她问。她抬高右手，手机在掌心，黑色屏幕，好像一个等着我深陷其中的洞。我摇摇头。她又放下。

她说，那个老人就住在桥南头，卧室的窗户正对着桥面，他真有意思，睡不着就盯着桥面看，数过去多少辆车。有时候看到人站得太久，就过去看看，避免……她停顿片刻，确保我理解没说出的话。她说，所以，你没有那个意思对吧。

我没有，我说，你和小港同一个父亲，但她不知道。

是，她说。她低一下头，把一丝笑意藏起来，然后抬头。她说，告诉你也没关系，我的，嗯，魏友伦的妈妈十九岁时候怀孕了，没让那个男人和邻居们知道，租了个房子，偷偷生下来。她信佛，跟我解释果报之类的东西，我不懂，但说起来还得感谢佛，没有佛可能就没有我了。我出生后，她就把我送给了我妈妈，这一点我挺感谢她的。然后两个人都各自结婚，生小孩。后来那个男人知道我了，找我妈闹，就是我现在的妈，把我养大的妈，还要借钱。好在没多久他就死了。你知道他怎么死的吧。

对，我说，小港说他掉江里了。

掉江里了，她重复一遍。她笑，那个笑容神神道道的，好像藏着让她得意的秘密。她望向珠江的位置，似乎真能看到那汪长水。她说，不管怎样，他死了。她看我，又说，你一点都不解释吗，在网上？

我摇摇头。远处一栋三层建筑的天台上，一片花布跳起来，在空气中对折，整齐地飘在那里。随后一个人从后面出现，拍打布面。旁边一人多高的植物是棵发财树，我猜，我很想问问那棵小发财树是不是还活着。

搞不懂你，她说，我也不知道到这里来干吗，我劝不了你什么对吧？

是，我说，我很好。

她点亮屏幕，看一眼。她说，那我走了，该去上班了。

苏铁为什么要把笔记本放在我那儿，我说。

什么？她问。

苏铁把之前的笔记本放在我那儿，为什么？我问。

他放在你那儿了吗？她说，我不知道，有可能他觉得不需要了，随手放那儿，谁知道呢。

明明两边那么宽敞，她非要从徒劳的小门出去。她的影子进入门洞，马上就要消失在对面的阴影。影子消失于影子，影子哪里去了？很快，她的影子在阴影参差的边缘冒出来，她的背影一点点变小。一种强烈的剥夺感袭击我，让我想要呕吐，好像我要带着一个没有答案的问题直到死去。

我跑到门框里。她还好吗？我用力喊。但声音却不大，嗓子里有一种粗糙的异物感。

她回过头，眼睛、鼻子、眉毛、脸颊全都承受光子的冲击。人眼可见光，波长 $390\sim780\text{nm}$，我的脑子跳跃到毫无关系的东西上。她？她说。

是的，她，但我说不出来。她微微侧脸，鼻子投下一小片影子。我希望她不理解这是什么意思，然后转身离去。

但她还是想出来了。

噢噢,她说,她挺好的,她怀孕了,苏铁告诉我的,现在。她盯着空处,仿佛有一个无形的屏幕正在给她演算答案。她说,现在应该快八个月了,还有问题吗?

我摇头。

她点头,追着自己的影子往前走,后来下了高原,消失在建筑物中。

我用食指托了托那把大锁,这个门鼻子大概是后装的,因为门上有个圆形的洞,原来该是一把暗锁。指腹上,一个椭圆形的锈迹,分不清红色和黄色,我猜可能是因为色弱。

八

从出生到现在，发生在我身上的事，跟旁边的江水都没有关系。但身处这座城市，我总自大地感觉它和我有关，仿佛只要它存在，就在对我施加一种隐秘的影响。我一边往广州塔方向走，一边盯着水面。一艘船太快，消失于视线。我一直寻找某种标志水流速度的东西，好确定它比我快多少，但水面上只有揉碎的光晕原地打转。我捡起一片叶子，半个巴掌大，三分之一黄，然后是斑点黄过渡到绿色。我往江里扔时，一个抱小孩的女人一直看我。我觉得她马上会教育圆脑袋的小孩，不要往江水里乱丢东西。但珠江不在乎，叶子一到水面，我就盯着它，同时往前跑，叶子还是很快不见了。

也许它有一颗奔向大海的心呢，它会比我更早经过江湾大桥，然后是海印大桥，它会从二沙岛南边的水体通过，比我更早到达广州塔。要想到达海洋并不容易，我猜其中一道难关是大吉沙岛附近，那里的江心有几处滩涂地，生有蒲、苇和高大的落羽杉。很有可能，这片叶子会在那里搁浅，腐烂。陈家贝的尸体就是在那里发现的。

这条江里流淌着他的死亡，我一直望着江水，似乎要把陈家贝的尸体望出来。彭冬伞的笑到底是什么意思呢。我记得小港说，那天她逃了最后一节课，一直在树上待到放学。金黄色的阳光，给万物蒙上一层单纯的假象。她看到她的同学们跑出教室，汇入少男少女的蚁群，涌出校门。到处都是回家的人，可是她不想回家，她想变成树上的一片叶子。

可是总得回家，不然等着她的又会是一场毒打。那些日子，陈家贝变得更加亢奋和暴躁。校园空了，她扔下书包，抱着树干往下挪，最后一截她跳下去，一屁股坐在地上。她傻乎乎地笑，笑够了，捡起书包，拍了拍，提溜着往家蹭。人们速度都比她快，她感觉时间在变慢，只有夕阳和她待在同样的流速里，世界软塌塌的，万物都在降落。不管多慢，距离不变，总会到家。好在家里没人，她没有开门进去，坐在门外的凳子上，跟自己玩吸嘴唇的游戏。她使劲吸气，嘴唇向里跑，她一直想让嘴唇够到自己的嗓子。因为这个，她得了几次唇炎。

没多大一会，李芍药回来了。李芍药做饭，她写作业。每次听到巷子口有脚步声，她就屏住呼吸，不敢说话。直到睡觉前，陈家贝都没有回来，她和李芍药都没有提这件事。她做了梦，但她忘记了是什么梦，梦中断一次，听到下面的关门声。吃早饭的时候，没有陈家贝的动静，卧室门不像往常那样牢牢关着。她趁李芍药上厕所，趴在门缝上看，床上没有陈家贝的影子。下午放学后，她知道陈家贝还没有出现。但她没有在意，过去也发生过，陈家贝在外面鬼混几天。她觉得那是属于她的放风时间。那天晚上，她在家里说话的音量大了不少。

又两天，或者三天，走在江湾大桥底下我一直纠结这个数字。它在小港那里肯定依旧确切，而我已经失去它的准确性。我想那片叶子大概已经抵达那片滩涂，它比陈家贝幸运的话，会从一侧绕过去，继续前进。那些远洋货轮不会阻止它，万一真被贴在船壁上，只会更有利于抵达海洋。一片叶子，本来要被清扫、处理，现在有可能顺着洋流，在分解之前，到达大洋深处。这是它的幸运，还是不幸？无论如何，我记得那是上午，数学课，她在思考小红和小明分别拍了几下皮球的问题，她的一位亲戚，打断了她的思路，领她回家。家里从来没有过这么多人，她贴着分列两边的大腿，走进人群深处，李芍药正坐在那里垂泪。你没有爸爸了，李芍药说。李芍药张开双臂，紧紧抱住她。天底下还有这样的好事，她知道周围的人都在等待她的哭声，可她只有茫然，没有眼泪。

小港说，他们不让我看爸爸的尸体，估计是怕我吓到，但他们又大谈特谈尸体泡得多大多肿多白，其实我挺想亲眼看一看，不管变成什么样，都不会比活着时更可怕。

下面流淌的，早不是泡过那具尸体的大水。全国各地的人来到广州，总会来到江边观水。水流有种特异能力，无需置身其中，只是看它，就能从身体里带走一些什么。而人无需察觉。

如今，她已经怀孕，我后悔没问是个男孩还是女孩。分手那一年，回南天比往年持续更久，到处一股泡木板的味道。有一阵子，水位上升得厉害，江上的轮渡停了。水下去后，难得的好天气，江边地砖缝里生了青苔。天上的云不多，每一朵都很认真。我望着小港的眼睛，它们没有试图游过来，我转向别处。天空蓝得纯真且难过，让人想问问那后面是什么。绝不会问出来。江面上的船懒洋洋的，江边的建筑都笨拙，世界显得力不从心。

我是不是做了很多错事，我说。

她摇摇头。她捡起一枚黄果子，摆在手心，认真地看。她说，出了一些问题，很难说那是错，就是出了一点问题。她握住黄果子，蹲下来，用指腹划过绿色的青苔，白与绿。她说，就像这砖缝里，青苔长出来了，这不是错误，这和水、光线、温度有关，不过它们长出来了，我们不能当它不存在。

那未必是坏事，我说。

对，她说。她站起来，走到栏杆处，映山红还在开。未必是坏事，她说，但必须停下来，想一想，看一看。

我不想停，我说。

我也不想，她说，可是……她甩着胳膊，黄果子远远地落进江里。只能到这里了，她说，我也很痛苦。

可到底是什么问题呢？我问。

没办法给你说清楚，她说。她皱眉头，叹息一声，吐出的气体在胸前游动一会。她说，你要是不知道，我就没办法让你知道，这不像手把手教一个小孩写他不知道的字。

分手后第一年，我一直试图找到那个我不知道的字，但它始终狡猾、游走、模糊不清。一个人如何找到他不知道的字呢？要翻哪一本字典，问哪一位名师，我才能找到那个我不知道的字？也许我需要一点造字的能力。

那一年我总在怀疑，我所给出的爱，只是我的自我感动，永远沉浸在这种自我感动里，在脑补出的场景里表演，以献祭真实生活为代价，寻求一种主角般戏剧化的生活，以为那才是生活的本质。但生活不在这里面，爱也不在，我只是不知道该去哪里寻它。

好，我说，我尊重你的决定。

我们最后一次拥抱，是在一棵开花的树下。她面朝珠江，双手插在兜里，一动不动。一切都冷冰冰的，我的脸也冰，一动不动。我们像一汪绿色的水，在花的香气中，我们像两汪绿色的水站着。树上是蓝花楹还是鸡蛋花？每次回想这个细节我都无法确定。我懊恼这种不确定，明明它们的香气如此不同，明明我可以故地重游确定下来。但我始终都不确定。

我故作镇定。我说，遇见你那天，是我这辈子最美好的一天。

是的，她说，现在可以开始只回忆美好的部分了。我听出她淡淡的嘲讽。

遇见她那天傍晚，我放一把凳子在椅子上，爬上去换灯泡，结果摔下来，头嗡嗡叫，要炸开。我晃进卫生间，对着镜子扒拉头皮，没有找到一个伤口。我怀疑是脑震荡，跑到广医一院的急诊室。护士帮我排了号，我坐在椅子上等待。一个女孩从处置室出来，在我旁边坐下，左手托着右胳膊，右胳膊打了夹板，吊在胸前。她头发极短，看得见青生生的头皮，没见过这么圆的脑袋。她独自玩一种嘴唇噘起来又吸回去的游戏，来来回回，显得很开心。

我问她胳膊怎么了。她说断了。下眼睑底下，淡淡的小雀斑。我问怎么断的。她笑了，里头的羞涩很新鲜。

她说，路过一个台阶，台阶下有水，心里想冠军就在这一下了，后跳的对手目前比自己多一分，一定要跳出个好成绩才行，十米跳台，你想想那多高，我心里怕，怕也跳。一跳，就断了。

灯光照在她的鼻头上，像白笋。我问她成绩好不好，是否拿到冠军。问完就后悔，胳膊断了，不问疼不疼，我倒关心起成绩。肯定是疼的，她不喊疼。

她咧嘴对着前方傻笑，花枝乱颤。笑完，她挺挺腰板。她说，没来得及看成绩，就过来了，大概是不太好，没听说哪个跳水冠军，比赛时摔断胳膊。

她打量我，好胳膊好腿，问我是哪里毛病。我指脑袋，说头疼。她伸着脑袋找了找，问我伤哪里了。

我说，没外伤，里面，脑仁疼。

她说，那就是头疼，头疼也看急诊，难怪医生不够用。

浪费医疗资源，我很不好意思，讪讪说实在是疼得厉害。但已经不怎么疼了。

她点点头，脑袋仿佛微醺的月亮。我也点点头，偷偷看她在旁边仰头，脖子隆起两道山脉，嘴唇像鱼那样张着，吐无形的泡泡。我有点出神，直到护士跑来喊我，责怪我怎么不回应。我给护士道歉，然后说我不用看医生了。护士说，你确定吗，摔到脑袋，外表没事可不代表真没事。我说，我确定，真没事了。护士摇摇头说，要是觉得胸闷、恶心、头晕，要及时来就诊。我说，好的，谢谢你。

小港望着我笑。我问她怎么了。她说，看你傻乎乎的，真不给医生治一治？我说真不了。她说，你叫何小河。我说，对，你怎么知道。说完意识到刚刚护士喊了我的名字，然后补一句，哦刚才护士喊我了。她问，哪俩字呀？我说，大小的小，江河的河，你叫什么名字。我叫小港，她说，陈小港，也是大小的小，港口的港。我说，哦，这名字好。她说，这名字哪里好。我说，小港，你听听，这俩字又漂泊又安宁。小港哈哈笑了两声。她说，油嘴滑舌。

我说，你怎么样，骨折就这样处理了吗？都不用住院？

那是我说得夸张，她说，没那么严重，就是裂小小一点。她伸出左手，拇指和食指的指腹几乎触在一起。小小一点，她说，回家休养一阵就好。

我们一起出去，夜晚在人群中横冲直撞，我稍稍无所适从。路过的年轻人脸上有几分略显疲态的兴奋，公交车和汽车堵在路中，另一边是宽阔的江边步道。我喜欢天不黑就回家，在夜晚的街道上行走，我常常承受不住异乡的重量，但这天晚上，我体会到幸福，无需审视的幸福，无需心惊胆战的幸福，无需逃离的幸福，有信心触碰到的幸福。这底气从何而来，我并不知道。

那是我仅存的能力，后来我丧失了这种能力，于是我对那时发生的一切，逐渐缺乏理解。

从后面抱她，和她之间隔着她的头发。我没想过她的头发会长长，越来越长，那种速度远远超过我变老的速度。我离开她头发的青木瓜味，她手扶栏杆，低头观水。我们保持了最后一次沉默。我常常想象那块沉默里，装着珠江多少径流量。

你在想什么，我问。

珠江正讲话呢，她说。

它说什么，我问。

不能告诉你，她说，你自己去听，每个人能听到每个人听到的。

很长时间，我沿着珠江倾听，包括江水漫过堤的日子。可珠江不给我回应。这种对回应的需求，好似身体某个器官的疾病。或许给我三十年、四十年，我也能听到珠江的回应，多么绝望。

我侧耳倾听，仍旧听不到江在说什么，桥的另一边那栋丑陋的建筑，悬垂巨大标语，桥体遮住下面的字，只能看到：新理想华。建筑顶上，广州塔的顶部嫁接在那里。

我认出这是广州大桥，原来已经走这么远。

九

一个小男孩越过我,又趔趄几个台阶,停稳,撅着屁股回头看,目光审我一遍,马上往后,等待夸奖。慢点,身后的女人说。小男孩将这两个字理解为鼓励,继续半失控地跳台阶。女人也越过我,在最后几个台阶的地方追上了小男孩,双手架住孩子的腋窝。半空中,小男孩哭闹着挣扎,落地后,又爬回原来那级台阶,抬头看我的脸。阳光虚化他的长睫毛,他不会认出我,我仍把脸挪向南岸,看反光的广州塔。几秒钟后,他冲回地面,在女人的呼喝声中朝草地深处去。

江水包围二沙岛,江边观景者三五,江面上传来晒干的水声与船声。头发全白的老头,影子经过我,往桥下走。他走一步,趴在背上的黄色背包跳一下,身后三米外跟着老太太,一双细细的小腿,如同底层架空的多层建筑。桥底下,老人们的外衣丢在地上,挥拍时发出种种怪叫,如蒸屉上的蒸汽,溢出黑色铁网。铁网围了整整一圈,好似站立的影子,牧那群不动的乒乓球台。乒乓球在两个声音之间画弧线，精准地落在即将响起的声音上。人声挺喧嚣，但无法覆盖球落在球拍上的声音，好像它们来自不同的空间。一颗乒乓球飞出来，在水泥板上弹几下，滚上草地。

靓仔，一个老头喊。他站在铁网后面，挥舞球拍。原来是对我讲话，我没听懂什么意思，但明白他的意思。我追乒乓球，手落下时它逃走了，但马上又被我抓住。我快走几步，离铁网更近一点。老头又给我说粤语，马上又说普通话。扔过来，他说。我扔，没有声音，乒乓球跃过铁网的顶部，迷茫地向前飘，直到另一个老人伸手抓住它。多谢，他说。我转身往广州大桥深处走，十几米后仍在为这件事高兴，就像小时候围观父亲补车胎，他吩咐我用锉刀磨一片橡胶那样高兴。

大桥底下宽阔的水泥地面如同河道，厚厚的阴影带来广场上没有的安全感。正中间，一道光把阴影劈成两半，上面有车流，声音流下来像瀑布。一些柱子间，砌了水泥长条，半米高，全都刷成白色，有人坐在上面。几重柱子外，小姑娘戴着护膝滑旱冰，熟练地绕过几个塑料障碍。戴帽子的男人站在一旁玩手机，时不时指挥一句。西边，一对穿宽大白色西装的男女，站在光与影的边缘发光，看起来很烫，刚出炉的面包般幸福。任何一位旁观者都不会怀疑这种幸福。

我站在正中间的光墙，抬头，天在上面更亮，桥面侧壁有深浅不一的水痕。光的能量融化我，留下一个影子。我总担心上面有东西落下来，让我死。但我不是在担心死。一条脏兮兮的小灰狗低头嗅一摊水渍。我的头还是很疼。那个疼起源于鼻根，爆炸，但能量全往顶上升，疼与不疼，在头中间留下一个光滑的平面。

跳出去，从光里跳出去，我等着身体回来。然后去西侧的卫生间撒尿，尿道口发红，尿流出时微微刺痛。洗手池露天，放着洗手液的空瓶子，蓝色的瓶子。一面大镜子，映照后面的树、篮球场和网球场。网球场是红色地面，没有人在打网球。我想了一会红土之王的事，但我喜欢费德勒。不过德约科维奇越来越厉害时，我也开始喜欢纳达尔。事实上，我没有完整看过几场比赛。

这里环境不错，空气也好。水龙头上结了一层白水渍，水流出来，让人不放心。镜子里的人也脏。我想，我的痛苦太不干净了。我很奇怪自己为什么在这个地方，好像我真的无处可去。我讨厌发现自己很痛苦，仿佛我真受过什么不得了的伤害。但有个痛苦是干净的，我又为那个在我眼前死去的人感到痛苦。当时他死了吗？我想了一会这个问题，又开始拿不准这个痛苦算不算干净。我不是为他的死痛苦，只是为一种挽救他的可能性痛苦。

太阳在计时，刻度不是很清晰，大桥的影子逐渐移向珠江新城那两座高楼。我坐在白色水泥条上，广州塔被压缩在一个狭窄的取景框里。珠江两岸散发着洗衣液泡沫的味道，一种廉价的薰衣草味洗衣液，熏得人脑袋疼。我一个个看远处的人，试图认出苏铁。每一个都像他，每一个又都不像。也许他不在。他在和不在没有区别。

那对穿白西装的男女不见了，眼睛往草坡和树影深处找，找不见。景色黏稠，不能毫发无损地回来。或许我也曾在别人眼中同样幸福。这里看不出变化，我和小港去广东美术馆时来过几次。这种不变很残酷，衬托出另一些巨大的变动。

后来，太阳闪烁几下，仿佛接触不良的灯泡。一个男人出现在我旁边，左手捏着一叠报纸，右手伸到肩膀上，攥住炸线的绿色蛇皮袋。他站着，散发过期护手霜味道。他放下袋子，报纸搁在水泥条上，对着空气挥了几拳。可能他要打架，我考虑打起来我是要逃跑还是还手。他看上去不像能打过我的样子。但我很饿，浑身没力气。

但他只是看我，眼睛睁大，眉毛微微八字。眼睛浑浊，但是温暖。他的额头能夹死苍蝇，皮肤分不清是脏还是黑。他的头发很厚，像脖子里生的灌木，鼻子底下有鲁迅似的胡子，不过下巴跟冬瓜一样广阔。他穿一套宽松的牛仔布衣服，上衣的下摆几乎到膝盖，灰色的，所以显得干净。我无法分辨他的年龄。

他又挥了几拳，朝着我的左边。我知道他没有要打架的意思，他看着我，在笑。我从笑里看出一股笨拙的悲伤。我真是个傻逼，我想。

住在这里不好，他说。他看了看阴影和阳光。他说，这里找不到吃的，如果过河去找吃的，你就要吃更多东西。

你觉得我住在这里，我说。

不是吗？他说。他拿起报纸，在我旁边坐下。他说，我一下子就闻到了你的气味。

是的,我两天没洗澡了。我嗅了嗅我的胳膊,但我没闻到汗臭味。

不是体味,他说。他折了几下报纸,《新快报》,我瞄到一些字,广州加快抢占区块链产业高地。他说,就是一种气味,我们这样的人身上都有。他鼻子凑近我,使劲嗅了两下。他的山根很立体,鼻头偏大,鼻翼往两边横。我不能辨认他的年纪。他说,虽然不明显,但我还是能闻到。他炫耀地笑了一下。

我不知道要说什么,开始默读报纸上的内容。广州出台疫苗安全事件预案,未经授权单位及个人无权发布疫苗安全事件信息。他盯盯报纸,盯盯我,然后把报纸递到我跟前。他说,你看吧,我看完了。

于是我接过来,翻了一下,看到《中国第一人!武磊攻破巴萨球门》,配图里比达尔和阿尔巴叉着腰,很沮丧,我也是,我更喜欢巴萨。如果我还在租来的房子里,或许昨天晚上能看到这场比赛。

你看那条小狗,他说。

那条灰色小狗,从桥的另一头,来到了这一头。它站在中间的光墙边缘,抬头看上面,光让它三分之一的身体变色。远处,一棵树边有男人打电话。我盯着那个男人,猜测有没有可能是苏铁。

流浪狗,他说,我一看就看出来。

这个本事不算什么,我也能看出来。男子地铁上猥亵女人30分钟，终审改判获刑两年半。这个消息还不错。我说，挺厉害的。

它真扁，他说，你想养它吗？

没这么想过，我说，我跟狗不合，被狗咬过很多次。

我也被狗咬过，他说，我不会养它，但不是因为我被狗咬过。他站起来，解扎口袋的绳子。他说，太累了，我要睡一会。他从蛇皮袋里掏出纸箱板，展开。

你可以睡在这上面，我说。我站起来，指白色水泥台。

不用，他说。他把一块纸箱板铺在地上，又拿出一块，继续铺。他说，我有点认床。

你从哪里来的，我说。我重新坐下，报纸搭在膝盖上。这一版右下角，武汉市不明原因病毒性肺炎，已排除SARS等病原。

我从客村那边来的，他说。他拿出一个被子，铺在纸箱板上。他说，我正在迁徙，到北边去。他又拿出一条毛毯，大红色，有硕大的花朵和污渍。

迁徙？我问。共报告符合不明原因的病毒性肺炎诊断患者59例，其中重症患者7例。

对，他说，来了两个人，把我位置占了，我打不过他们，所以我到北边去。他躺下，但马上坐起来，换到这一头，脑袋离我的脚很近。他对着空气挥了两拳，不对，三拳。他说，北边我以前住过，后来有人不让我住了，我就走了，我去过好几个地方，最后住在客村那个地方。现在那两个人把我位置占了，我打不过他们，所以我就走，我跟他们说怎么都行，但是不能抢我的被子，谁抢我的被子，我就杀了谁。他们笑话我，我说你们能不睡觉吗，你们睡觉了我总能杀了你们。他们还是笑话我，然后他们说谁要你的烂被子，快滚吧。你觉得我的被子烂吗，你看看。他揪了揪他的被子和毛毯。

一点也不烂，我说。初步调查表明，未发现明确的人传人证据，未发现医务人员感染。

是，他说，一点也不烂，但他们说谁要你的烂被子，我不管他们怎么说，我就要我的被子，谁都不能抢我的被子。总要给我留下点什么。还有毛毯，我说被子的时候包括了毛毯，你知道吧，但我只说被子。这个毛毯是个老娘们给我的，我听不懂她说什么，反正就是给我了，我一拿到就跑，这样她后悔也没用，她追不上我，她很老，毛毯要把她的胳膊压断了。我不知道她为什么要给我毛毯，可能她是个好人。有这个毛毯我很开心，我把旧的送给另一个人了，那个旧的有点薄，那个人还有点嫌弃，但还是要了。早知道我就不给他了，我给你你会嫌弃吗？

不会，我说。2019年12月31日以来，武汉市卫健委在全市开展不明原因病毒性肺炎病例搜索和回顾性调查。59例患者中，病例最早发病时间为2019年12月12日，最晚为12月29日。

早知道我就留着给你了，他说，可惜我已经给他了，他还嫌弃，你也喜欢看报纸，我也是，我捡了很多报纸，但袋子里装不下，没有带，只能以后再捡，你看到那个了吗，惠州彩民全年中奖5个亿,5个亿得是多少钱,我要是有那些钱就好了,就能天天给小乖洗澡了,你知道惠州在哪里吗,我要是在那里就好了,不要中那么多,能中5万都行,惠州人真幸福。你再看看那个,特朗普又打伊朗了,美国人真坏……

我没有回应。3万家外企扎堆广州,他们为何爱上这片热土?

地面上响起鼾声。鼾声扎了根,有一股发芽后干瘪的大蒜味道,不难闻。我国研制的发射重量最重、技术含量最高的高轨卫星——实践二十号卫星成功定点。我的耳朵盯着他的鼾声。码头工程环境影响评价公众参与征求意见稿公示;遗失声明:警官证、营业执照正本、法人章;致歉声明:一家化妆品公司为侵犯肖像权对一个明星道歉;寻人启事:王豪,男,2016年9月从广州市天河区揽元街一出租房外出,至今未回……会有人看吗,照片上的男人,左眉眉峰上有个挺大的痣。三年多了,还有人在找他……

鼾声的传染性很强,也可能是根须,顺着水泥跑进我的身体。我仰躺,凉,一辆辆车子在我眼皮上跑。我看到后脑勺的骨头,最凸处是一个楞,然后陡峭下去。可能这就是传说中的反骨,我想。我躺着,水泥台子用它的不动,打磨这块反骨,如果它是的话。我挺喜欢这块骨头,我决定侧卧,枕着胳膊。微弱的心跳声传进耳朵,仿佛这座桥活了。耳朵继续盯着鼾声,很快,我什么都忘了。

醒来我的脑子很沉,胳膊变成一截木头,或者,钢筋。

鼾声不见了，像是一个梦，我理解了一会周围的声音，坐起来，下面床还在。很冷。我的血液在解冻。梦还没有走远，在那里我跑步，然后突然变成一座桥，之后很无聊，似乎过了很多年。我抬头看震动的桥面，看柱子，这一切突然温柔起来。我回想梦里的细节，思考一个问题，是我变成了桥，还是我的意识进入了一座桥的内部。细节不分前后地爆炸，看不清。

血液化冻到我能站起来的程度，我站起来甩肩膀，走到太阳底下。我很渴，附近没有卖水的地方。可毕竟两年多没来了，或许已经有了。两个小孩在草坡上飞飞机，蓝色的飞机，飞得很稳。我猜现在的小孩不叠纸飞机了。我是叠纸飞机的高手，高二夏天的一个课间，我站在三楼走廊飞纸飞机，它在空中坚持了两分钟那么久，一头扎进杨树树冠里。所有的同学都盯着它，大喊大叫。很快，更多的纸飞机飞出去，但都没能坚持那么长时间。好几天，教学楼前方变成航空展。于是，学校专门出了一条规定：不许往楼下扔纸飞机。不知道这条规定还在不在，或许已经不需要这条规定了。

他出现了，草坡上，他的运动鞋拖着长长的影子。他站在最高处，挥了挥手，手中有瓶子。我也挥手。他看了会儿扔飞机的小孩，绕了个半圆回来，两只手里都有瓶子，一瓶是怡宝矿泉水，另一瓶是尖叫，都不到半瓶。你渴吗？他说。他递给我尖叫。我在那边椅子上捡的，他说，给你喝这个，这个有味。

不渴，我说，谢谢。我的舌头像正午水泥路面上的蜗牛。

这里真不错，他说。他把怡宝放在地上，拧尖叫的瓶盖，再次看看扔飞机的小孩，看看树和天空，仰脖喝了一口。他继续旋转瓶盖，舔了舔起皮的嘴唇。草地上有只鸟低着头走路，好像冠子太重。红冠子，一截白，顶尖上的黑色像球。我想起一种色彩斑斓的肉虫，身体一阵生理不适，它们浑身触角，生活在夏天的柿子树上。它们生活在柿子树上，生活，重复几遍这个词，突然不那么厌恶它们了，虽然当它们掉进人的脖子，皮肤会起一道长长的疙瘩。那种鸟叫戴胜，他说。戴胜，我并不想知道它的名字。可惜不好找吃的，他说。他盘腿坐在床上，看我，眼神很认真。我今天不走了，可以吗，他说，今天不想过河。

当然可以，我说，这是你的自由。

嗯，他说，我转了转，这里还是没什么吃的，江边有一家饭店，是有钱人去的饭店，我不知道他们的垃圾桶从哪里出来。有些人会到人家店里要吃的，我从来不要，我不喜欢那样。谢谢你让我今晚住在这里，我今天不想继续走了。北边很大，今天走不远，可能会停在一个很不好的地方。我去过一个桥底下，那里住着三个人，他们有一副围棋，他们下围棋，你会下围棋吗？

不会，我说。

我也不会，他说，他们不让我在那儿住，他们说那儿住不下了，其实很宽敞，但他们说住不下了，所以我就没在那儿住。那里有很多木板，都写着很大的佛。好多佛，像被烧出来的，但不是，是写的，不知道是不是他们写的。我没有问，我看了一会他们下围棋，然后就走了。我又去了很多地方，后来就到了那里，现在两个人把我从那里赶走，我说行，但是你们不能抢我的被子，住的地方我可以让给你们，但被子不行，谁抢我的被子，我就杀了谁。我打不过他们，但他们得睡觉，人睡着之后很好杀。他们就笑我的被子是烂被子，让我滚。这被子烂吗？他问。他抚摸着他的被子。他问，你的被子呢？

我没有，我说。

你会冻死的，他说，你什么都没有，会冻死的。我见过冻死的人。你别想抢我的被子，只要不抢我的被子，我怎么都行。谁抢我被子我就会杀了谁。别的都行。但被子不行。你肯定会冻死的。有人知道你是谁吗？

我无法回答这个问题。

他说，没人知道的话，他们会把你拉走，给你一个编号。现在是多少年了？

2020 年，我说。

对，2020 年，他说。他笑了一下，很腼腆，他指了一下报纸，缩回去。我想起来了，他说，报纸上有，但我不能太相信它们，它们会把我搞乱，有一回我看报纸是 2017 年，就以为在过 2017 年，可是后来我又捡到 2019 年的报纸，一下子就跳到 2019 年了，所以我没办法相信报纸上的时间。你说现在是 2020 年？

对，我说，2020 年。

他说，你从哪里看到的？他朝着上方挥拳，左勾拳，右勾拳，右勾拳。

本来是个挺好回答的问题，张开嘴后，我说不出话。

如果是报纸上看到的，他说，就不一定对，很可能你过着2020年，突然又捡到一份报纸，发现是2025年，我就被这样害惨啦。不对，我为什么说被这样害惨啦。其实没什么，2005年，2015年，2025年，有什么区别呢。我不太在乎这个了。2020年，嗯，2020，这个数字挺好的，希望不要捡到一个报纸，上面写着2023年。就当是2020，他们会给你一个编号，2020A，后面是个五位数。我问那个人，这数字什么意思，那个人说代表这一年拉过来的第几个死人。我不知道你的名字，你不用告诉我。要是他们找不到你的名字，你就会那样，在那里放两个月，然后被烧掉。我知道，我去过。他们问我知不知道名字。我说不知道。他们很生气，他们说你们住在一起，你不知道名字。是的，我不知道名字。我们都不知道名字。于是他们叫他2016A21716，因为我们都不知道他的名字。我也不会问你的名字，你肯定有个名字对吧。

对，我说。桥面在使劲，正在过去的肯定是大汽车。

你不用告诉我你的名字，他说，不要告诉我，我也不告诉你我的名字。他又对着空气挥拳，这次是左后方。他说，其实想给你说也没得说，我想不起来我叫什么了，我有过一条小狗，它有名字，我可以告诉它的名字。它现在死了。不，我还是不要告诉你它的名字了，它没有同意。它以

299

前跟着另一个人，那个人死了，被一群警察围着。那个人在凉亭里躺了三天，躺着躺着就死了。它想过去，但是有个警察一直跺脚吓唬它，把它赶得很远。后来，它就跟我了。它很可爱，就是有点脏，不脏的话，它是白色的。但它很脏，看不出是白色，但我知道它是白色，我没有给它洗过澡，因为它不愿意洗澡。我把它放在水龙头底下，它就咬我。我的手都被咬破了。你看，现在还有印子。

我看到那个印子，手腕，黝黑的皮肤上，一块浅色的增生。

它不喜欢洗澡，可能所有的狗都不喜欢洗澡，我也不喜欢洗澡。我很久没有洗澡了。也可能不是，很多人牵的狗都特别干净，也许它们喜欢在洗澡的地方洗澡，不喜欢在厕所水龙头底下洗澡。我也不喜欢。但我没钱带它去给狗洗澡的地方洗澡。我也不想去，因为很可笑。它是一条很好的狗，我很喜欢它，虽然它咬了我。咬我的时候我不喜欢它，但不咬的时候我又喜欢它，它就咬我那一次，所以我还是很喜欢它。我不怪它咬我，因为我在水龙头底下给它洗澡。它不喜欢在水龙头底下洗澡。我让它做它不喜欢的事，那它就可以咬我。它真的很好。你想知道它的名字吗？

我想，我说。

真的吗？你想知道小乖的名字，我可以告诉你小乖的名字，它叫小乖。没想到你想知道小乖的名字，它肯定愿意让我告诉你。它很好。它叫小乖，因为它很乖。当然它咬我的时候不乖，但我不怪它，我在水龙头底下给它洗澡，它不喜欢这样洗澡。我叫它小乖，它以前不叫小乖，以前叫什么我不知道，我叫它小乖之后它才叫小乖。我问它你叫什么名字，它不说话，耷拉着脑袋闻我的脚趾头。我说你怎么这么乖呀，我叫你小乖吧。它鸣了一声。鸣一声就是同意了对不对，肯定是这样。所以它就叫小乖了……

十

嘀~啾。我猜这是今天的第一声鸟鸣,闭着眼等第二声,很久没有等到。今天是几号?鼾声不在,旁边的肉体像假的,但脚臭味很真。很冷,冷让脚臭味变得很有质感。我扭脸,慢慢睁眼,仍旧很黑,但天光已经渗透进去,不是眼睛发现的,我怀疑人身上有未被发现的器官,可以嗅到黎明。一个长鼾声,之后是停顿。嘀~啾,第二只鸟,或者是上一只鸟的第二次鸣叫。很快,鸟鸣声串成线,织成网,结成球,没完没了。我生出怒火,想用胶水粘住它们的嘴巴。我想象拧断它们的脖子,我太适合做一个暴君了。天呐,一只鸟,许多只鸟,它们让我痛不欲生。

鼾声又起,渐渐追上鸟鸣的节奏,达到和谐状态,像两个波在跳舞。它们彼此穿过,身体毫发无损,仿佛两个诡魅的生灵。我的肚子叫了一下。长久以来,恐吓我的不就是这些吗?没钱吃饭,没有住处,没有爱情,结不了婚,没有孩子,孩子的教育,医保,社保,养老……我总是会被它们恐吓住,总是这样。人吓坏了,会做出匪夷所思的事。

脚臭味终于绕过耳朵的障碍，叩响我的鼻子。我很冷。我已经十几个小时没吃东西，现在肯定是新一天了。我想起牛肉，一点负罪感都没有，只想吃它。我想我确实是个冷血的人，所以让那块牛肉在冰箱里腐烂。死亡真是个奇怪的东西，当我在网上看到，新闻里看到，远远地想象，它们让我很痛。眼睁睁看着它时，它就失效了，像一把枪没了子弹，徒劳地对着我扣扳机。咔哒，咔哒，空响着滑稽。想象中的死亡，比死亡可怕。我希望人们还在骂我，这让我变得重要，但过往的经验告诉我，人们正在忘记我。很快，会有新的东西提供给人们，我被彻底覆盖。我们都是没什么记忆的人。想到这一点，我很失落，说到底，我不是那个压在山底下的孙悟空，只是那座山上一块靠下的石头。这几天里，人们从我身上，得到他们想要的东西了吗？我希望他们得到了，这样我会开心一点。

饥饿像一团中毒的火，我的胃和食道里充满火辣辣的苦杏仁味。昨天，我们捱到夜里，出发寻找食物，越走越虚弱。广州塔像夏天柿子树上的彩色大虫子，他一直在说话，我扮演一个听众，没有真听。这座江心岛上，房子漂亮，一座公园连着一座公园，道路的名字很美。烟雨路，晴波路，潭月街。夜间的广东美术馆很不一样，建筑故意屏住呼吸不动。一盏路灯，我记得灯里会加一种惰性气体。站在那尊巨大的女人头前，我说下雨的时候她看起来在哭。是吗，他说，我不喜欢下雨，这个头真大，是铁的吗？他走到跟前摸摸人头。他说，是石头，不是铁，但它生锈了，你看。他伸出手指，指腹上几片椭圆的黄褐。他说，我以为只有金属才生锈，原来石头也会生锈。我说，我以前经常来这里。他望着美术馆的建筑。这里面吗，他说，你到这里面去了，我没去过，我从来没到美术馆里面去过，那有什么好看的。我故意说，以前会跟女朋友一起逛逛。嗯，他说，跟女朋友一起，你女朋友喜欢看画，你们真奇怪，我以前也有过女朋友，她不喜欢看画，她喜欢织毛线，她有好多毛线针，铝的和竹子的……

真神奇，他也有过女朋友。这种人有种爱情绝缘的气质，谁看到这具肉体，都觉得不该是爱情发生的场所。但他有过爱情，我的优越感又破碎一点。

我们站在路边看那栋白色建筑，他还在说他的女朋友，恨不能从记忆里掏出来那些毛衣和围脖，套在我身上。我很想要，太冷了。ROSE GARDEN，玫瑰园餐厅。玻璃内部灯光点点。漂亮的人们登上台阶，步入一场微醺。

走吧，他说，别看了，这里找不到吃的。他朝着一棵树挥拳。左勾拳，右勾拳，摆拳。

一个垃圾桶里有半包薯片，番茄味的，我们一边走一边吃。我不喜欢番茄味，喜欢黄瓜味，但小港喜欢番茄味。找到了水，百岁山，多半瓶。我终于决定喝它。我拧开瓶盖，小心地控制水流，旋转瓶身涮了一圈。他没有说话，只大笑几声。我隔空喝了水。一个汉堡盒子，只剩下一点芝士酱和指甲大的生菜，我很想舔一口。苹果被啃得很干净，露出黑色的种子，香蕉有半根，烂成泥。有几次，我很想掏出兜里剩的几十块钱，但没办法掏出来。我们都没提过江的事。行吧，他说，饿一晚上也没什么，慢慢你就习惯了。

他罕见地沉默了一段时间。桥体震动时，他站起来挥拳，右勾拳，左勾拳，右勾拳。我意识到他总是挥三下。今天晚上你可以跟我一个被窝，他说，但是你得赶快找到你的被子，不然你会冻死的，我们都会冻死的。他把纸箱板展开，让床变大。他说，我住的那儿有两个泡沫板，蓝色的，我在一个工地旁边捡到它们，睡上去很舒服，可惜我拿不了，不过等我们到了北岸，找到新住处，我会再去找找。

我们？我像客人一样站着，一直想那串数字会是什么。2020A，今天是8号？还是9号？不管怎样，这一年刚刚开始。

有些人还有帐篷，他说。他踢走一个小石子，跪下来抻褥子。他说，还有个人弄了一张小床，夹在栏杆和桥墩子中间，夏天的时候我很羡慕他，今天我去看，已经没有了，可能天冷搬走了，也可能……

一座城市一天要死多少人？若我冻死在这里，那个五位数字或许还能00开头，运气好的话，还能摊上一个靓号。00，我喜欢这种开头。或许就是这个原因，让我和他睡在一个被窝里。

鸟鸣与鼾声的二重奏中，我继续挑选靓号，00888，00999……00666应该不太可能，人们死得比这快。可惜这些靓号不管饱，它们变成流淌的数字墙，流淌了一会，我突然很想离开。我为什么要在这里呢？我只需要沿着桥走回北岸，拦一辆出租车，几十分钟后，就能回到租的地方，或许还能在冰箱里找到食物，然后等事情平息下去，小心翼翼地捧起工作、房子、医保、社保、性、友情甚至爱情、婚姻包围的生活。那种生活看上去如此美好，仿佛不会被打扰，仿佛只要足够小心，就永远不会沦落到此时的境地。我们躺在这里，都只是个体的失败。

我要回去，念头一出来就强烈。我甚至想要爱情，我第一个想起的是田尚佳。可能我早就爱上她了，然后我用不敢承认来证明我不怕它。太冷了，世界是个大冰箱。意识中，我的肉消失了，只剩下骨头。我摸了摸胳膊，确认肉还在。我想洗热水澡，没有热水澡的日子全是地狱。我兜里还有几十块钱，应该够打车钱，不够的话也可以让司机在楼下等我一会，我的房间里应该有一些零钱。有一个问题，我每月5号交房租，我的开锁密码肯定失效了，不过邱白云应该在，不知道周舟的房间有没有新人。邱白云肯定睡着了，但总能被叫醒。我可以洗个热水澡，舒服地睡到中午，然后去酒店取回我的东西，晚上的时候，朋友们会请我吃一顿大餐。

我一起身，鼾声戛然而止。他抬起头，目光清醒。他问，你去哪里？

睡不着，我说，随便转转。

他坐起来，缩着肩膀。太冷了，他说，夜里最好还是不要到处转，会遇到不好的东西，尤其天快亮的时候。

能撞见什么，我说。我穿上鞋，来回跺了两下。

很不好，他说，一些坏东西，很坏。

没关系，我说，我随便走走。

一定要走，他说，好吧，一定要走，我陪你一起，夜里人们都应该睡觉，但你想走，走走也很好，只要有人陪着。

他爬起来，开始穿鞋。我没有阻拦。

鸟鸣在草地上更真实，不过无法辨认它们在哪棵树上。在最高点，他扒开裤子撒尿。

你不尿吗，他说。

我不尿，我说。广州塔不亮了，远处琶洲的观景平台上还有灯。

以前那个人喜欢在草地上拉屎，他说，我从来不在草地上拉屎，但我会在草地上尿。有一回我踩到他的屎，他特别高兴，后来我在地上蹭干净了，不过还是能闻到他的屎味，闻了好几天。他提上裤子，很高兴，仿佛刚刚尿了一条珠江。他对着珠江挥拳，摆拳，摆拳，右勾拳。水声飘过来，如同情绪不稳定的病人。

会有很不好的东西，他说，那次就是，天不亮他起来，我问你干吗去，他说去厕所。我真以为他去上厕所。他喜欢在草地上拉屎，有一回我踩到他的屎，他特别高兴。我想着他还会在草地上拉屎，很不开心，然后睡着了。醒来的时候天都亮了，他不在，我到处走走，几个老头站在篮球场外面，我还没走到那边，就看到篮球架上吊着一个人。篮球场外面的铁丝网很高，不知道怎么爬进去的，真的很高。他用手往高处比画一下，生怕我不相信的表情。他说，那么高，好几米高，两三个我那么高，不知道他怎么跑进去的，我是爬不进去，有一回我爬一个两米高的铁门，都摔下去了。他真厉害，爬进去了，吊在篮球架上，一直转圈。真厉害。

往前走，前方有小桥通往海心沙，我们站在桥头，看亚运会开幕式舞台的影子。那条大船泛出一点白色，似乎太阳会从那里升起。2014年1月11号，陈奕迅在那里获四个奖，他穿一身白底黑点的西装，烫的卷发耷拉在两边，额头像十五的月亮一样广阔。他唱了一首《任我行》，小港一直跟着合唱。他领其中一个奖时，从我的角度看过去，他的脑袋顶着一盏花瓣形的灯，像挽了发光的发髻。结束后，小港很遗憾没有听到《明日之歌厅》里的歌。

声波的传播是能量在介质中的传递，然后衰减，球面扩散衰减，吸收衰减，有规的声能向无规的热能转化，很快就不见了。要是声音不衰减多好，一直围绕地球运动，人们进化成适应声音星球的生物，可以主动屏蔽，只接收自己标记过的声音。声音从原点出发，覆盖地球表面，而后在另一点汇集，重新覆盖地球表面，回到原点。人在地球上任何一点，不管是在吃饭、走路还是杀人，都有一个时刻听到过去的声音。那个女儿可以亲耳听到他的父亲说冰箱里有块牛肉，是上午刚煮的，她可以吃掉它。

牛肉。我的肚子很饿，我想吃安格斯厚牛培根堡。我们离开桥头，走到江边，几辆共享单车倒在地上，榕树落了些果子。

好多人喜欢上吊，他说，但我不会上吊，有个老头吊死在公园里的健身器材上，那东西很低。他比画一下腰，然后挥拳，曲臂短拳，左右左。他说，顶多到我这里，脚面都贴着地，膝盖离地面就几厘米，但还是能吊死人。他食指和拇指捏着一小块空气，给我看。他说，就这么高，悬空跪着，然后就死了，真厉害，这么高就能吊死，感觉一使劲就能站起来。

真厉害，他说。珠江尽头微微白了一块，水声似乎醒了，清亮许多。我往周围看，妄图从空冥中看出苏铁，再次失败了。他打了个嗝，拍拍肚子，不好意思地笑。他说，不知道怎么回事，我饿狠了会打嗝。

十一

如今是什么时候了？

我该如何称呼他，在他成为2020A×××××之前？

天亮后，我们沿着辅路上桥。这么早不好，他说，垃圾桶都是空的，但试试吧。一辆橘色公交车经过，两座摩天大楼像嫁接到车顶的翅膀。江面流淌着灰色，空气中有酒精味，一朵白云抹了抹天空的屁股，不等挪开，广州塔已经刺进去，给天空打针。他的话比身体醒得晚，整个人沉默且严肃，尤其是八字胡。省政协大院门口，两只石狮子还在假寐。公交站牌旁边停着一辆黄色洒水车，一个矮个子男人拉着管子，接在消防栓上，然后拧开开关。水往车厢里跑，矮个子男人站在旁边抽烟。

他往左拐，走到一处露天楼梯，放下编织袋，转到楼梯底下。三个绿色大垃圾桶站在那里。他掀开最左边的盖子，或许是空气清寒的缘故，气味并不嚣张。他的八字胡笑成一字。还和以前一样，他说，晚上不清理。他扒拉那些袋子，黑色，蓝色，白色，准确分拣出装有外卖的袋子，放在脚底下，然后一个个打开。大多都空了，一个白色盒子里有骨头，应该是鸡骨头，我闻到白切鸡的蘸水味。一个透明小碗里剩有半碗粥。他打开盖，闻了闻。是好的，他说，你喝吧。我不喝，我说。你也不喜欢喝粥，他说，可惜了。他把粥重新盖好，装进袋子，又把打开的袋子一个个系好，放回垃圾桶里。

他开始翻第二个垃圾桶。我走到最右边的那个，用食指挑开，复杂的臭味推着我脑袋向后移。有一个半透明的袋子，里面应该是擦屁股纸。我为难该如何下手。他已经翻好中间那个，凑过来。这里面有吃的，他说。他开始扒拉。他说，我一闻就能闻出来，不过有些闻着没有的，也得找找，偶尔也能找出点什么。

一包吐司，他提着，脸上是丰收的喜悦。他笑的时候更像鲁迅了。这个想法很奇怪，我并不知道鲁迅的笑长什么样。吐司袋上写着佳吉美，很熟悉，我望了望，在路口看到它的故乡。他取出一片，在鼻子底下嗅了嗅。没事，他说，还很香。他咬一口，细细嚼。没事，他说，吃吧。他撑着袋子口，我取出一片，犹豫一下，最终咬了一口。口感不好，太干，面包粒像沙子。一直嚼，在舌根泡软后，糊在那儿，我咽了一下，喉结几乎刺进气管里。后来终于咽下去了，胃热情地干活，仿佛它从事着世界上最幸福的工作。

他更快吃完，重新扎上吐司袋子，放在一边，开始检查地上的袋子。他说，这种能放的，就不着急吃，留着关键时候应急，嘿，有口福了。他端着黑色盒子给我看，一整盒鸭翅膀，散发着清冷的辣味。不是很新鲜了，他说，但还能吃。真浪费，我说，这一盒刚开了个口。浪费好，他说，不浪费咱们吃什么。

半盒米饭，四片叉烧，三分之二个肉夹馍，一些土豆块和上海青，还有鸭翅膀，他摆在台阶上，眼睛来回阅兵。你吃肉夹馍吗，他说，嘿，看看这肉。他拿起来，往里看。还是加青椒的，他说，你吃吗？

我喜欢肉夹馍，断口处的牙印很不整齐。你吃吧，我说，我不吃。

那我吃，他说，你吃米饭吧。他指了指米饭，咬了一口肉夹馍，右边胡子幸福地跳动。他侧身坐在下一个台阶，背靠栏杆。我也坐下，在相对位置。这个味道可以，他说，我喜欢吃肉夹馍。

那一半米饭很完整，我端起来，思考了一会，张口咬了一角。冷米饭，完全失去韧性，嚼石灰。

他说，以前我也吃肉夹馍，那一家的很好吃，我喜欢吃肥瘦的，每次都让老板多放青椒，剁得碎碎的，生青椒在肉里没有青气了，吸了油脂，咬上去还很脆。

广州大道对面，两栋楼中间的树梢上挂着太阳，还偏黄。他停下，望着太阳发呆，眼睛一眨不眨，我怀疑他已经瞎了。他说，我想不起来是在哪里吃的了，也想不起来老板的样子。他的手指在肉夹馍上绷紧。他说，很难受，我想这些干什么，脑子太痒了。他的右手手指按了按头皮。假的，他说，可能都是假的。

假的，他说。他咬一口肉夹馍，又咬一口。总有这样的东西飘到我脑子里，他说，它们很坏，让脑子痒。他左手拿肉夹馍，右手捏一片叉烧，填进嘴里。总共四片，他说，正好一人两片。

我撕下米饭打包盒的盖子，掰出两把勺子，但更像铲子，递给他一把。他盯着勺子看，眼球不动，我怀疑太阳伤害了它们。他接过去，铲一块土豆，盯着土豆。这不错，他说，这挺好的。

我铲一片叉烧，送到嘴里。旁边居民楼的单元门开了，一个穿灰袄的老头出来，走上连通步梯的空中走廊。一条小泰迪先出现在台阶上方，咖啡色，愣愣盯着我们，眼睛里像是有眼屎。我看到老头的灰色耐克鞋时，泰迪抢先下台阶。我站起来让路。泰迪冲到鸭翅膀前，嗅了嗅，想要舔。他伸手挡住。贾斯汀！老头呼喝。老头得有七十岁，拉紧狗绳，贴着栏杆下梯，眼皮一直垂着，经过时瞄了瞄我们的大餐。下去后，贾斯汀去嗅编织袋，老头呵斥贾斯汀，粤语，语速很快，我听不懂。

他在骂人，他说，这老东西。他啃鸭翅膀，嘴角沾了一片红辣椒。

你能听懂？我问。

不能，他说，我能看出来，他想说什么我一眼就看出来。

话被惊醒了，他又开始说起肉夹馍，说起一条老街，厚厚的圆木菜板，两把菜刀，喋喋不休，仿佛那些东西正伤害他的大脑，不受控制地流出。

吃完丰盛的早饭,我们往前走。骑廊底下一家肠粉店,做肠粉的机器临着门口。一个白发老头刚刚机器那么高,正用铲子刮一张肠粉。在桌子间走动的女人看着二十岁,圆脸,梳马尾,表情很臭,仿佛被逼着继承这份家业。

我闻到牛肉肠粉的味道,肚子又饿了,很想吃它。他目不斜视走过去,右肩往上送了送编织袋,左手往前出了三拳。

柱子旁边一张白色桌子,桌面边缘露出内部的锯末。桌面上有两张黄色纸浆蛋托,一角的两个格子里还有两颗鸡蛋。他放下编织袋,靠右腿立着,双手拿起鸡蛋,对着太阳望。旁边便利店里坐着的女人看他,又看我,没有说话。我往前走了几步,回头看,他还在看鸡蛋,像捏着两颗眼球。一个男人经过时,他胳膊放下来,把鸡蛋装在兜里。

前方一栋白色马赛克旧楼,所有金属都生锈,但树影落于墙面,有童年某个午后的耳鸣声。楼前一片四方形的空地,生有一棵老榕树,像是高山榕。树边围了一圈水泥。他喊我坐在上面休息。

人在远处偶尔出现,马上又变小,不见。头顶上,悬挂着一条被子和一条毛毯,兜满阳光。毛毯白色的绒毛如同一场暴雪,上面有灰色的叶片,重重垂下,仿佛在站正步。被子贴身的那面是白色棉布,六朵小花围着一朵,规律地布满整张布面,另一面是浅浅的绿色,飘在空中,似乎要被微风吹走。

他掏出一颗鸡蛋,颠了颠,捏住,对准水泥棱磕一下,掰开一道裂缝，闻了闻。没坏，他说。他嘴唇凑到上面吸了一口。确实没坏，他说。他仰脖，蛋液落进口中，一道长长的蛋清连着蛋壳，树和楼和我在里面变形，他使劲吸一口，全部消失。他把鸡蛋壳扔到树下，掏出另一颗鸡蛋，递给我。给，他说，这个你喝了吧。

我很想拒绝，但没有。我接过来，握在手心，似乎有一颗心脏在里面跳动。蛋壳上有一块鸡屎，我用指甲抵了抵，没掉。

喝吧，他说，不脏，营养很好。

我避开鸡屎那一侧，磕个小口，嘴唇凑上去，有种鱼的触感。我闭着眼睛，想象和一条鱼接吻，是条死鱼，瞪着木头的眼睛。肯定是我杀过的其中一条，它张着嘴巴，没有声音。我的喉咙胀大，吃过的鱼要从那里挤出来。我咽下去，感觉脖子错位了。像是羊水，但我不知道羊水是什么味道。

拿着它干吗，他说，扔了吧。我睁开眼，他从我手中拿走蛋壳，扔到树下。蛋壳在那里，仿佛刚刚逃走两只小鸡。

要走了，他站起来，左勾拳，右勾拳，左勾拳。他指了指绿色的编织袋。你帮我背一会吧，他说。

可以，我说。

我提了提，不重。他帮我把编织袋托到背上，拍了一下，我紧紧攥着。你先走，他说，走远一点。我看他，不懂什么意思。你先走一段，他说，快。他推了一下编织袋。于是我先走，旁边的墙上挂着白色泡沫板，上面有红字：改衣服，家有人，请按门铃704房，电话……改字写错了，划掉，在上面改成小一号的改。我回头看，他站在那儿不动。我慢下来，他挥手示意我加快速度。我继续走，他像丢在那儿的人台，编织袋总往下滑，我攥得更紧。再次回头时，他正跑过来，怀里抱着被子和毛毯，路对面有个女人看他，只是看。我停了一下，马上开始跑。

没有人追我们，路过的人不知道发生了什么，只是看看。或许人们猜测我们是一对敌人，那离人们很远。转上另一条街，我们不跑了，背靠红色墙壁，坐着喘气和流汗。我又饿了，我想他也是如此。人比想象中更能扛饿。

这是你的，他说。他丢过来，被子和毛毯在我膝盖上散开，我赶紧拢一下，拍打沾上灰尘的地方。它们很好，他说，很暖和，像抱着一团棉花，你喜欢它们吗？

我很喜欢，我说。我点点头，紧了紧胳膊，像抱着一团棉花。我说，你可以用新的，我用旧的。

他皱眉头，摇摇头。不用，他说，我的也很好，它们跟我很久了，那个被子是我捡的，我一直晒它，我喜欢它的味道，闻着那个味道就能睡着，没人能抢我的被子，我跟那两个人说，谁抢我的被子，我就杀了谁。他出拳，摆拳，摆拳，直拳。这不算做坏事，他说，我们不能太老实，太老实会活不下去，但也不能做坏事，这只是一点不怎么好的事，没什么。他扯了扯我的薄羽绒服，仍旧摇头。太薄了，他说，你还需要一件厚衣服，你的衣服太薄了，还没到最冷的时候，你不能太老实，太老实没有活路，不能太守规矩，但不能做坏事。

中午，地下通道的转角，一位老太太吹笙。她的肩膀耸出三角形，像是有两个夹子把她挂在那里，她身后的墙贴满方形绿色瓷砖。笙掉漆了，她双手捧着，像捧着一张脸，她的腮下好似塞了两颗鸡蛋，皮肤撑得很薄。笙声偏哑，人们快速走过，她身前的不锈钢缸子里有几枚硬币和小额票子。我盯着她的腮，担心要爆炸。或许那把笙快死了，她正在做人工呼吸。或许当时我也该这么做，跪在死者身边，往他的嘴里吹气。那样会符合人们的期待，不会被放到网上。但也说不准，可能有一个热搜：一男子车祸现场对死者人工呼吸。不，不会说死者，会是受害者？或者伤者？他还是会死的，没有错，他遇见了死亡。不过对我来说会是另一种局面，但我不后悔，他看起来真像有口臭。

笙的声音时而很虚弱，小时候有个邻居也吹笙，他是乐器班子的一员，他每天早上都要练一会。他吹得很好，我妈妈的葬礼上，就是他在吹笙，我有时候能听到，有时候听不到，但跟每天早上听到的不同，可能是被唢呐声搅乱了。

我提着两个黑色袋子，里面装着我的被子和毛毯。是的，我的被子和毛毯，之前它们属于别人，现在属于我，没有人能夺走它们。谁要是抢我的被子，我就杀了谁。袋子是垃圾袋，他从可回收垃圾桶里扯出来，倒出里面的一次性奶茶杯，递给我，然后捡起地上的杯子们，丢进旁边的不可回收垃圾桶。另一个袋子也是这么来的。提着它们，我开始期待一个温暖的夜晚。

在转角的另一侧，他放下他的编织袋，我放下我的期待，坐着休息。他没有说话，头枕着绿瓷砖，我知道他也在听笙。气流经过那些小管，变成声音，体积膨胀无数倍，填满整个地下通道。

很想告诉他，我要上去一趟，可能会花四十分钟，或者更久，但说不出口，很难为情。他的呼吸开始出现梦的碎片，我小心地站起来，踮脚走路。看到台阶上的阳光时，我松了口气。地面的空气很不舒服，吸进肺里的不止有空气，还有空气里的光，它们还在亮，人们能清晰地看到我的内部。我的目光从一处跳到另一处，避免被捉到。太糟糕了，什么都没有改变，那些店铺还是过去的店铺，咖啡店门口摆弄黑板的女人穿着过去的衣服。那几棵树就像不在乎时间，下象棋的老头也是过去那些。他们用车马象炮砸得水泥台子啪啪响，骄傲得不行。我抬头找到田尚佳的窗户，挂着一样的铁锈，和其他窗户没有区别。我心中有股怒火，一股希望世界天翻地覆结果却不如意的怒火。一切完全是老样子，鸟在叫，人们生活，光斑朦胧，恬静美好，仿佛这就是世界真实的样子，只有我搞砸了。

我用余光看每一个人，说不清是期待还是害怕。但没有看到，今天肯定是个工作日。不知道为什么还要走下去，但我确实在走，并且无法拒绝。转弯，再转，那几家商场门口的圣诞树不见了，摆着许多年桔。很可笑，搞不懂年有什么好过。这种变动也让我生气，好像我只是看不顺眼，单纯想对这个世界撒气。楼里走出一个男人，我认识他，他的工位和我隔着三排或者四排。我们在同一个饭桌上喝过酒。我来不及躲，全身的骨头开始变小。他目光经过我，没有停留，飘去别处。

庆幸，然后突然心情低落，我看了一会南洋楹晃动的枝叶，不知自己为何站在这儿。

嘿，靓仔。有人拍了拍我的肩膀，是公司里给植物浇水的李叔。真是你，他说，不敢认。他打量我。我看到自己衣服上成片的污渍。怎么搞成这样，他说，听说你搞出人命，还有商业机密什么的，那个跟你一块的小姑娘跟人吵了好几次。

我不知道说什么。他在公司外仍旧不显眼，还是那种植物的神色。

你上去看看吧，他说，那小姑娘可着急了，还有那个靓仔，你上去看看。

不用了，我说，我先走了。

你别走啊，他说。他拉住我的胳膊，劲很足。他说，你要不想上去，就在这里等一会，我上去叫那小姑娘下来找你。

我站着不动。他说，我松开你，你别走啊。

不走，我说。

他松开。他说，你在这里等一会，就一会，我上去叫她。

他往大楼里走，一直回头看我。走进玻璃门后，还在用嘴型说，你别走。他消失在楼里，我开始跑，越跑越快，好几次撞到路人的肩膀。身后有人不满地说，赶住去投胎呀。千万不要再投胎了，我想。

道路消失得很快，接近地下通道时，我的心站在悬崖边。我站在入口，把气喘匀，耳朵寻找笙声，没有找到。我走下去，几个年轻人行色匆匆，仿佛正在参与改造世界的大事。老太太还在，正托着笙发呆。他还在，我松一口气。他闭着眼，但我知道他醒着。我走过去，小心地坐下，就像小时候考砸了数学考试，不敢拿试卷给父母看。

夜里，我们在天环广场的垃圾桶里找到一些食物。一个牛皮纸袋上印着 Paper Stone，里面是牛角包和一个圆滚滚的面包。圆滚滚的面包咬开后，有流心芝士，温的。它的甜味不热烈，散发麦粒在硬土地上晒到傍晚的香气。我想起一段丢失的记忆，它离得不远，或许不远。就是这家店，有个人强烈推荐一款面包，但我想不起来是哪一款。你一定要吃吃这个，她说，我买给你吃。不用，我说，我不爱吃面包。不行，她说，我必须让你吃一下，你吃完要是还不爱吃那就没办法了。行，我说，那我就吃吃。店员打包好，递给她，她转过身递给我。她说，给你，代表了我对你的爱。我说，哇，那我没法吃了，我要做成标本，收藏起来。我们开玩笑一样哈哈笑。我吃了，舌头很幸福。可我知道，我不会念念不忘那个味道，经过面包店时，我仍然会猛吸几口烤面包香，享受它们在架子上整齐排列的喜悦，但我永远不会主动走进去，买一个来吃。

蛋糕，他说，快看，上面还有草莓呢，嚯，多红。

一块慕斯蛋糕，裹着一层白巧克力，我们在消防步梯里分食，关于草莓我们没有谦让，一人一口吃掉。我想起点什么，他说，我种过草莓，只有几棵。灯灭了，他重重咳一声，灯亮了。他说，结了草莓后，我每天放学去看，草莓一点点变大，越来越白，刚冒出一点点红，我就摘下来吃了，还有，还有，怎么搞的，想不起了。灯又灭了，我望着墙面上绿色的箭头，安全出口，那个方框里的逃跑小人仿佛真在逃跑。算了，他说，算了，算了，不想了，想不起来，它们在害我。

灯再亮时，有人推开防火门，很响。两个保安进来，赶我们走。于是我们提着家当离开，路上我一直寻找监控摄像头，想象我们在屏幕里的样子。

夜晚看起来空旷，我们好像没有选择方向，只是往前走。路上他一直努力回想每一次吃过的蛋糕，我没有认真听。有几下我以为他要打拳了，但是没有。前方一座立交桥像罗马斗兽场，我雀跃了一下。他没什么反应，一副忧国忧民的表情，为想不起来两块蛋糕哪个更靠前苦恼。

站在环形路面底下，交错的空间看起来既抽象又具体，环岛中有些空间植被旺盛，昏暗中看过去，像囚禁在那儿的鬼魂。我想起看过的一本小说，《混凝土岛》，一个富足的男人开车冲下立交桥，搁浅在那儿。读的时候总觉得，他再使一点劲就能逃出来，但是他再没能上来。

辅桥底下的一个转角看起来不错，但他继续走，沿着一条直线。这里不好，他说，流浪狗都不会住在这里，你不知道，有一次吃完蛋糕，我一直拉肚子，肠子都快拉出来了，好几天身上都有一股屎味，不浓，一直有，我觉得我要拉死了，结果又活了，没多久我又捡到一块蛋糕，我犹豫要不要吃，最后吃了，因为上面有樱桃，我喜欢樱桃，樱桃？他盯着前方的一盏路灯，表情困惑，他的眼睛看上去像塑料的。樱桃，他说，我记得樱桃是个人，一个小孩，樱桃，她在哪儿？他终于出拳了，右勾拳，右勾拳，右勾拳。他连续眨了几下眼。我松一口气，想起村子北边的树林里那间房子，一个老头整日在里面磨香油。他就有一只假眼，永远睁着，比旁边的眼球大两倍。大人们都说他的眼球爆了，医生挖了一只狗眼装进去。我去那间房子买过香油，不敢看他的眼睛，但偷偷看了，那只眼球会把人的魂吸走。

他换了一盏路灯瞪，眼球仍然像假的，但是不吓人。绿化很好，路边一整排蓝色共享单车，那么遥远。一辆白色环卫工作车像大房子，他的注意力从樱桃转移到车上。三个白色多面体花坛，里面三种植物，要是小港在，肯定能说出它们的名字。另一边的高架路底下，宽敞，铺着带小洞的地砖，有草从小洞里长出。

他说，我住过一个铁皮房，里面放垃圾桶和扫帚……

我突然想起我的父亲，我好久没想起他了，我有点难受，于是不再想他。一条小河，河水很黑，发出声音，让人疑惑声音哪里来的。路边有个方形的洞，下面是一块方形的水面。有一块楔子形空间，仿佛人们用一把大锤把它楔在那儿，撑住缓缓升起的路面。一辆车开了上去。

睡在这里吧，他说。他站在高的那一头，把编织袋放到金属护栏里面，手一按跳了进去。虽然离上面的路面还有十几公分，他仍然微微弓腰低头，仿佛上面的混凝土是武侠小说里的先天高手，会散发护体罡气。

压迫感给空间添上温馨色彩，我感到很安全。他双手压着临水的石板，看了看下面的水声。他说，我们可以尿到河里。

车辆很少，我睡着了一会，趁我睡着，谁往我的肚子里扔了一把泡腾片，全宇宙的泡泡都在我肚子里，括约肌触电般绷紧。我抓起一张报纸，屁股伸进临水栏杆的宽缝，双肘跟两根竖杆较劲，往河里窜稀。

屎落进水里很不明显，他坐起来，摸了摸脑壳，朝上望，好像真被上面的路面撞了一下。

熏到你了吗，我说。我看不清他的脸。

没有，他说，你在拉屎？

对，我说，憋不住了。

希望不要一直拉，他说，有一回我吃蛋糕，开始拉肚子，拉了好几天，我以为我要死了……

所有混凝土晃动，似乎钢筋活了。我听到巨大的轮胎，应该是大货车。他的声音不见了，我看到他出拳，三下。重回寂静后，他的话也被带走，坐在那儿不动。他肯定在盯着我，我能感受到，好像我随时会掉入下面的黑水，和我的稀屎为伴。或许和盯着光源时一样，他的眼球变成两颗塑料。好久没有屎出来，广州的冬天让我的屁股成为一小块北方的冬天，但我总觉得还有屎要窜出来。水泥杆粗糙的表面，打得我骨头发酸，然后像热量一样传递，伤害我的脑子。我有点忧伤，担心栏杆突然断掉。

光降低几次浓度，终于抵达他的脸。并不清晰。有一个问题不受我控制。我问，有时候你会不甘心吗？

水声飘上来，填满一小块沉默。他说，你说什么。

不甘心，我说，过这种生活，你会不甘心吗？

生活，他说，这是个好问题，生活，嗯，不甘心，没这么想过。你会问这个问题，你问我生活，好吧，这是个好问题，生活，你还没拉完吗？你拉很久了，生活，我不知道，我有时候也拉肚子，特别难受，肠子都要拉出来啦，还是拉不干净，我以为我要死了，对，你说生活，生活，你觉得怎么样，生活，我想不起来，什么生活不生活的，日他大爷，从娘胎里出来就是来受苦的，可能就是这样，我们到这里来受苦。不对，不能这么想，现在不好吗，我还挺开心的。但这是个好问题，你问我这个问题，生活，没有人问过我这个问题，生活，这个词，没想过会用在我身上，有意思，生活，为什么用生，为什么不用死，死活，哈哈，死活，我喜欢这个词，这个词好，生活这个词不该用到咱们身上，生活是那些人过的，咱们是死活。

左勾拳，右勾拳，左勾拳。

死活，他说。很小声，然后躺了下去，把声音交给上面的汽车，下面的黑水。

有人喊醒我们，天蒙蒙亮。一个扎辫子的女人，提着夹子和黑色垃圾袋，穿蓝色清洁工服，衣服上有几道反光条。我的屁眼噘着嘴，还有屎意。你们不能在这里睡，她说，巡检看到了会扣我钱。

我们没有争辩，开始打包我们的床。我的肠子里爬着许多蚰蜒，时不时抽动几下。

再后来，时间的顺序乱了，有时在桥下，有时在小公园，除非实在无处可去，我们才会在二十四小时自助银行里凑合一夜，因为会被半夜的开门声吵醒。他说还有可能被赶出去。一片商业区临街的大楼有防火门，我们打开进去，在消防通道过了夜。还有一次是待拆的老房子，我们踩着砖头和油漆桶，爬到二楼平台，钻进小窗户，睡了一夜。在那附近，我在一扇窗户外面摘了一件灰色棉袄。某个白天有个男人尝试跟我们聊天，他拉着我赶快逃走了。这是搞慈善的，他说，他们会叫穿官皮的拉咱们到救助点去，特别烦人。

我的胃变成一颗气体的恒星，食物丢进去马上不见，永远填不满。饥饿，一直饥饿，仿佛我寄生在一颗胃上。人要是不用吃饭就好了。我幻想科学家发明一种食物，只需吃上一片，就能解决人的饥饿和最基础的营养，它足够廉价，所以政府免费提供，那真是天堂一样的死活。当然，有生活的人可以去吃自然食物。

除了饥饿，还有疼痛。两块铁生在鼻窦里，拿它们没有一点办法。疼痛成了我的一个器官，另一颗心脏，均匀地往全身各处发射。泡在其中，身体如同一截松木或者槐木，不过不一定，有时我觉得是榆木和杨木，偶尔像桐木。说不清哪里疼，疼痛成了一圈圈年轮，我很想把大腿砍断，数一数截面。我特别愿意躺着。我的睡眠分成两段。后半夜睡，天亮了往嘴里填能找到的任何东西，溜达到中午，再睡一觉,天快黑了再次找吃的。

那天我们躺在一个凉亭里,周围有几棵树,可能是榕树或者朴树。白天越来越浓的时候,路上开始有人走动。我坐起来,不远处有一段带屋檐的墙,亮度足够看到上面写的红字。入口的大树下,有块黄色大石头,旁边撑着蓝色遮阳伞。这边的栅栏外,也有一把遮阳伞,伞面上是扇形的蓝色和扇形的黄色。两把遮阳伞,没有关系,只是巧合。

凉风带来肠粉和粥的味道,某扇窗户里有漱口声,后来有人说话,声音像是从痰里跑出来的,又粗糙又迟钝。嘿,我喊他。他没有回应。嘿,我喊他。他没有回应。我就知道他死了。

死去的他真安静,一个人死了,变成一具尸体,看着比活着时更善良。我脑子里浮现一张鲁迅闭眼躺着的图片,想不起来在哪里看过,这张死去的脸更像鲁迅,是真像,颧骨和眉毛。可能他是个浙江人,不过,我没听出江浙口音。死了真好,我早厌倦了他的语无伦次,没有重点,喋喋不休。我怀疑人这辈子要说的话是有数的,谁要是说完了自己的话,谁就要死。他简直是拿着机关枪向外发射自己的命,然后什么都没命中。

离开前,我盯着他的毛毯,犹豫要不要拿走,那会让我夜里更暖和。我没拿,因为太沉了。

十二

有时我会遭到驱赶或殴打，来自穿制服的人或者同行。但我不值得同情。有些街道和建筑很眼熟，我肯定来过，在过去，作为消费者或者游客。现在，我无法用原来的名字识别它们。我拼命相信它们内部还有别的目的，工作、生活、商业、娱乐等等，但这些目的渐渐不明朗，蒙上神秘色彩。它们像是一种进化后的生物。人们进去，人们出来，我猜想里面举行某种仪式，人们跟这种生物交换想要的东西。人们换到想要的东西了吗？

但我不会认为它有生命。我总是将它们看成摆件，或者那些无法挪动的障碍物，出现在我的卧室、厨房或者客厅里。偶尔也会是一件家具，床、大衣柜、桌子或椅子。人像家里的灰尘。

日期变得毫无必要。我捡到一个灰色行李箱，确切说，是一个人给我的，当时他正在丢弃它的路上。后来，我又捡到一个红色背包，JANSPORT，它躺在一张长椅上，对我说，来呀来呀。于是我拎起来走了。几百米后，我在里面找到口红、润唇膏、眉笔和小镜子。两片卫生巾，苏菲。一包奥利奥，保质期到 2021 年 3 月。一个胖塑料水壶，印着粉色的 Hello Kitty。我嚼着奥利奥，意识到可能它不是别人丢的，但管它呢。我继续翻，在夹层里找到两张照片，一元人民币三张，五元一张。一张照片上有四个小孩，三个男孩一个女孩，站在一扇黄色的门前，三个男孩都在笑，只有最左边的女孩苦着脸。另一张照片里只有一个女孩，她站在上山的台阶上，扭过头笑。我认出她是那个苦着脸的小孩，这时她的年龄更小。或许这两张照片挺重要的，我想要不要还回去。但管它呢，我捏在手中，看了一小会，路过垃圾桶，准备丢进去。手在垃圾桶口停下来，缩回。我把它们放回包里。

哪里住起来更有安全感，夜里如果不得不住在地铁站如何躲避保安巡查，哪里更容易找到食物，哪些地方不要去，我从他那儿学会了足够多的东西，偶尔，我会猜想 2020A 后面的五位数。有几回我想去殡仪馆看看，他说过，无人认领的尸体会在公告栏贴一阵子，等人去领，但太麻烦了，这种长途旅行会让我又饿又累。

多数时候，我的大脑不思考，只对出现在眼睛里的事物做出反应。一棵树，一株草，一个光斑，一粒石子，墙面一块或深或浅的印记。一个人，蓝色或白色，汽车发出声音，角落里的桶，广告牌上的字。个别时候，我有幸丰收，吃下太多油水，躺在那儿，有精力陷入过去。不是回忆，是掉落。逝去的日子就像落下的水，那些障碍物显形了，无比清晰。让我误以为那时候有了清理它们的智慧，但我知道没有，它们不可清理，它们是一种绝症，它们不是一下子就在那里，它们生长，却不像钟乳石，它们弥漫。

有一次我想起那把我没见过的伞。黄色的皮卡丘伞，小港的好朋友送给她的生日礼物。没多久陈家贝和李芍药打架，伞的辐条断了几根，连接伞柄的地方破了。小港很难过，抱着它流眼泪，陈家贝吼她，她的眼泪吓了回去。两天后，那把伞重新出现在餐桌上，小港撑开，皮卡丘的头顶戴着一顶斗笠，那些断掉的辐条，安上了竹子假肢。

很精巧，小港说，围着伞的尖尖编了一圈，皮卡丘像个渔夫。

我正在帮她梳头，iPad在镜子前放综艺视频，《新西游记》的一期，里面还有安宰贤。是她告诉了我这个名字。镜子里她只有嘴唇在动。

凭什么，她说，亲手把一切砸烂，挥洒暴力，把人伤成筛子，然后他觉得，又能轻易复原这一切。

镜子里我们身后的门半开着，好像随时有人走进来。她的头发越来越长，越来越厚，一把木梳正从头顶滑到她的背。她嘴角笑了一下。我脑子里是耙地的画面。犁好地后，卸下犁，挂上耙，拖拉机启动，在田野上一遍遍画圈，让土壤颗粒均匀，松软。这种时候需要有人站在耙上，好让那些耙齿下得更深。我站在耙上，身体前倾，扶住拖拉机后面的横杆。驾驶座上，父亲的后脑勺是一种类似拉拉秧的表情。天地广阔，土壤在脚下流淌，新鲜的泥土混杂根茎气息淹没柴油味。四下空旷，地平线有一些漂亮的锐角，不近视的话，几乎能看到远处的河堤。记忆提取一幅美好的田园景象，但太阳会晒得人头疼，睁不开眼，心情烦躁。

她说，好笑的是，他修那把伞时，大概还沉浸在父爱如山的自我感动中呢，然后趁着没人看到，别别扭扭地放在那里，假装他一点也不在意。

周围的一切经过镜子的还原，多出一种气质，好像它们都在呼吸。我想起一个广告，小时候看到的洗发水广告，一把梳子顺着一个女人的头发缓缓滑落。我松开手，梳子停在那儿。

可我确实喜欢那把修复后的伞，她说，一直盼着下雨，终于下雨了，我打着伞去学校，同学们都夸它好看，我说这是我爸爸做的，她们说你爸爸也太好了。哈哈，你听听，你爸爸太好了。她摇摇头，头发上光线晃动。她说，凭什么啊，他给我们那么多伤害，然后做这么一点事情，就成了别人眼中的好爸爸。

我放下木梳，它躺在桌面上，盯着 iPad 里的笑声，消化头发的味道。是偏甜的木瓜味。气垫梳似乎雀跃了一下，我拿起来，帮她打高颅顶。

她说，可是，我抱住那点好，一天天孵，它变得越来越霸道，甚至抵消了体积太不相称的坏。有什么道理，那点爱不过是他为了消除愧疚感施舍的。视频里那个喜欢露脸的导演，重重喊了声叮。她说，但它仍然越来越重要了，真让人生气啊。啊延续了好几秒，她张着嘴，保持怪兽表情。

后来呢，我说，那把伞怎样了。我抓起一把头发，思考适合她的原创发型。头发沉甸甸。

又被他砸烂啦,她说。

她抬手摸头发,我接过她的手,一直抚摸她的手背。手背上都是骨头,但摸起来很软,像番茄的叶子。我继续梳头发,用气垫梳。我给她说那个广告,我们讨论了一会那个洗发水是潘婷还是蒂花之秀,没有答案。蒂花之秀,青春好朋友,她说。我记不清这句广告词是不是正确。

真的很好看,小港说,黄色的皮卡丘,戴着斗笠,还眨着一只眼,像个乐呵呵的傻渔夫。

我努力寻找我的皮卡丘伞,想跟她炫耀一下,可怎么也找不到,因为我没办法回到另一些日子,那些日子变成一个面目不清的整体。或许这个整体就是我的皮卡丘伞,我的爱与伤害的废墟。它占据着那儿,我看到一些细节,但不足以代表它。我能够看见它,但无法回忆完整的它。甚至连靠近都有困难,但我又无法忽视。它静静待在不远不近的地方,看上去甚至不大。我不确定时间和记忆被它吞噬了,还是压缩了。它的形状并不清晰,它的颜色有一些深浅变化,让我误以为在流动。我觉得它没有重量,甚至空,但它压得人喘不过气。时间不会让它消散,不会让它变远,它就在刚出现的位置。我很想走进去,仔细审视那段生活。它就在原地,但这段距离始终固定,我无法突破。我能看到一个房间,一个院子,几位亲人,但只留下一两个表情和姿势,我听不到那些争吵了,可我还是察觉到那种压抑,并且疼痛。视频里所有人都哈哈大笑。

很快那些食物变成屎，我捧着胃和饥饿，留下一个空荡荡的脑子。试图想更多就会遇到阻碍，只剩下一些模糊的框架，诸如某些时刻我跟她说话，会在心中预设一个回答，但她给的经常是别的反应和回答。我希望从这种粗浅的印象里得到我们分手的答案，但没有力气分析出来。我想我从来不知道爱是什么，只是依赖对方的爱，给出反馈，激起一个爱的轮廓。或许这就是小港离开我的原因。她看透我无爱的本质。她知道我说出的每一句我爱你，都只是她自己的回声。于是她离开，真好，想到这个我无比轻松。是的，就该是这样。

日期确实变得毫无必要，但我还是能得到一些线索。每次醒来，都像睡了一百年。我知道肯定没有一百年，没有报纸过了一百年还这么新。垃圾桶上面，一份《新快报》，2020年1月13日。但肯定不是这一天，因为很快，我又捡到一份三天后的报纸。

我坐在圆形长椅上，圆心是一棵小叶榄仁树。阳光让人迷茫。对面另一棵小叶榄仁周围，几个老头大声争辩什么。其中一个手持拐棍，白发像两只角，身体搭在椅背上，如同马上要流下去的黏稠液体。说话时眼睛瞪圆，却不看说话对象，只用金属拐棍哐哐敲地面。一个穿牛仔裤的女人经过时，他忘记开口，一直盯着女人的屁股，眼球要掉出来。我担心血压会把他的脑子爆掉。

或许是周末，连阳光都充满星期天的味道。一个短发女人推着婴儿车，缓缓前行，旁边戴眼镜的男人划着手机屏幕。婴儿的眼睛直直看我。在开阔处，女人划桨般推一下婴儿车，松手，车子向前滑了几米，停下。女人舞蹈般走几步，像火烈鸟走在浅水。

看报纸的时候，我一直努力听鸟鸣，偶尔目光脱离纸面，尝试把听到的鸟鸣，准确地安在它的鸟上。

在开会，有一版是呼吁重视白领职业病，委员做起保健操。想着那个画面，我想笑，不过脸上的肌肉没有配合。海量视频信息纳入春运最强大脑，这和我无关。新春走基层，很多红火的笑脸，人们都在等待过年，最起码2020年1月13号是这样。近期降雨未能对澳大利亚林火产生显著影响，原来那场大火烧了这么久，不知道现在烧完没有。巴萨换帅呼声急，哈维有望接过母队教鞭，两个人的照片，巴尔韦德以手扶额，哈维抬头，目光坚定。我挺喜欢巴尔韦德，有时候场上局面不好，他蹲在场边愁眉不展，看起来很心酸。很久没看到梅西踢球了，我有点失落。

16号仍然在开会。有一版讨论垃圾分类，有个委员介绍，规划建设的垃圾分类设施，可满足未来二十年垃圾分类需求。希望建设得慢一点，因为我担心垃圾分类后，我可能找不到吃的。新冷空气到货，我尝试想起哪天降了温，没有印象。

两个女人走过去，其中一个突然回头，然后向我走两步，半蹲下来看我。黑色皮夹克，腰部漏一圈肉，黑色紧身牛仔裤。

何小河！

栗色头发，扎在头顶，脸很窄，眼睛倒映一棵树。她的眉毛画得很均匀。我思考了一会，想起来是乔慧云，她跟视频里的形象判若两人。另一个女人站在她身侧，穿一件暖灰色大衣，厚底靴，她摘下墨镜，挂在领口，脸颊反光。那个骑行 UP 主，百万粉丝，我想不起来她的名字了。她们像活在世间的神仙。

　　你怎么在这里，乔慧云说。她蹲下，重量集中于右脚，左脚脚尖后蹬，双手叠压在右膝盖。我哥一直很担心你，她说，还有佳佳姐。

　　我只有一个念头，于是马上站起来，拉着箱子离开。她拽住我的胳膊。她说，别走啦，你坚强点，我还等着你听我的歌呢。

　　我甩了下胳膊，她的手仍牢牢钳着。骑行 UP 主想要拉我另一边胳膊。乔慧云说，快，给我哥打电话。

　　手机已经拿出来了，我猛地一推，乔慧云尖叫一声，倒在地上。骑行 UP 主跑过去蹲下，问她还好吗。我靠近两步，想去扶她。几个人拦在我前面，其中一个推了我一下。他说，做乜嘢，咸猪手，扑街。我转身跑，没听清乔慧云向他们解释了什么。

　　我一直跑，经过人群和建筑。箱子跟着我，像一条听话的大狗。后来我忘记了为何要跑，但仍然在跑，一片平面的火抽空我的胸腔，失去空隙和骨头，我觉得自己是个湿塑料袋。我挺想停下来，但停不下来，终于，前边出现一个巨大的洞，我顺着惯性跑上台阶。一对穿白衬衫黑裤子的男女在下面讨论，可能是物业。行李箱的轮子像兔子的脚，一阶一阶往下跳。那对男女看我，男的想要对我说点什么，但没有开口。

敞开的防火门里，声音像失眠夜的白噪声，往来的人看上去都是有生活的好人们，地面上没有人的影子。我的右边有人走路，一个女人，双手抬在胸前，像刷完手后，走向手术台的主刀医生。她消失在防火门里的无影灯下，一个嘻哈男孩伸头，先看到我，然后看到卫生间，大步前行。

穿过一层薄薄的光影，我恍若掉入一场半梦半醒的仲夏夜，听见耳鸣和苍蝇。食物的香气混作一团，分不清源头，好似发酵后浑浊的热气。我抬头看繁多的光源，站在那儿，身边跟着我的行李箱，我们像等待抹去的影子。我的眼睛很疼，但没有眨一下。旁边一家叫探鱼的餐厅，门外有人坐着排队，两个正在聊天的人中的一个，盯着我，同伴推她的胳膊才扭开。门口的引导员一遍遍抬起脚后跟，嘴角练习往两边收缩。记忆重新工作了一下，我在这里吃过饭，但它已在时间里失去位置。旁边的防火门上贴着海印都荟城的广告，我挪过去，扭开，里面是一条空空的走道，一个清洁工的背影像虚肥的骆驼，推着垃圾车缓缓前行。

十三

这片消防通道组成的地下迷宫,看不见日夜。但我仍然能够通过打烊的店铺识别夜晚。夜里,人迹全无,通风设备也停止工作,很多通道的入口也垂下铁网。空气变得黏稠,生出小蘑菇和金鱼藻,我变成水中生物,每一次呼吸,都有小蘑菇和金鱼藻进入肺部。它们占据我的血液,我的血管开始丰美,生出鱼和小虾。有时候我不睡,睁着眼睛。但似乎也是另一种沉睡,惊醒时刻,我意识到我一直在说话,但不记得都说了些什么。那种停顿很突然,空气都在讶异。或许无知无觉中,我已倾吐自己的一生。我开始对着空气出拳,但出拳结束后,我才意识到刚刚做了什么。我还挺喜欢这样,这样带给我一种安慰,仿佛我刚刚真战胜了点什么。对,当然,我知道,我什么都没有战胜,我甚至没有触及任何东西,但仅仅是这样做,就好像我没有屈服,好像我战胜了什么。

我的住处在两扇防火门中间的黑暗地带,或许有十平米。这份黑暗很熟悉,它在整个地下迷宫的东南方位,一侧的防火门无法打开，不知通向哪里，另一侧的防火门外，是个小走廊，小走廊尽头有扇两倍大的防火门，门后是消防步梯。步梯向上的第三级台阶放着生锈的小油漆桶，里面的水越来越稠，烟蒂一日日肿胀，每次我被拉进去，都闻到发霉的尸体味，鼻窦开始疼痛。有几家餐厅的年轻帮厨们会在这里抽烟。

每个营业和打烊的周期里，我有两次远行。我从住处出发，背上书包，提一个名创优品的袋子，里面装着我捡来的一次性饭盒。Miniso，我模仿好几种口音念这个单词，日本、韩国、越南、英国、印度，每一次我都过分沉浸，直到注意路过的人诧异的目光，才陡然停止。我沿一条狭窄的光路，打开墙面上或紧闭或半开的防火门，翻找每家餐厅后厨的垃圾桶。

这是一条类似操场跑道形状的线路，但它并不连贯，和好人们活动的区域一样，分为南区中区北区，正中间还有块小岛区域。从一个区域到另一个区域，不得不跨越的好人们的地方，我称之为海峡。第一个要跨越的是 Shoebook 海峡。这个海峡旁边，有通往广州图书馆的长长的地下通道，也有一家蓝色的鞋店。有一次，一个长队从鞋店门口一直延伸到那个地下通道尽头。入海口处，几个人坐在海面上，拦住我的去路。我在那儿挨了挺久的饿，才瞅准机会，跨越过去。Shoebook 海峡对岸，走几步有一个卫生间，我在那里排泄，我在那里洗漱，我在那里洗澡。

从卫生间门口继续往前走十几米，有丁字路口，左拐可以到达水果湾海峡。这个入海口有两道防火门,常开着,远远就能看到在海峡里游动的好人们。时不时有人从中脱离,拐进来,寻找厕所。两扇防火门中间的空白地带,总是放着一辆蓝色平板推车、一把黄色塑料矮凳和几个黑袋子。黑袋子堆在平板车上,像装着垃圾。我第一次经过时,想要打开袋子看看。你干什么,有人说。是个年轻女人,从海峡里浮上来,绿色衣服,戴着更深的绿围裙,围裙上写着全民果汁。我看着她,想不起来说话,有时候我怀疑我的声带不见了,嗓子里长出腮。不要动哦,她说,这是我们的水果。她的身后,又有两个穿着同样衣服的人探身,一个是男人,一个是女人,两个人站在那儿看我,像嘴唇抵着玻璃的鱼。我看到一些泡泡,啵啵啵,泡泡像海草一样扭动,流动着彩晕。我想不起来说话,也想不起来离开。她往前走了几步,到一个角落,那里也有一个黑袋子。她打开,拿出一个火龙果,两颗橙子。这些坏了一点,她说。她走向我,伸着手。我盯着她手里的东西,理解它们到底怎么回事。坏了一点,她说,你把坏的地方弄掉,吃好的地方。她的手一直伸在那儿,手指不长,像一截萝卜,火龙果的皮皱巴巴的,像流产的胎儿,橙子塌下去一块,生有几簇白绒毛,很好看,像菌丝。我看她的脸,一张圆脸,眼睛也圆,几根乱发蜷缩在左耳上。她似乎不好意思了,微微低头,看我的手。拿着吧,她说,虽然坏了点,也能吃。后面的男人走上来,站在她身边。那些泡泡炸了一些。他说,唔好,佢如果食坏咗,要你赔钱点算。她看看他,又看看我,我仍旧盯着她。不会出事，她说，你不会找我们麻烦，对吧。我仿佛终于理解了眼前正在发生什么，摇摇头。她说，不会，对吧，你不会找我们麻烦。我点点头，摊开双手，她把火龙果和橙子放上去。他不会，她说。她看着身边的同事。男同事皱眉，没再说话，后撤，消失了。另一位女同事还站在那里，眼镜镜框是咖啡色，一只手握着另一只手的食指，想要拔下来，啵啵啵啵啵，无数彩色泡泡。

那时还没有 Miniso 的袋子，水果装进红背包里，拉上拉链前，我凑上去闻了两下，清香中夹着沉甸甸的霉味，很幸福。海峡中的好人们不算多，我走出敞开的消防门，看到旁边的店铺，全民果汁，白色字，全的中间是一根吸管，插在人的头顶上。侧门里，圆脸店员站在柜台后面，正在操作榨汁机器，她看我，没有任何表情，目光马上移回机器的出水口。红色的液体进入杯子。后来，我偶尔遇见她坐在矮凳上挑水果，她还是会递给我两个，或者三个。她会问几个最简单的问题，我只是看她，不回答。她的声音很难听，像风干了的面包，她可能认为我是一个傻子或者哑巴。我喜欢当一个傻子和哑巴，我喜欢听她问我问题而我不回答，因为那些不是我的答案。

水果湾海峡对面就是中心岛屿。几个闪亮的抓娃娃机旁边，有几扇宽大的防火门，闭着，不确定能不能打开。我鼓足勇气，进入好人们的海峡。水为我分流，走到正中间时，我几乎想要停下来。果汁店旁边的酸菜鱼店门外一排凳子，没有人坐在上面等座。一位扎着马尾辫的店员站在门口，好像在罚站。她盯着我，似乎在理解眼前的景象。一群人走过来，像一艘巨大的航母。我被水流推着往前走，我意识到刚刚我在出拳，左勾拳，右勾拳，左勾拳。我顺利到达对岸，幸运地扭开防火门。

里面空旷，有几面粉色墙，角落里有一把木椅和一个粗糙的木梯。椅子有个半圆形的靠背，有黑色海绵坐垫。我坐上去试了试，很舒服。像龙椅，我想。挺大一会我一直思考为什么会想起龙椅，好像我骨子里有一个愚蠢的皇帝。后来，我把它搬到了我住的地方。一面墙上有逃生指示牌，出口，EXIT，左右都有箭头，但只亮着左边。指示牌两边都放着体重计，那种自助扫码称重的体重计，应该是坏了，站成两个流浪汉。

这座小岛很空旷，有两处通往地下车库的自动扶梯。有丰字形的通道连接岛屿周围的海峡。我进来的那条是最下面的横线，入海口的防火门常闭。中间那条横线两侧的入海口都敞开，经常有好人们经过。靠近水果湾海峡的那侧，贴墙放着五台按摩椅，里面始终长满人，不知道都是干什么的。还有一个巨大的圆柱，贴满马赛克，各种灰色和白色，还有银色。银色泛着彩光，很漂亮。我经常在中心岛屿的一个角落里待着，可能是白天，因为店铺打烊后，进入这片岛屿的防火门会锁上。这个角落里有一台废弃的饮料贩卖机和一只木头小凳子。凳子很窄，小时候我家里也有一只类似的，我总是坐在上面吃饭。我来到这儿时，就会看看那块绿色的中央空调计费仪。上面残留着施工时的水泥污痕，小屏幕里的红色数字始终是1000，我不懂什么意思，但我很尊敬它，它很厉害，它支撑着整片区域的气温。计费仪下面，白色墙面有个房子图案，不知道谁画的。

每次旅行时，我不会一开始就来到中心小岛，我会在丁字路口继续前行，进入中区，一路打开那些消防门。热闹的人声隔着水面，步履缓慢的清洁工推着工作车，一不留神就消失。有人拉着小推车运送成箱的食材，我闻到过海鲜味。时不时有后厨工作人员出来，找到一个角落抽烟或者玩手机。有一片地方很宽阔，停着很多辆蓝色小推车，各种颜色的圆凳子倒在地上，贴墙码放白色泡沫箱和几袋二十公斤装的盐。用过的纸箱子堆满一个墙面，好像装置艺术。我在这里打开过一扇门，地面上有一团小光，那团光升高，原来有个人正躺着玩手机。我们互相盯了一会，看不清脸，都没有说话。我猜他是一个偷懒的厨师，担心被主管抓住。我撤走了。有些走廊又窄又长，好像我要掉落进去。

中区通往高德置地冬广场的宽通道，看不到尽头，我还不曾冒险往那边去过。旁边有家海南风味餐厅，我和小港在里面吃饭那次，我点了椰子鸡饭，小港点了叉烧饭。一个老年男人端上来开了口的椰子，没有外面的白色部分，裸露棕色椰壳，表皮爬满麻线似的丝。吃完后，小港说这个椰壳适合做花盆，于是我问坐在餐桌边休息的老人，可不可以带走椰壳。可以，他说，反正我们也是丢掉。于是我们带走了椰壳，后来椰壳里长出薄荷。

椰壳里不会永远长出薄荷，我盯着一个女人吃椰子鸡，她坐在店外的桌子上。她注意到我了,身体开始不安。我应该躲开,但动作太缓慢。后来她终于逃走了。我走过去,柜台后面的中年女人疲惫地看着我,我取走了椰壳。这个椰壳放在我的床头,仿佛我还等着它长出什么。

这处海峡人总是不多,我会站在中间待上一会。不止这个时候,我会突然诧异身处的地方,并且意识到,我刚刚一直在喋喋不休。很快,我杀死这个自己,重新回到一个模糊的自己。左勾拳,右勾拳,直拳。我犹豫这里叫冬海峡还是薄荷海峡,最后决定叫冬薄荷海峡。

渡过冬薄荷海峡,愈发冷清,我走到中区尽头,不再继续向北。一切看上去没有尽头,好像随时会把我冲走。中区尽头的内部通道一米宽,有弧度,两边的白墙一直收缩,我抱着捡来的两张瑜伽垫,提着捡来的白色塑料桶,觉得马上要被挤成肉酱,和手里的这两样东西融为一体。

走到尽头,就来到跑道另一侧,往前走,渡过刀削面海峡,再次进入消防通道,有一片特别大的区域,一副雨天黄昏的神色,有很多小路和柱子,很多推车,零零散散一些白色和灰色箱子,声音在这里是一团一团的形状。最大的通道尽头,总是有人坐着打麻将。我没有靠近过,远远地看一会他们,他们也会瞥我几眼。那里看起来有天光,我猜有通往地面的楼梯,但没有确认过。

要想重回南区,要横渡南瓜海峡。每次站在这里,我都望洋兴叹,它足足有三四十米,分布着几家礁石般的小店,店外的桌椅像水下的珊瑚。空气中有种新鲜南瓜瓤的气味，第一次我以为是巧合，结果每次都能闻到。我很想走快，但我的脚步仍然不快，好像我的腿在履行一个设定好的程序。好人们保持一定距离，好奇地看我。我会想象自己练成了神功，降龙十八掌或者九阳真经，自动散发护体罡气，普通人无法靠近。这里有一家卖卷饼的小店，我很想吃它，我站着等过几次，没有人剩下。我还会翻一翻不锈钢垃圾桶，里面套着蓝色垃圾袋，看起来很干净，我在这里捡到过不少饮料。美汁源、百事可乐、气泡水，以前我不喝百事可乐，现在也对它开恩了。偶尔也捡到奈雪的茶或者喜茶之类，一般剩得不到半杯。还捡到过一种古装女人头的奶茶，一整杯芋盖茶乳，可能它不符合买主的口味，但我觉得挺好喝的，很甜。我越来越爱甜的东西，可能我也和小港一样，不是喜欢糖，是喜欢甜。我奶奶也喜欢甜，她只能嚼冰糖，嚼啊嚼，把自己嚼死了。对，我有过一个奶奶，还有一个父亲。品尝这些甜时，会自动通往这两人的轮廓，不消耗我的精力。这些甜什么时候杀死我呢，我挺期待这件事。

渡过这片海峡，就回到了我最初下来的地方。饭点过后，宽阔的台阶上坐满后厨里闲下来的人，他们抽烟，三三两两聊天，像一棵棵雨后的蘑菇。不过夜里店铺打烊后，会封上卷帘门。

在旁边的通道继续向前，岔路处左拐，停车场的自动扶梯旁边，堆着一些废弃的自助贩卖机，它们半敞门，被偷走了精神。我在这里捡到一些胶合板和印着广告的泡沫板，它们和我在中区捡到的两张灰色瑜伽垫一起，组成了我的床。

转过去，就回到了我的住处。

一开始，事情不像说起来这样顺利。翻垃圾桶时，会有人从后厨跑出来赶我，我已经学会不搭理，任由他们大呼小叫。有过几个人作势要打我，我只是盯着他们看，他们骂骂咧咧，直到我离开。后来他们渐渐习惯了，只用眼神发牢骚。

这个住处最初也属于别人。我第一次打开门时，黑暗的地面上，有什么动了一下。眼睛适应了一会，看到一个人单肘撑地面，抬身子看我。我看不到他的脸，但我知道他在看我。我和那双看不到的眼睛对视了一会，轻轻合上门。我在厕所那边，找到一个通往地面步梯的小空间。我在那儿睡了三场睡眠，或者四场，有个保安撵了我一次，我没理他。他想上手拉我，我作势要咬他。他生气地走了。我有点担心他叫来更多人，或者报警，但没有人再来烦我。

我见到了睡在那个黑空间里的人。远远看一眼，就能嗅出是同类。他比我瘦，头发像一把芭蕉扇，嘴巴周围有一层面积很大的胡茬。他的眼睛总是眯着，仿佛不适应灯的亮度。我们互相看到时，就远远停下，像瞄准镜里的鹿。有时候是他，有时候是我，提前拐开，找个角落待上一阵子，估摸着差不多了，再重新回到原路前行。

店铺们打烊后，那个夜晚像鲸鱼的腹部，我决定洗澡。白桶放在地面上，我撑开印着探鱼的塑料袋，放在水龙头下。需要感应五次，才能接半袋水。手在水龙头底下跑了一场马拉松，换来大半桶水。我脱光衣服，放在洗手台最边上。很冷，冷让我很舒服，仿佛我活了。我的皮肤结满颗粒，骨头轻快。我认不出镜子里的人，他盯着我，脸比身体黑好几层。他的眉毛长成灌木，脸颊的骨头凸起，仿佛那两块骨头一直吹笙。我搞不懂乔慧云怎么认出他的。看看这副躯干，还称不上瘦，松松垮垮，很难相信有生命在里头。阴茎躲在阴毛底下，像自杀前的希特勒。他应该在下水道里，我想。

站在蹲坑上面，水打在胸口，丑陋的肉体仍然反应强烈。我的肩膀抽搐了几下，嘴巴张到最大，好长时间喘不过气。一道闪电斜着穿过，嘴唇哆嗦着发出颤音。好畅快。我想起一条叫小乖的狗，难怪它不愿意洗澡。但我想，我应该每天都在这里洗澡，我太轻，太空，冷水会从虚空里拽过来一个肉体，塞在我的轮廓里。我提着两条腿走出隔间，每个脚印都要我一层皮，我按洗手液，抹在头发上。手感很糟糕，像揉一团油抹布。我又按一些，再按一些，我盯着镜子里的人，直到头发间生出白色。我把脑袋放在水龙头下，水出来了，我听到北极熊和企鹅在我身体里喊叫。我想只需要把我空投过去，澳大利亚的林火就会结冰。我想下一场绝世的冷雨，淹没整个地下商场，淹没广州，淹没太平洋。

抱着衣服走出卫生间，我后悔没有偷一条浴巾。我的鼻窦开始疼，走廊露出诡魅神色，好像随时会跳出异世界的生物。但我不害怕，我挺想见见那些生物。没有风，一点风也没有，这里的空气一直很稠，通风设备关闭后更稠了，温度降下来，就变得很硬，我撞过去，皮肤越来越粗糙。

门关上后，小空间马上很黑，很有安全感，很快绿色指示灯给黑空气染了色，我钻进被窝，很冷，被子让这些冷有了形状，清晰具体，让人觉得它会把这些冷认真保存下来。但渐渐这些冷逃了一些，又逃了一些，只留下淡淡一层。我意识到我的身体一直在工作。身体真厉害，空调休息时也在工作。我的头发还很湿，并且头疼，不过头皮很轻，头皮像一块冬天正在化霜的桐树叶。但桐树叶秋天就落光了。我喜欢桐树叶表皮微硬的毛刺，但不喜欢桐树的花，那种花像一个个紫色的喇叭，香气很臭，顶得我额头疼。我会把花瓣揪下来，留下花蒂，做成一个个唐僧帽。它们没什么用处，最后会丢掉。

有声音，哐哐哐，很远，可能有个阿根廷人在砸地。狗叫声，汪，像一小团水雾。我觉得是小乖在叫。我仔细听，什么都听不到。哐哐哐，阿根廷人又在砸地。声音又远又舒服，很安全，哐哐哐，我一直听，越来越朦胧，好像地球被切成两半，越来越远。

醒来，有人味，闻着像废水池里的湿海绵，但我好像要着火了，背上贴着一个人的身体，仿佛浑身上下有十只手在摸我。扼我的脖子，抓我的乳头，握我的阴茎……我集中力气，听到柴火燃烧的噼啪声，向后肘击，整条骨头要碎了。身后嘀嘀呻吟几声，这种声音在黑暗中像种怪物。反弹力把我弹起来，贴墙站，努力辨认晃动的黑影，黑影缓缓起身，动作一顿一顿，很不连贯，像是僵硬的壳子。原来人还有欲望这种事。他的脑袋跟我平齐，很模糊，如同在消失。

后来他开始移动，看起来好可怜。他朝着我走，我绷紧拳头。我想说话，但嗓子无法启动。他没有笔直走向我，原来是走向门。他拉开门，光进来时，他一下子消失了，防火门回弹，我想肯定会有一个阿根廷人听到它的响声。

黑暗重新经营许久，我来到防火门后，发现这一侧防火门必须在外面才能锁上。我拧把手，拉一下，能开。我借着把手的支撑，站了一会，感觉自己是正在发酵的面团。一线光像一块固体，空旷的动静隐约成网，好像阿根廷人正在建设祖国。我希望梅西拿世界杯冠军。我关上门，坐在那把椅子上，黑色的空气中有些彩色的油光，我闭上眼睛，油光仍在，变幻着形状，像中年偶像扭动身子。我时不时睁开眼，看着门的位置，我不是在等待，也不害怕。我意识到我活着，和这世界上所有的活人，所有即将死去的人一起活着，很不好受。我想是不是这个世界上有许许多多门，它们有各种各样的锁，指纹、声纹、瞳孔、DNA，或许有人出生的时候，就握着一串密码，就能打开很多门。但活着还行，总能找到一个方式将就。我的头在疼，这种看不见的疼痛很烦，我喜欢伤口的疼，那种疼能看见，甚至忍不住去戳它。但我又害怕打针，好奇怪。但我挺喜欢害怕打针这一点，这种害怕很清楚，小港拿打针吓唬我的时候，我的身体给出诚实的反应，我知道我在怕它，知道它不会伤害我。但我不喜欢另一些害怕，那些害怕让我看不见，不清楚，不诚实，很多时候，我不知道其实我在害怕，甚至会庆幸，会在害怕的牢笼里感到安全，觉得另一些人疯了。

太饿了，脑袋里烧开水。上一顿我吃了海鲜饭，我不确定那是多久前的事。那个饭店的服务员端着半盘海鲜饭，倚着装餐具的蓝色塑料筐。他说，喂，你跪下给我磕个头我就让你吃这个。我看他，我想我没有眨眼，我端着白色的大塑料盒，我捡来的一次性饭盒，盖子上印着九毛九。磕一个，他说，磕一个就给你，你看看，还有虾，多好这虾，嚯，颤乎乎的，多肥，我都想吃。他捏虾给我看，一直在笑，我只是看他。食不食，他说，食不食。我只是看他，好像我听不懂他的意思，好像我不存在食欲，无需吃饭。他把虾丢回去，伸着盘子继续诱惑我。我脑袋伸进垃圾桶里，在油水和骨头中打捞芋头、青菜和肉片。后来他还是把海鲜饭倒在我的塑料盒里，长长叹一口气，仿佛受了天大委屈。他说，唉，连个头都不给我磕，还给你海鲜饭，你看我多好。

我重新回到床上，先是坐着，后来枕着胳膊，寻找血管里的声音。他很好，他是一个我可以理解的好人。空气中出现很多气味，烧鹅、白切鸡、煎堆、油角、蛋散、虎皮青椒……这种迹象似乎预示我快要死了，所以像卖火柴的小女孩一样出现幻觉。她看到自己的奶奶，我会看到谁呢，我想了一会，我谁也不想看见。我已经很久没有想起妈妈了，她太远了。我不会觉得死后就能见到她，没有那回事，没有天堂，没有地狱，不会变成星星，不是去另一个世界。死就是死，我从来不用这些谎言骗自己玩。说到底，人就是个人罢了，会饿，会渴，会交配，会死，不是什么稀罕玩意。

过了一会我发现，确实是幻觉，所有气味都消失了，好像有一个油烟机鬼，把它们吃了个干净。我的头很疼，鼻子里糊了胶水，胶水已经变干变硬，可能我真要死了。很久没有捡到报纸，现在我用宣传单擦屎，它们让我的肛门一直很疼。我猜想那个人会不会回来，可能他会是第一个发现我死亡的人，他会强奸我的尸体吗？无所谓，反正尸体不会反抗。声音，声音，声音，世间的声音总是这样模糊不清。

十四

他不见了，我在两次远行后意识到这一点。和那里相比，这个住处更吵，经常有人打开旁边的大消防门，进去抽烟。但我还是想住在这里。每次一群人聚在一起，就有一个很高很瘦的男人拉我过去。他应该长得很好看，我对长相失去了判断。

我想我肯定一直说个不停，因为某个短暂停顿的时刻，这些男人会逗我。他们说，继续说呀，生活是什么。

我面红耳赤。他们来自广东、广西、湖南、江西、四川以及更北的北方。他们吸一口烟，远远吐向我。他们说，什么人的尊严、个体权利的，接着说呀，怪好听的。

天呐，天呐，脑子里一遍遍重复这两个熟悉的字，我羞愧得站不住。瞧瞧我都瞎说了些什么，这些有什么可关心的？

说呀，他们说，继续说，等会我给你弄点好肉，什么在无法选择的时候，没有一种不值得过的生活，你现在的生活也很值得过喽？

我拉开防火门，笑声比我的速度更快，填满整个地下。

顾不上问澳大利亚的大火熄灭了没有，我钻进迷宫，忘记这件事。

他们喜欢问我的另一个问题是，日过女人没有。我想我没有回答什么，因为他们一遍遍问，日过女人没有，日过女人没有……

远行途中，遇到他们中的某一个，他们会说抢你的被子喽。

我肯定说了那些杀人的话。

你杀谁，他们说，没人要你的烂被子。他们哈哈大笑，然后越来越多人对我说抢你被子喽。这样也有一个好处，他们越来越乐意倒给我剩菜。一家陕西风味餐厅的帮厨，给过我两次吃了一半的肉夹馍，不算好吃，肉太瘦了，而且没加青椒。我找到米饭时，就去那家酸菜鱼店，用汤拌米饭，我喜欢里面的泡椒，它让我感觉自己的舌头活着。偶尔会到海峡里翻垃圾桶，期待能够捡到薯片，嚼薯片就像有人在和我说话。圆脸店员给我水果时，会告诫我，一定不要吃坏掉的部分，因为她看到新闻，有人黄曲霉素中毒死了。明白吗，她说。她声音不大，嘴巴却张很大，盯着我的眼睛。明白吗，她说，坏的部分，坏的。她指着坏的部分。这种地方，她说，不要吃，会中毒，中毒，明白吗，会死。她右手成刀，刺一下脖子，脑袋歪到左边，翻白眼，吐出舌头。我盯着她，不回应。

有一回，那个给我海鲜饭的男人倚着墙抽烟，我经过时，他指着不远处正在找厕所的女人。女人的脸反光，眉毛精细，穿着灰色套装，高跟鞋小心地点着潮湿地面。他说，你去抱住那个女的，这样。他把烟放在嘴里，双臂抱着空气，胯部向前耸动。他说，你抱住她这样，我弄半只鸡给你吃。

可是，有一天人们全都不见了。或许春节到了，但我记得往年春节，这里仍旧忙着接待看小蛮腰的游客。迷宫的很多通道都上了锁。水果湾海峡封锁了。冬薄荷海峡要走一家面店旁边的隐蔽入海口，但最后还是在南瓜海峡被挡住，不得不原路返回。

我听不到什么动静，通风设备不再运行，我分不清是白天还是夜晚。我太饿了，不想动，我还是想睡觉，但是睡不着。可也不是醒着，我的身体融化在黑色空气中，只剩下一些松散的意识。没有坐标，没有时间。我闻到一股户外的味道，雨水和蕨类，像回南天。我还是收拢了一下，让身体液化，变稠，停在过期的酸奶状态，我发现那股户外的味道来自我的身体。

短暂清醒的时刻，我知道没有其他人，但黑暗中残余着争吵后的痕迹。好像一直在争吵，好像受到了伤害，然后努力尝试相互理解，再次陷入一场沉闷的争吵。有什么东西需要我想明白，可要问到底是什么，我只能回答不知道。我没有力气去想。我尝试找个原因，只能归咎于我得了什么尚未发现的病症，灵魂的某个器官坏掉了。

我的手碰到了什么，红色的手感，是背包。可红色怎么会有手感呢，我摸着上面的红色，体会红色的手感。遥远的声音也没有，耳鸣也没有，我能闻到寂静的灰色味道。我怀疑所有的阿根廷人都不走路了，或者全都踮着脚，生怕被我捉到。我想笑，好像我真能隔着厚厚的地球抓住那些脚。我的手指，食指，顺着拉链的轨道前行，触到拉锁，我看到上面写着YKK。我鼓足虚弱的勇气，拉开一个口子，好像要从里面找到食物。没有，没有，照片。我捏着照片，出来，手背压着红色。我看到照片，几个孩子。它们为何在我的包里？我闭着眼睛，一直看，一直看，看第二张，那个女孩，她好像叫樱桃。

华盛顿砍了一棵樱桃树，因为他要让人知道他多么诚实。我记得还有人砍了樱桃树，因为它不结果了。对，我的父亲。天呐，天底下到底有多少棵樱桃树，或许世界是一座巨大的樱桃园。我们白站在这儿吹嘘，实际生活可是一句也不理会我们的，它照旧像水一样地往前流啊。我听到一句俄语，听不懂，但明白它们是什么意思。柳鲍芙站在舞台上，念：啊，我的亲爱的、甜蜜的、美丽的樱桃园啊！……我的生活，我的青春，我的幸福啊！永别了，永别了！

生活，生活，这个词在我脑子里乱蹦，我飞扑，两手交叠，紧紧捂着，结果它站在我的头顶。我重重拍打脑袋，它出现在左边，右边，前边。天呐，天呐，它阴魂不散。我到底做错了什么，在身体燃烧蛋白质自救的时候，还要承受它的折磨。可它就是出现了，冷冷的，不说话，我以为它在看我，过了一会，我发现没有，生活根本没有眼睛，它根本不看我，但它就是存在，不说话，冷冷的。

然后我听到争吵声，是我的声音，但我没在黑色的空气中看到声音。它们如此熟练地流出来，不受我的管控。那个声音说，我们仿佛拥有了个体的自由，但我们特别无力，我们似乎有所选择，但仍是沿着一条划定的路，没有找到新的路途，并且傲慢地认为，另一些人过着一种不值一提的生活。可是，我们的生活到底哪里更值得得意？难道就因为我们会读几本书，会去美术馆，会大谈特谈法律、IPO、贸易、鲁本·奥斯特伦德、帆船、跳伞、福柯、《致命女人》和美国总统？还是我们有山姆会员店和盒马超市，在夜店和KTV里扭动身体，在公园的草坪上悠闲地吃烤肉？我们只需要动动手指头，就有人把食物送到门口，这种便利，就是我们追求的生活目标吗？它们更值得过在哪里？到底是什么在支撑我们的优越感……我左手压住嘴，又叠上去右手，没用，仿佛这声音长了嘴……我的父亲，他打麻将，他在田野间漫步和劳作，机器和化工产业一定程度上将他从摧残人的繁重劳动中解救出来，养老和医疗的福利他从不抱什么奢望，我对他所过生活的可笑傲慢到底来自哪里？我不是说，那种生活能给我带来安慰。我知道它不能……我捂住左耳，捂住右耳，没用，仿佛这声音长了耳朵……可，尽管他的精神里带着我们文化中的残疾，但对于他感受的每一天，他和我们，和在白宫、市政大楼、华尔街、伦敦、拉萨、上海、新西兰生活的人，有着绝对的平等。虽然人们常常无视这一点……我的小指头往耳朵眼里掏，想要把耳膜撕下来……我们的辛苦，到底要抵达哪里？我们要靠物质、名望、权势维持的，到底是什么东西？人到底要拥有什么，才能维护人的尊严不被践踏……这个声音尖利可笑，毫无逻辑，乱七八糟。我的脑袋被念了紧箍咒，我想拿个凿子把它砸烂，用尿冲洗干净……可是，哪怕这一切很糟，我们又能回到哪里去呢？很多人怀念年少时光，不过是憧憬一种寄生的轻松……我拼了命摆脱这种声音，跌跌撞撞出去，一头撞向旁边的防火门……我们真有过更好的时代吗？历史书上点缀着王侯将相、文人墨客的光彩，可是，我看不到这里面我们的位置。我们是一片无声的黑暗，我们从来没有决定自己生活的自由，在所有历史中，我们都在过着一种被允许的生活……防火门开了，我倒在地上，被门夹着……这片土地上的人们，也就这样繁衍下来。也许我们都是胜利者的后代，现在轮到我们做一个失败者。我们甚至都没有感到不甘，反而特别会回避这种失败，明明顺应了正在滑落山坡的巨大车轮，还认为获得了某种个体的胜利……我爬起来，踩上楼梯，碰倒了小油漆桶里的烟蒂尸体，但我闻不到气味，我向上爬，前面放着一块金属隔栏……但，即使在战争中，被压迫被奴役时，在望不到尽头的灾荒里，在人的尊严一遍遍沦陷时，人们仍会在那里相爱，在那里伤心，在那里痛苦，人们努力经营自己的日子，不管那是怎样的日子，我们都不能傲慢地说，那是不值得一过的生活……我翻了过去，台阶的折角撞得我喘不过气，我看到白色，眼皮又肿又疼，鸟叫声，更多的鸟叫声，它们救了我。

拖着台阶升上地面，空气干净得刺嗓子。阳光疏朗、单调，却压得我爬不起来。太阳在广州塔尖上擦去一大片蓝色天空，花城广场的几万块石板没有一片影子，所有光自在地朝广场中心流淌。我摇摇晃晃地站起来，绕过长椅和树，思考踩过的叶子能不能吃。我的奶奶说过，榆树皮吃起来味道更好，能嚼出一股甜味。我想这就是每年夏天榆树总是生出一簇簇黑色长毛虫的原因。但这里应该没有榆树，垃圾桶里空荡荡，没有一张纸片。顺着光流，我朝空旷处走，地面的玻璃砖差点让我滑倒。白天它们不像夜里那么好看，玻璃底下没有彩色灯光，只有灰尘和污渍。大剧院趴在地上，像一个灰色甲虫，所有的大楼上都有一颗太阳，可能人都像水滴一样被烤干了。南边，通往海心沙的路，摆着矮胖的蓝色围挡。目光跃过去，一整面圆形五彩花墙。我想可以搞点花瓣吃吃。我往前飘，地面看上去很不可靠，好像只需要跺一脚，地球就会嗖的一下飞走。

我没有看见人，但听到有人喊，喂，你怎么不戴口罩？

2022. 10. 22

# 附录：苏铁笔记

2018.9.21

妈妈死后,我发了一条微博。

跟踪侦探:我会花一段时间跟踪你,尽可能详细地记录你的行程和你的所有举动,并且不被你发觉。有意者发照片和地址,除此之外,不要试图和我交流,我不会回复。但从你发送信息开始,跟踪可能已在任意时间开始。当我决定结束跟踪时,我会告诉你,然后将我的所有记录交给你。微信号 su7sususutt。

半年过去了,此时收到的好友请求,名字只有一个"桥"字。头像是一座钢结构的大桥,备注上写着"跟踪侦探",我稍微困惑一会才想明白。

当时我精神状态不好,世界失去魅力,活着的乐趣也消失了,万物坍缩成一个小点,不再有丰富的可能性。经历的所有事情,脑子里的爱恨,说的话,手机里的使用记录,仿佛都不在了,只余下一具沉闷疲惫的肉体。活着变成一件可有可无的事,有一个空洞,同时存在于脑子和胃部,它不停吞噬着我,找不到任何方式填补。时间一分一秒过去,我盯着自己的一部分分解成明亮的细条，源源不断地进入空洞。我以为自己很快会分解干净，一滴水一颗蛋白质都不剩下，然而，我看上去依旧完好无缺。

也不总是如此，可能只是睡了一觉，吃了一顿饭，遇见一个蹦蹦跳跳的人，听到一句常听到但让人重新思考其中含义的话，我又重新活过来，重新爱上人类，爱上生活。会不会有一天这样的时刻突然变长，那个吞噬内心的空洞骤然增大，完全淹没我？我有过这样的担心，但坚持一遍遍告诫自己，不应该陷入这种焦虑中去。

一些时刻，我灵魂荒芜，知道自己隐隐在等待，却不知道等待什么。忍不住一遍遍拿起手机，或者站起来走走。细想，这是一种情绪的匮乏，情绪上没能得到满足，所以希望一件事情突然到来，填满情绪。紧张也好，开心也好，难过也好，痛苦也好，总要有点东西到来，使人感受到时间是动态的，自己是立体的。所以当时我想看看别人存在的痕迹，以期获得超脱于自艾自怜与麻木的不同体验，然而一直没能成行。

时间过去，自觉此时的心态与彼时已经不同，即便尚未完全达到漂漂亮亮的成年人的程度，却也逐渐恢复从日常中感知幸福的能力。所以准备通过好友请求后道歉，告诉对方这只是一个小小的玩笑。然而通过好友请求之后，不等我说话，一张照片着急地弹出来，马上又跟一条文字消息。

彭冬伞，草芳围080号。

080，这个数字从形状上看，真是完美对称。照片应该是抓拍，一个女人在街边，刚刚抬头，表情稍有错愕，眉头微敛，使得微微内凹的脸颊更显冷淡。黑色大衣，长头发，小脑袋，脸有些方，人很瘦。那对眉毛如同早已远离战场的双刀，沉寂地面对着看不见的月亮。街边有砂浆抹面的墙，悬铃木正在落叶，看不到具体的标志。她整个人站在那儿，仿佛空气很硬，显得格格不入，但给我一种很熟悉的感觉。我很确定从没有见过她，或许熟悉的是场景，这样的事情常常发生，遇见相似的场景，记忆张冠李戴，互相混淆。

点击对方头像，点开朋友圈，封面背景是一片深灰色空白，头像下面个性签名的地方，是一个省略号。

往底下翻，有几张照片，是站在桥上的角度。画面中江水蜿蜒，能看到广州塔以及江边高楼。照片里的天气不同，阴天，晴天，雨天。中间夹着一张医院长走廊照片，走廊里没人，尽头是一扇窗户。还有一张白猫从冬青丛钻出来的照片。我继续往下翻，试图找到一些别的线索，直到出现朋友仅展示最近半年的朋友圈。

半年，时间在这里，界限如此清晰。

妈妈死前那个晚上，我和当时的女朋友喝酒、做爱、看电影、再做爱，折腾半夜，我们轻飘飘如坠梦中。天亮后女朋友接到家里的电话，喊她回家一趟。我说去他妈的，留下来睡觉吧。她趴在大床上哼唧了一会，还是起来洗澡。洗完澡，她站在窗边晒头发，一丝不挂。阳光斜射进整面大玻璃，照得她肉体金碧辉煌，像提香画过的女人。我觉得自己置身迷宫，迫不及待又和她做了一次爱，而后沉沉睡去。

醒来已经是下午，女朋友不知道何时走的，我拉开窗帘，阳光粗暴地拍打我，几乎要将我摁在地板上，窗外看起来白茫茫一片，仿佛什么都没有，我不知道为什么在难过。手机上有女朋友发的消息，想起她我又开心了一点。

墙边站着一幅没有道理的画，两米高，妈妈送给我的。大面积的蓝和黑，中间偏左的地方，红色的圆，有个白色斑点与圆内切。画的右上角，有两个变形的模糊的字母，勉强能辨认出是HT。我不知道这两个字母代表什么，并非她姓名的缩写。或许是只有她自己知道的代号，谁知道呢，我从来不明白她在想什么。这幅画说是送，其实不准确，是我从她那儿偷偷拿走的，过后她打电话问我有没有从她那拿走一幅画，我说拿了一幅，她没有说话，挂断了。

我想去看看妈妈。

外人眼里妈妈不近人情，我有同感。在我十岁那年，爸爸和一位年轻的女人好上，然后两人离婚，爸爸带着那个女人去了美国。整个过程她没有太多情绪，有时候我暗自揣测，甚至觉得一切都是她刻意为之。我的妈妈不算特别漂亮，但是很美，人看到她，就知道那是她，完整且清晰，不是隐藏在其他标签下的别的角色，所谓妻子、母亲这样的身份，只是她诸多身份中不太重要的两个。在我的成长过程中，照顾我吃喝拉撒的全是李姨，我的妈妈从不会像别的妈妈那样抱着我，很少跟我亲昵地互动，她看我的眼神不像是看一个儿子或者小孩，仿佛是看向另一个成年人。她从不干涉我的选择，每当我向她寻求人生经验上的建议，她总是告诉我，我没有答案能给你，何不问问你自己呢。

小时候我也不爱出门，总是待在自己房间里，用橡皮搭长城或者城堡。当时我把挺多一部分零花钱都用来买橡皮，收集了满满好几抽屉。我爸发现之后，担忧我脑袋出了什么问题。妈妈没有这样的担心，反而有几回从外面回来，带了几种样式特殊的橡皮给我。那份热情很短，没多久我将橡皮冷落了，挺长一段时间后打开抽屉，橡皮已经融化，黏糊糊粘在一起。后来，我开始玩一个寻找陌生字的游戏。踩着凳子，从书房书架上抽一本落了灰的大部头，拿到我的房间，坐在地上，旁边是图画本和铅笔。我会随便翻看一页，寻找不认识的字，当做一种图案，画在本子上。由于不知道字的意思，一个个字像一座座迷宫，令我着迷。

我独自待在房间的时候，一般是李姨过来敲门喊我吃饭，我嘴上应好，但并不动，依旧玩手上的游戏。然后爸爸会过来，他一进门，就占据整个房间。并非他体形硕大，占据房间的，是他身上散发出来的一种东西，混合了情绪、声音、气味和小动作。他亲昵地抱起我，一边说要把这个小孩从外星人手里救出来，一边挠我胳肢窝，让我扑腾乱叫。我那时挺喜欢他的，但他去国后我回想，怀疑当时他只把我当成好玩的玩意，不代表真感情，因为他只愿意给我这样一些瞬间，其余时间全是空白。后来，他过着一种加州的生活，再没有过问我，联系次数寥寥可数。

在我成年后，妈妈跟我严肃沟通过，说很爱我，但是并不希望我经常打扰她。有一天，她突然决定断开和所有人的关系，从此独自生活在那栋别墅里，除了李姨每天定时做饭和清洁，不再和人联系。她似乎证明了，只要一个人想，就能完全脱离出去，只在于我们是否有这样的勇气。所有大事在发生，你若不在意，似乎真与你无关了。她活在那所宽阔的三层大房子里（我很怀疑如果没有这样的条件，她是否还能不费力气地与世隔绝），美轮美奂，一尘不染，不使用通讯工具，日常生活如谜。二十五岁那年中秋节，我误入顶楼的一个房间，里面到处是画，眼睛没有落脚的空地，不少画中都有一个红色的圆，分布在画面各个地方，圆里面有些是黄色或者黑色斑点。她还画不少女性器官，胎儿的轮廓，都异化、残破、疏离。还有不少奇形怪状的植物，意义不明的凌乱线条，如同颜料的谵妄与呓语。

一路打量许多人，打量许多建筑，来到妈妈门前，迷人的几何体周围看不到一个人，听不见汽车声。入室通道没关，我跃上台阶，推开厚重的木门，轻轻喊了几声，没人回应。家具丝毫不反抗，偏西的阳光，彻彻底底占领一楼，我仿佛站在玻璃内部，像个不清澈的敌人。

我沿楼梯到二楼，卧室的大门完全敞开，一眼就看到房间正中央的床。我蹑脚进去，站在床边，妈妈躺在米白色床单上，穿蓝与黄的衣服，衣服很美，如同盛会。床头柜上站着两张照片，其中一张上面有三个人。左边是个高个子女人，中间那人是她，右边是个小个子女人。照片已经模糊，陈旧的颜色如同死去的虫子，污染出一块块白的褐的斑点。妈妈上身略微后仰，肘部压在石头栏杆上，穿了一条蓝色阔腿裤，一件白衬衣，头发不算长，稍显凌乱，不像那个时代惯有的规整。整个人说不上是时髦，但透着一股对身体的从容之态。旁边的女人穿的像是某种工作服，灰色的上衣和长裤，站姿稍显严肃，跟栏杆保持一点距离。左边的女人比妈妈高半头，腰部斜靠栏杆，左手搭在妈妈右肩膀上，脸部的颜色已经被岁月侵蚀干净。另一张照片上，是一个戴着大檐帽的女人和妈妈的合照，背景是一幅十三行建筑的巨幅画，大檐帽女人怀里抱着一个襁褓。这两张照片我小时候见过。除此之外，有一尊小小的花岗岩佛像，佛一副笑颜，似乎看透了尘埃的性质。在我很小的时候，妈妈信过佛。或许是她终于意识到佛没有帮助，或许是她已经拥有足够的力气，不需要信仰来排解灵魂中无法解脱的部分，等我稍大一点，妈妈就不再有信仰这方面的表现。

我远远地看了一会，背对她坐在窗边沙发上，望着窗外几棵小树，心里突然委屈，几乎流出眼泪。很快我睡着了。睁眼时天已经黑透，不远处一座房子灯火透亮，里面有人在聚会，声音隐约如海浪，离离地涌来，房间里时间和空气都在摇晃。我转过身，感觉妈妈还躺着，我开灯，看到她躺着，像画中人。

妈妈死了，她一生都很美。

我在网上搜索亲人死了应该做什么。有一条说如果是自然死亡，就应该按常理安排丧葬仪事。如果怀疑属于犯罪造成的，应该报警处理。我没有往犯罪上面去想，可我怎么确定是自然死亡呢？于是我打了120，又打了110。医生先来，简单忙活了一阵子，告诉我，人已经死去好几个小时了。警察来了，一个问我，另一个跟医生打听，之后在房子里勘察，没有发现异常。他们调取监控，没有什么疑点。之后医生判断死亡原因是心源性猝死。他们说如果我坚持，可以解剖检查。我拒绝了。

我给我爸打了电话，爸爸似乎不太相信。死了，你是说死了，他说。我对着妈妈的尸体拍了张照片，医生和警察诧异地看着我。我把照片发给爸爸，他不得不相信了。他挂断电话，没说回不回来。在电话里我听到有人喊爸爸，我知道那是他另一个儿子，我在朋友圈看过爸爸发他的照片，很漂亮的一个男孩，名义上我算是他的哥哥，不知道那男孩是否也知道我。不应该报什么希望，但还是挺想在妈妈葬礼上看到爸爸，不过直到葬礼结束，都没有他的消息。

虽然医生告诉我，在我到达之前，妈妈就已经去世，但我仍然觉得她的死亡是缓慢延续的过程，我坐在她身边的某个瞬间她才真正死去。

一个人肉体如此完整，怎么就死了呢？她看上去那么柔软、真实，我没有办法对自己说，那是一个死人。

法医给我的判断是，肌肉不发达，而且死前肌肉处于长期静止状态，尸僵有非常不明显的可能。

在她死后走近她的死亡，还是陪着她走进死亡，我脑子里糊里糊涂，不知道有什么区别。我感觉死亡是一种进行了很久的状态。

葬礼时，我诧异还有这么多人来跟她告别。一连好些日子，处理种种琐事，见各种认识的不认识的人，忙忙碌碌，耗费我所有的热情和精力。日子漫长凝滞，仿佛冬日暴雪之前没有一丝风的天空。我隐隐感到有目光在注视我，但也没发现有谁特意看我，都是看待死者家属的那种目光。

这种状态一直延续到妈妈下葬后。我坐在她的房子里，重新想念她，感到悲伤。她从不跟我谈论自己的过去，只知道她在此城出生长大，却不知根脚何处。我没有见过外公外婆，只知道他们是疍民，生活在水上，早在我出生之前，两个人就在一场火灾中双双死去。妈妈从美院毕业后做了服装设计师，后来在广州贸易最繁盛的年代，开始做服装生意，一度做得很大。

走在她的房子里，我只感到人生滑稽。房间变成一片布满水的平原，怎么走也走不到头，怎么望也望不到边，时间浸泡在没有梦的水里，只有灰色倒影，散乱的光，无声的波纹。

我在抽屉里翻出一盒过期的安全套，一些情趣用品，这让妈妈在我心目中更鲜活了些。还翻出一张她和我爸的合照。照片上妈妈烫了卷发，修饰过的脸型更加柔和，脸上没有多少笑意，但爸爸笑得很开心。两人是在筹备妈妈的服装发布会时认识的，那时候爸爸开办了一家美容美发学校。爸爸是北方一座小城城郊的青年，家中贫穷，初中毕业后，他走遍街坊邻居家，进去就下跪借钱，发誓定要有所成就，回馈大家的好意。他将钱缝在内裤口袋里，一路南下，在广州学习理发，然后开了理发店。他大胆，有野心，又借着时代的光，发展成为有些名气的连锁店，进一步办了学校。等到和妈妈结婚后好些年，他又进军洗护产品。但那时日化类竞争很激烈，另外几家花费大量资金打广告，国外的巨头也开始大举进攻。他没那么多资金，从银行贷款没能成功，想找我妈妈筹措资金，我妈妈却不支持他。他一向坚信外国是坏的，帝国主义亡我之心不死，但还是一转手将公司卖给了外国公司，接着就跑去帝国主义的大本营了。

草芳围 80 号。我打开高德地图，搜索这个地址，出来几个选择。草芳围 90 号小区（西门），草芳围水泥店，精诚草芳围文化创意园，草芳社区居委会，草芳围无名家庭快餐食堂，草芳兵役登记点……但它们都不是 80 号。

有两条路叫这个名字，在海珠区，丁字形。南北向的那一条，北连珠江边的滨江中路，南接东西向的南华东路，约有 200 米长。另一条接近东西向，西边连着上一条草芳围，东边到怡安路，更窄，看上去像穿过社区的那种小路，全长约 350 米。地图上一眼能看到几个名字，兴安士多，草芳士多，珠珠士多，西南角那儿有一个动漫文化科技创意园。

打开卫星地图，建筑看起来都不高，沿路两侧，像是自建的民居。路的北侧，有些西蓝花似的绿色，像是几棵年代久远的老树，树冠比建筑要大得多。很多房子是蓝色的坡屋顶，我猜想是后搭的金属顶棚。

两根手指在屏幕上捏了几下，画面缩小，停在墨绿色的水面，中心是蓝色白边的珠江两字。我起身，站在窗户前，看着不远处的珠江，江面像一条明亮的热浪，一艘双层轮渡正在航行，在它的后面，一艘汽艇快速追上来，留下白色的长尾。我想象自己置身其中，想象我从不曾见过的画面，外公最后一次乘舟横过广州城，他在转角短暂停留时，还看不到女儿那栋漂亮大房子的蛛丝马迹，也没有任何迹象向他揭示，女儿在某个下午悄无声息地死去时，她的儿子在旁边坐着毫无察觉。

2020．2．7

很奇怪，笔记本带着污渍和酸苦味，又回到我手里。不多了，空白页不多了，我经不住手写的诱惑，一定要填满它。

你怎么不戴口罩？

今天上午，打出这句话，很长一阵子，我盯着问号后面，窄窄的竖条消失、出现，一再重复。看久之后，产生一个错觉，它消失的时候并不是消失，只是朝着屏幕深处快速小过去，又大过来。眼睛酸涩，我眨了一下，还想再添点什么进去，但想到的每个字都大喊大叫，拒绝被写下。

你怎么不戴口罩，听到这句话时，我缓慢地醒了，意识到我是我，苏铁。我伸个懒腰，双手停在后颈，左右晃动脑袋，看到电脑旁边的一张烂纸。药品说明书，早上我从兜里掏出来，经过洗衣机的清洗，它已经重新塑形并且变硬，我花了十几分钟勉强把它展开。用于心绞痛、心肌梗死、心肌炎及心源性休克。对改善风湿性心脏病的心悸、气急、胸闷等症状有一定的作用。我也觉得胸闷，想要喝杯咖啡。

落地窗开了半米，白色纱帘微微晃动，阳光在树冠里深深浅浅，鸟鸣声进来，房间里更安静，一点憋闷感也没有。很难相信世界正面临考验，我看到通知说，春节假期再次后延。我没有班要上，但还是希望假期更长一点，这种全世界陪我一起静止的感觉很棒。为了不破坏这种感觉，最初几天后，我不再泡在疫情消息中，甚至提不起什么兴趣知道。我站着看了一会树，我总是不知道树的名字。

液体在杯子里激起一些咖啡色的泡沫，我不喜欢糖，但还是加了一点。打开冰箱门，满满当当，大概够我吃一辈子。香满楼娟姗牛奶，946ml，卡得太紧，我用两只手才拿出来。关冰箱时我看到哈密瓜，很想吃它。费了些力，纸盒轻微瘪一条线才拧开，盯着溢出来的一滴，我再次想为何选择946这个数字，嘴唇凑到瓶口，小小地嘬一口。我喜欢这样喝一盒牛奶的第一口，牛奶滑入喉咙，像一块丝绸毯子，我轻啊一声。

往杯子里倒两次，第二次倒少许。当然可以倒一次，但我总是倒两次。我不搅，看着白色慢慢陷落，黑咖啡慢慢冒出浅色。这个过程持续十几秒，我照例斜着杯子抿一口，奶味浅了，但我不准备再倒。加了糖的口感很不真实，仿佛在喝另一种液体。我划一下微博，看到有个人死了。我摇摇头，放下手机，打开冰箱的左门，拿出哈密瓜。我竖着切它，皮很硬，我的刀太窄，左手压着刀背才切进去。我翻过左手，红印子一点点升高，变淡，疼也越来越小。瓜瓤刮到洗菜池里，种子像白虫子。我肯定吃不完一半，于是又横着切一刀，留下靠近瓜蒂的四分之一，剩下的用保鲜膜封好，塞回冰箱。

  瓜皮落进垃圾袋，声音舒适，我的耳朵上了瘾，想一直这样削下去。有些地方削得太薄，我得补削一下，不然牙齿会突然中埋伏，咬到一层鞋底。还有些地方削得太厚，留下更深颜色的平面。没有办法，我的手不具有那种能力，恰好削在皮和肉的分界处。耳朵失望了，天底下能有多少哈密瓜可削。取一个玻璃碗，白色台面飘着水纹状的淡灰影，几乎看不见。左手抓着哈密瓜，右手一下一下，哈密瓜落进灰影上方，灰影不均匀地变重。尽管很小心，灰影越来越均匀时，还是差点削到手指，于是不再有耐心，整块丢进去。拨开水龙头，刀在水里快速翻面，然后抽刀断水两下，丢回刀座。倒牛奶时，一下子挺难为情，仿佛窃取了何小河的生命力，才有了这份自得其乐的能力。其实，我更喜欢用牛奶泡西瓜，可惜买得太急，没找到西瓜。

  在我这些年的跟踪经历中，跟踪何小河的时间不算长，却是最成功的一次。我彻底变成跟踪对象，走他走的路，用他的眼睛看世界，用他的脑子思考。那些时间，我确实不是我了。但他是谁？我不会说他变成另一个何小河，或许，他是我和何小河共同孕育出来的新生物。然后，像蝉蜕壳、蛇蜕皮，我又回归我，留下一具空空的蝉蜕或者蛇蜕。蝉蜕我捡到过，远看还活着，但已失去重量，捡的时候稍稍使力，它就破碎。听说还是一味中药。蛇蜕我也见过，在长洲岛一个墙根的干草丛中，比很多白更像白，保留鳞片形状，断成几节。我很好奇蛇是一次完整蜕下来，还是使使劲蜕一截，再攒攒劲又蜕一截。听说也是一味中药。

从彭冬伞出发，沿着血缘脉络，经过陈小港和魏友伦，在时间尘埃中找到一些尘封旧事，让人无法停下。抵达何小河是高潮，这些天，我仍然时不时地享受这种高潮。很多时刻，我似乎有改变他生活的可能。但我不知道，我不知道。和他在一起时的并不是我，那个人只会复制，没有纠正的能力。我自我谴责一下，有点痛苦，于是马上脱身出来。

左手端着咖啡，右手端着牛奶哈密瓜，一只鸟叫了一声，又叫了一声，我把咖啡放在电脑旁边，放下前轻轻吸一口，发出轻微吸溜声。我咂嘴，端着玻璃碗，走到落地窗中间，叉起一块哈密瓜填进嘴里。银叉子隐入牛奶，很有美感。肯定是另一只鸟在叫，节奏有细微差别。也有可能是我的错觉。牙齿咀嚼哈密瓜的声音很突出，清脆，听上去一点也不残忍。这里的鸟鸣声，和别处听到的又有不同，不是一种我能形容出来的不同。我思考了一会鸟的口音问题。鸟鸣声多了些种类，仿佛来了一只它们要朝拜的凤凰。

额头太烫，我退两步，太阳把一个很大的影子压在我身上，于是我的影子不见了，好像我被困在影子里。它也不跟我为敌，也不看我。我很想记住这些声音，想知道哪种鸟会发出哪种叫声，嚼了半天哈密瓜，也只看到一只戴胜，还是它主动落在草地上，像一只鸡那样走路。我听说戴胜很臭，挺想走上前见识一下，腿却不愿意动。它仰着冠子站在一片叶子上，好像在乘风破浪。它看我，我也看它，叉子搅动牛奶，银与玻璃，美妙的声音。后来我意识到它不是看我，是看窗外的那盆苏铁。我当然认识这种植物，但当初起名字时，我的父亲并不知道有一种植物也叫苏铁。他希望我做一个铁一样的男人，可能这就是他不联系我的原因。

我盼着它叫一声，让我记住那种声音。树冠里一声响亮的鸟鸣响起时，它的脑袋转过去，我以为要达成了，结果它晃了晃屁股，朝着一个白色的斑点走去。

一些文字被我捉住，戴上枷锁和镣铐，无力挣扎。我转过身，目光扫过墙上的画。处理完妈妈的丧事，我报复似的全拿出来，每一面墙，墙上、墙下都被它们占据。它们色彩依旧鲜艳，却始终是想要放弃的神色，如果哪天一觉醒来，只剩下白色和亚麻色的画布，我丝毫不会奇怪。我有点看腻了，我想是时候将它们收起来，放回它们出生的房间。

玻璃碗放在桌面上，这个动作导致牛奶起了波纹。牛奶不如原先白，哈密瓜的汁液，我想就是哈密瓜的血。我想起瓜瓤在洗碗槽里的样子，我感觉那些白色的种子已经悄悄游走。我喝一口咖啡，可能有三十度，这肯定是咖啡最难喝的温度，尤其是加了糖，甜在里面像几根吐不出来的红薯粗纤维。

刚才，我犹豫了一下，手指又放在了键盘上，要把捉到的一些字打上去。很残忍。我狠了狠心，凌乱地打上去。

还有什么是不被剥夺不可剥夺的，是记忆，我们要守住我们的记忆。我们听到的，我们看到的，我们感受到的。不惧怕记忆，不丢弃记忆，牢牢地守住我们的记忆。

打不下去了，盯着这行字，我面红耳赤，于是又删掉。我似乎看到一个脸红脖子粗的自己，喊这些空空的口号。太蠢了，说允许范围内的话，在安全范围内愤怒，实在虚伪。我们真是特别无力的一代，没有真打破什么，也没有构建什么新玩意，只剩下茫然与抱怨，但又觉得自己分外清醒，与众不同。说到底，所有我们觉得正滑向深渊的事情上，我们只有姿态，没有勇气。我们把自暴自弃，当做极具个人特色的标志物，拿出来自鸣得意。

我喝了一口咖啡，又喝了一口，又起一块哈密瓜，咔呲咔呲。我喝了一口混着哈密瓜血的牛奶，六度，或者八度，掩盖了咖啡的那股黏腻。我确实更喜欢西瓜加牛奶，西瓜切成小块，但也不能太小，最好是没有籽，一定要加几粒盐，不能多，只需几粒，口感会更清冽，我加的一直是海盐，很便宜的粤盐牌海盐，不过，我想井盐或者湖盐也一样。

我还是很想把那几句话加在最后。我又打出来，又删除了。它们空洞，又毫无意义。我很懦弱，我对着电脑说了几遍，我很懦弱。说完后感觉很好，好像这份自知之明让我又胜利了。但我想，我会守住我的记忆，和我听见的何小河的记忆。问号后面有个逗号，忘删了，我暂时懒得动手。那条竖线在逗号后面守株待兔地闪，等着下一个字自投罗网。我看着它小过去，大过来。我吃了一块哈密瓜，喝了一口咖啡，又喝了一口泡哈密瓜的牛奶，很神奇，按照这个顺序，几种食物都找到了最好的味道。我越来越有感受美好生活的能力，于是我按照步骤又来一遍，美味。我满意地靠在椅背上，脚跟踩上椅子，抱膝看向窗外。阳光在几棵树下晃来晃去，有人说过树的名字，我总是记不住植物的名字，除了苏铁。我想起一条喝影子的狗，思考午饭要吃点什么，闻到淡淡的臭味。

太好了，只剩下最后一行。我想是不是有只戴胜飞进来了。

后 记

　　写这部小说前，有一年多时间，我每天在图书馆反复修改几篇中短篇小说，以期找到刺中"真东西"的手感。我无法用几句话说出这种"真东西"到底是什么，我在阅读过的优秀作品里都看到了这种"真东西"，以及作者沿着何种路径，稳稳地刺中它们。

　　找到那种手感并不容易，改完一遍，或许文字也漂亮，故事也完整，结构也精巧，可是骗不了自己。意识到刺空、刺偏或者擦着皮毛滑过去，笔下的文字充斥的是情绪、猎奇、小机灵，是件特别沮丧的事。这样改了几轮，进入2022年，刺中"真东西"的手感逐渐清晰。我将几篇小说又全部改写一遍，意识到它们都抵达了要抵达的地方。

　　《撞空》也是在一篇4万多字的废稿上长出来的，最初的起点是一条微博。2020年1月7日，我抱着好玩的心态发布了一条微博：

　　　　我会花一段时间跟踪你，尽可能详细地记录你的行程和你的所有举动,并且不被你发觉。有意者发照片和地址,除此之外,不要试图和我交流,我不会回复。但从你发送信息开始,跟踪可能已在任意时间开始。当我决定结束跟踪时,我会告诉你,然后将我的所有记录交给你。

随后,我以这条微博为开头,尝试写一个发生在珠江南岸两代女性之间的故事,但很不成功。2022年7月下旬,外界一切仍在发生,我像在山洞里做无用功的废人,面对这篇废稿,犹豫是否暂时搁置,但最终决定写它。

在这篇小说里,我尝试呈现那些对世界、社会、情感、家庭、生活有新理解的年轻人。对这个群体来说,过往的生存经验不再提供一个天然的归处,只能不断尝试,努力构建一种新的处境来盛放想要寻找的生活。

然后有一天,其中的一个年轻人,突然朝着自己辛苦构建的生活的边界撞了一下。他的处境是,并没有一个具体的边界拦住他,只撞到一个空,惯性让他一直滑落。或许存在一个巨大的难以看清的影子,在他能抵达的边界外,懒得看他一眼。

写这部小说的两个多月里,和过去两年一样,每天活在一种不确定性中,留意最新的疫情消息,在图书馆公众号上预约,为了心仪的座位早上提前排队,扫行程码、健康码,测温,扫预约码,戴一整天口罩。有一段时间又开始查核酸检测结果，72小时或者48小时。

但文字是确定的，写作过程出奇顺利，从第一行字落笔，花费二十多天，没有停顿地完成第一部分。我预感它将远超我预估的字数，同时觉得应该会是一部不算差的小说，于是开始尝试寻找出版的机会。8月27日，我在微博辗转找到编辑王家胜的微博，发送一条私信。私信只发出去前面一小部分，我才知道微博里只能给陌生账号发送一条私信。这半条私信，换来了这本小说被审读的机会。

继续写第二部分时，尽管这本书的前途还不明确，我心中却有股奇怪的笃定。第二部分写到后半程，我已经不再考虑它是不是足够好，以及它有没有出版的可能了，它已经超出我预设的范围，进入一个更广阔的区域。等到10月中旬，写到倒数几章时，收到了王家胜老师给我的好消息。

一个更令我惊喜的收获是，写作这本书的过程中，我得到一份更大的自由，它不再依赖于外界，跟我拥有什么，得到什么，失去什么，肉身居于何种境地，都不再有关系。一份无法被剥夺的自由，并且我确认，那并非自欺欺人。这自由多么令人恐惧，好在我已有了足够的力气承受这份自由。

感谢我的家人对我的纵容与支持。感谢我的编辑王家胜老师，在对我毫无了解的情况下，愿意花费时间阅读30多万字，并在这本书的出版过程中付出辛苦劳动。感谢止庵、李静、贾行家、彭剑斌、罗丹妮等老师，对本书的持续关注，尤其是止庵老师的宝贵建议，使得小说在结构上更加完善。事实上，直到现在，我偶尔也会疑惑，写出的东西是否值得被看到，正是几位老师的支持，给了我信心和动力，感受到被人理解的幸福。另外，感谢巴赫，在人们无法安宁的日子里，每天上午帮我沉下心来，进入创作状态中。

2023. 2. 1